历代诗词分类鉴赏之一

图文本

叙事·传奇

人生几何时

rensheng jiheshi

周啸天 等 编著

凤凰出版传媒集团 凤凰出版社

图书在版编目(CIP)数据

人生几何时:叙事·传奇/周啸天等编著. —南京:凤凰出版社,2009.9

(历代诗词分类鉴赏)

ISBN 978-7-80729-390-3

Ⅰ. 人… Ⅱ. 周… Ⅲ. 叙事诗—鉴赏—中国—古代 Ⅳ. I207.2

中国版本图书馆CIP数据核字(2009)第158098号

书　　名	人生几何时——叙事·传奇
编　　著	周啸天等
责任编辑	李相东
美术编辑	姜　嵩
出版发行	凤凰出版传媒集团 凤凰出版社(原江苏古籍出版社) 南京市中央路165号　邮编210009 发行部电话025—83223462
集团网址	凤凰出版传媒网　http://www.ppm.cn
照　　排	南京紫藤制版印务中心
印　　刷	南京通达彩印有限公司 南京市六合区冶山镇　邮编:211523
开　　本	718×1005毫米　1/16
印　　张	11.5
字　　数	207千字
版　　次	2009年9月第1版　2009年9月第1次印刷
标准书号	ISBN 978-7-80729-390-3
定　　价	22.00元

(本书凡印装错误可向承印厂调换,电话:025—57572508)

卷首语

讲个故事吧，讲个故事吧，在这无尽的长夜里……

悠悠往世啊，你洞悉一切秘密，任何佳话传奇你从不忘记，一切你都保留收集……

一项研究表明，幼儿在临睡前会感到孤独和恐惧，而大人说故事的那种亲切的语调，对孩子来说不啻是一种安慰，并能引起他们对生活的憧憬和好奇。

一个东方的国王，因为被妻子欺骗而恨所有的女性，决定每天娶一个女子，第二天早上就将她处死。一位聪明的女子，请求国王让她来陪他过夜，夜里就给国王讲故事。第二天早上故事没有讲完，国王就让她继续讲下去，竟然讲了一千零一夜，直到国王将那个荒唐的决定彻底放弃。

富有诗意的叙述包含着人生的奇妙和美好，富有诗意的叙述宣布了生命的胜利。

讲个故事吧，讲个故事吧。

撰稿人：

周啸天

（以下按姓氏笔画排名）

丁 颖 丁稚鸿 王 飞 王 涛 吴闻莺 张应中 李坤栋
李亮伟 陈 坦 罗 玲 易可情 唐 彦 殷志佳 秦岭梅
郭扬波 梅 红 董志刚 管遗瑞 滕伟明

目录

卫风·氓

◎《诗经》

氓之蚩蚩，抱布贸丝。匪来贸丝，来即我谋。送子涉淇，至于顿丘。匪我愆(qiān)期。子无良媒。将(qiāng)子无怒，秋以为期。

乘彼垝(guǐ)垣，以望复关。不见复关，泣涕涟涟。既见复关，载笑载言。尔卜尔筮，体无咎言。以尔车来，以我贿迁。

桑之未落，其叶沃若。于嗟鸠兮，无食桑葚。于嗟女兮，无与士耽！士之耽兮，犹可说也；女之耽兮，不可说也。

桑之落矣，其黄而陨。自我徂尔，三岁食贫。淇水汤汤，渐车帷裳。女也不爽，士贰其行。士也罔极，二三其德。

三岁为妇，靡室劳矣；夙兴夜寐，靡有朝矣。言既遂矣，至于暴矣。兄弟不知，咥(xī)其笑矣。静言思之，躬自悼矣。

及尔偕老，老使我怨。淇则有岸，隰则有泮。总角之宴，言笑晏晏。信誓旦旦，不思其反，反是不思，亦已焉哉。

《诗经》，我国最早的诗歌总集，本称《诗》，汉时独尊儒术，始称《诗经》。共收西周初年至春秋中叶的民歌和朝庙乐章歌辞305篇，另有笙诗6篇有目无诗。全书按音乐分风、雅、颂三类（一说分风、小雅、大雅、颂四体）。汉代传《诗》者有齐、鲁、韩、毛四家，今传《诗经》为《毛诗》。

国风反映婚恋问题，比较引人注目的是弃妇诗,《卫风·氓》是其中最重要的一首。“氓”即民,以代诗中之负心郎。“弃妇”这一说法本身就打上了时代的烙印，表明了妇女在婚姻、家庭、社会中对男子的依附性。因此,弃妇诗很有认识价值。

朱熹释此诗道:“此淫妇为人所弃,而自叙其事以道其悔恨之意也。夫既与之谋而不遂往,又责所无以难其事,再为之约以坚其志,此其计亦狡矣。以御蚩蚩之氓,宜其有余，而不免于见弃。”(《诗集传》)“戒淫”之说荒谬,可以撇开不谈。但朱熹又确实道出了本篇叙写的婚恋悲剧的主要特点:这一婚姻的缔结,虽托媒氏,实出自愿;这一婚姻的毁弃,既不因家长意志,又不因第三者涉足,而在于男子的负心忘本,始乱终弃。

前两章写婚恋。先写一来一送,男方从淇河那边来。贸丝是假,勾引是真;不但主动,而且急切。女方却表现得比较冷静,坚持要对方请来媒人,照章办事。女方将男方送过淇河,一直送到顿丘。顿丘是个地名,送到顿丘分手,也许是遵循当时的习俗,也意味送得很远。女方讲了一番很恳切的话,既不同意草率成事,又担心男方误解。

由于氓是板着脸走的，所以女方不免提心吊胆,生怕他作赵巧送灯台,一去永不来,不禁“泣涕涟涟”。而当氓再一次出现,女方不禁喜形于色,“载笑载言”。媒人是一关,算命是一关,妆奁随车过去,意味婚姻做成。看来《诗经》时代,旧式婚姻嫁娶的手续,即从媒妁之言、占卜算命到嫁妆聘礼,大体已具,结个婚很不容易。

以下两章写婚变。不复用赋法叙事，而继以比兴抒情。“桑之未落，其叶沃若”比年轻貌美，或婚后最初的小日子还过得滋润；“桑之落矣，其黄而陨”比年长色衰，色衰爱减。这是婚变的一重原因。诗人以“吁嗟鸠兮，勿食桑葚”兴起“吁嗟女兮，无与士耽”，乃是基于这样一个事实：“士之耽兮，犹可说也；女之耽兮，不可说也。”此即明人戏曲所谓“男子痴，一时迷；女子痴，没药医。”今谚则云：“男人重责任，女人重感情。”对男女行为差异的这些概括或感慨，不免过情，不免绝对，却也言出有据——有社会学的依据（男女不平等），也有生物学的依据（男女有别）。

诗中婚变还有一重原因，就是家境的变化。陈启源云：“诗言‘总角之宴’，则妇遇氓时尚幼也；又言‘老使我怨’，则氓弃妇时，妇已老矣，必非三年便弃也。意氓本窭人（穷汉），乃此妇车贿之迁，及夙兴夜寐之勤劳，三岁之后，渐至丰裕。及老而弃之，故怨之深矣。”（《毛诗稽古编》五）联想唐代某公主“田舍郎多收三五斗便思易妻”的名言，以及今人一为经理便招小秘，乃知陈说之不诬。

诗叙女方被弃还家，“淇水汤汤”与“送子涉淇”相照应。当初女方送氓，两人一同涉淇，多少柔情蜜意；而今氓弃女方，独自一人涉淇，又有多少凄凉绝望。自己本没错（“女也不爽”），错在认错人（“士贰其行”、“二三其德”）；自己本没错，被休就是错。兄弟的不理解、不谅解，看似不情，实则有因：“盖以私许始，以被弃终，初不自重，卒被人轻，旁观其事，诚足齿冷，与焦仲卿妻之遭遇姑恶，反躬无咎者不同。”（《管锥编》）“静言思之，躬自悼矣”，即《莺莺传》所谓“闲宵自处，无不泪零”。难道真是“男人不坏，女人不爱”？

为什么离异总是造成妇女的痛苦？由于经济地位不平等，婚姻关系就是女人对男人的依附关系。一但解除关系，女方就失去了生存的依靠。更要命的是，不但失去依靠，还将为人所不齿，使父母兄弟蒙羞，自个儿也得承受极大的心理压力。恩格斯一针见血地指出：“历史上出现的最初的阶级对立，是同个体婚制下的夫妻间的对抗的发展同时发生的，而最初的阶级压迫是同男性对女性的奴役同时发生的。”（《家庭、私有制和国家的起源》）《氓》就为这一科学的论断提供了形象的实例。

不但如此，《氓》的故事并没有画上句号。在现实生活中，就有这类的事情：一位女子迷上一位徒有其表的男人，不顾家人的劝说和反对，和他结了婚，又竭尽全力，倾其所有，包括动用其社会关系，赞助男方，必欲使之飞黄腾达。而男方的境遇稍有改变，却移情别恋，回报给她的只是冷酷。“言即遂矣，至于暴矣”，恰如冯至所译的一首海涅诗所说：“这是一个古老的故事，可是它永远新鲜。谁要是正好碰上了这样的事，她的心就会裂成两半。”

《氓》这首诗也可以作一篇诗体小说读。现代小说评论家说，是张爱玲改变了

言情小说的故事模式，破坏婚恋的不再是外部的阻力，而是“两个人的战争”。而这种模式的萌芽，在《氓》中就可以看到，虽然未能充分展开，却已初见端倪。唐传奇《莺莺传》则更进一步，及至《红楼梦》中的宝黛关系，已经展示得相当充分。张爱玲对《红楼梦》酷爱而精熟，宜其会心之深。

从叙事艺术看，本篇赋比兴兼用，以顺叙为主，间以穿插倒叙(如末章)，行文颇不单调。注意前后映带，如前有“氓之蚩蚩”，后就有“总角之宴，言笑晏晏”；前有“送子涉淇，至于顿丘”，后就有“淇水汤汤，渐车帷裳”。钱钟书说：“此篇层次分明，工于叙事。‘子无良媒’而‘愆期’，‘不见复关’而‘泣涕’，皆具无往不复，无垂不缩之致。然文字之妙有波澜，而读之只觉是人事之应有曲折；后来如唐人传奇中元稹《会真记》崔莺莺大数张生一节、沈既济《任氏传》中任氏长叹一节，差堪共语。”(《管锥编》一)

全诗语译如下：

那人笑眯眯，抱布来换丝。不是来换丝，来找我商议。送君渡淇水，一直到顿丘。不是我延期，君未托良媒。请君莫生气，秋天是佳期。

登高上断墙，以盼他回还。不见他回还，泣涕泪涟涟。既见他回还，开口又开颜。问卜又占卦，卦体无凶言。你便驾车来，嫁妆一齐搬。

桑叶未枯落，嫩叶多柔沃。唉唉斑鸠呀，不要吃桑葚。唉唉姑娘呀，莫同男人混。男人寻欢呀，说甩马上甩。女子掉情网，甩也甩不开。

桑叶脱枝呀，枯黄地上落。自我嫁了你，多年苦中过。淇水汪洋洋，水溅车帷上。女子呀没错，男人耍花样。男人呀没准，二意又三心。

多年做媳妇，不辞家务劳。早起又晚睡，辛勤非一朝。刚才称心呀，你倒凶暴呀。兄弟不知情，嘿嘿冷笑呀。前思又后想，自己伤悼呀。

本与你偕老，到老令我怨。淇水尚有岸，漯河尚有边。结发的快乐，言笑多缱绻。誓约明明在，不料他会变。过后莫想他，也就拉倒吧！

卫风·硕人

◎《诗经》

硕人其颀，衣锦䌹衣。齐侯之子，卫侯之妻，东宫之妹，邢侯之姨，谭公维私。

手如柔荑，肤如凝脂，领如蝤蛴(qiú qí)，齿如瓠犀，螓(qín)首蛾眉。巧笑倩兮，美目盼兮。

硕人敖敖，说(shuì)于农郊。四牡有骄，朱幩(fén)镳镳，翟(dí)茀(fó)以朝。大夫夙退，无使君劳。

河水洋洋，北流活(guō)活。施罛(gū)濊(huò)濊，鳣鲔发(pō)发，葭菼(tǎn)揭揭。庶姜孽孽，庶士有朅。

篇名直译，即“大美人诗”。诗云“硕人其颀”，可见“硕人”即高个儿美人。

在任何选美或模特儿大赛中，身高永远是一项重要标准。看来这样的标准是于古有据的。近距离的日常接触，只要身材比例匀称，哪怕娇小，也不失为美人。而舞台表演，选美作秀，皆属远看。唯有硕人，才能尽得风流。这里有一个视觉冲击力的问题，抢眼为美。这首诗咏齐公主庄姜嫁卫，一顾倾城，事见《左传》隐公三年(“卫庄公娶于齐东宫得臣之妹，曰庄姜，美而无子，卫人所为赋《硕人》也”)。

使这首诗传世不朽的是第二章，昔人称之“美人赋”，也可称之“硕人秀”。诗人在形容庄姜绝世的风韵时，抓住了人体美、女性美的要领，表现了东方人的审美趣味。一说手，手是人体最灵巧的表情器官，微妙的心理活动往往会通过手的动作，特别是无意识的动作得到表露，女性的手姿尤其如此。二说肌肤，人体敏锐

且分布很广的感官是皮肤,肌肤细腻润泽,是女性美的重要指标。三说脖子,脖子短的人身材不高,粗短的脖子显得愚笨,细长的脖子、高挑的身材,如天鹅一般,会给人以高贵的感觉。四说牙齿,一口排列整齐的匀白的牙齿,使嘴和下巴的形状趋于完美,使得容颜美得无可挑剔。面部整形,关键在于矫正牙齿,今人亦重视有加。五说额与眉,额要适度饱满,鼻梁要挺,眉要天然弯曲,可以略加修饰,却不可以剃掉、另作人工纹眉。最后还有一样锦上添花的,那可是美之魂灵——笑和眼神。

虽有"任是无情也动人"之说,然而一个漠然迟钝、冷若冰霜的美人,又哪里比得上一个"巧笑倩兮,美目盼兮"的美人,让人如坐春风、灵魂出窍呢?而仪态的放松,是自信的表现,与人应对,定可对答如流。眼神是一种美妙的语言,晋代大画师顾恺之画人,或数年不点目睛。人问其故,曰:"四体妍媸,本无关于妙处,传神写照,正在阿堵中。"(《世说新语·巧艺》)清人方玉润说:"千古颂美人无出此二语,绝唱也。"(《诗经原始》一)明人钟惺云:"巧笑二句言画美人不在形体,要得其性情。此章前五句犹状其形体之妙,后二句并其性情生动处写出矣。"所谓"性情",其实与后天的教养有关,是由文化造成的一种风姿或风度。白居易《长恨歌》"回眸一笑百媚生,六宫粉黛无颜色"云云,或许就受到此诗的一点启发。

"手如柔荑"五句所形容的都是人体裸露在外的部分,人体的其他部分,则处在美丽的"锦䌹衣"的覆盖之下。而由"硕人其颀"一句,引发读者无限的遐思。"硕人其颀"与"硕人敖敖"、"庶姜孽孽"大意相同,高挑的个儿是天生的衣架子。中西人种不同,体态各异,民族审美习惯和传统也不一样。曾有一位选美评委即兴发言说:"西方美女以不着衣为美,东方美女以着衣为美。"有一定的道理。史称庄姜"美而无子",语若有憾。可有子、无子与审美无关,把女性视为传宗接代的工具,不是审美的态度。

"手如柔荑,肤如凝脂,领如蝤蛴,齿如瓠犀,螓首蛾眉",一连串比喻,虽不是针对整体对象的博喻,而是各部分的比喻之叠加,然而由于设喻本身的启发性,加上读者的想象力,其效果是整合的。这种手法颇具创意,"生动之处,《洛神》之蓝本也"(《诗义会通》)。《洛神赋》形容洛神云:"其形也,翩若惊鸿,婉若游龙,荣耀秋菊,华茂春松。……秾纤得衷,修短合度。肩若削成,腰若束素。延颈秀项,皓质呈露,芳泽无加,铅华弗御。云髻峨峨,修眉联娟。丹唇外朗,皓齿内鲜。明眸善睐,辅靥承权。瑰姿艳逸,仪静体闲。柔情绰态,媚于语言。"较之《硕人》,描写更加展开而已。

此诗前后各章对于第二章,有烘云托月之妙。一说庄姜的血统,"齐侯之子,卫侯之妻,东宫之妹,邢侯之姨,谭公维私",一口气说出无数贵人,而不嫌堆垛,盖非如此无以突出其血统之高贵,亦巧于用拙。二说庄姜适卫(第三章)仪从之盛，当其停车于国都近郊，等候迎接，其车服、媵送之备，具有很强的可看性，成为当日卫国的一大景观。关于“大夫夙退，无使君劳”二句，郑笺云：“无使君之劳倦，以君夫人新为配偶。”胡培翚、陈奂等皆驳郑笺。钱钟书评议：“实则郑说亦通，盖与白居易《长恨歌》‘春宵苦短日高起，从此君王不早朝’，李商隐《富平少侯》‘当关不报侵晨客，新得佳人字莫愁’，貌异心同。新婚而退朝早，与新婚而视朝迟，如狙公朝暮赋芋，至竟无异也。”（《管锥编》一）

第四章忽然加入了一段“拉网小调”，令人感觉非常特别。有人根据《汉广》“翘翘错薪，言刈其楚”等句，疑心诗是樵唱，那么我们也有理由根据“河水洋洋”几句，认为这是一首响穷河滨的渔唱了。此外，“河水洋洋”，“鳣鲔发发”，也可以是以鱼水交欢写婚礼之隆盛，也可以是以鱼水喻庄姜随从之盛意（《敝笱》：“敝笱在梁，其鱼唯唯；齐子归止，其从如水”）。“葭菼揭揭”，以芦荻的高扬与庶姜（陪嫁的各位姜女）、庶士（扈从的各位武士）的高长作联想。而庶姜之颀长美丽、庶士的健壮威风，对庄姜的美与贵有众星捧月之效。

此诗语言的考究，主要是注意整一中的变化。如第一章“齐侯之子”以下四句结构相同，最后一句则变换说法，不言“谭侯之姨”而曰“谭公维私”，便不单调板滞，又避免与上一句重复。第二章“手如柔荑”以下四句均每句一喻，结构相同，“螓首蛾眉”一句两喻，故为紧缩且由明喻变作借喻；第四章连用叠字，绘声绘色，声调铿锵，然前六句的“洋洋”、“活活”、“涉涉”、“发发”、“揭揭”、“孽孽”皆叠字的标准形式，唯末句“有朅”，改用叠字变化形式，颇见灵动。

全诗语译如下：

那美人个儿高高，锦衣上穿着罩衣。她是齐侯的女儿，卫侯的娇妻，东宫的妹子，邢侯的小姨，谭公就是她的妹婿。

她的手指像茅草的嫩芽，皮肤像凝冻的脂膏，嫩白的颈子像蝤蛴一条，洁白的牙齿像瓠瓜子儿，方正的前额弯弯的眉毛，轻巧的笑流动在嘴角，那眼儿黑白分明多么美好。

那美人个儿高高，她的车停在近郊。四匹公马多么雄壮，马嘴边红绸飘飘。坐车来上朝，车后挂满野鸡毛。大官早早退朝，不教那主子操劳。

那黄河流水洋洋，向北哗哗地流淌。渔网儿撒向水里呼呼响，泼剌剌黄鱼鲤鱼都在网，河边上芦苇根根高耸。姜家的妇女人人颀长，那些武士们个个都轩昂。

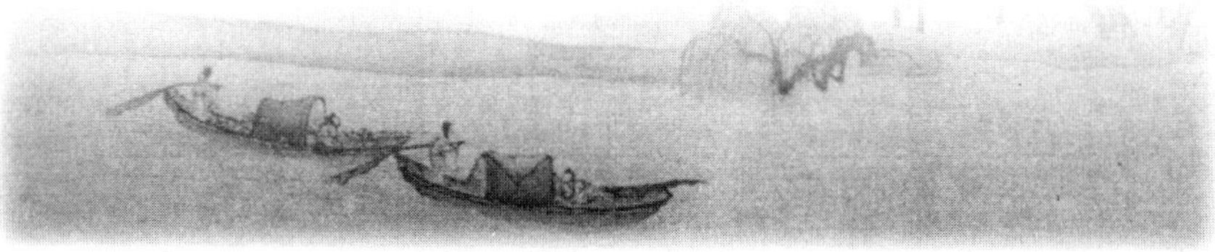

陌上桑

◎ 汉乐府

日出东南隅，照我秦氏楼。秦氏有好女，自名为罗敷。罗敷喜蚕桑，采桑城南隅。青丝为笼系，桂枝为笼钩。头上倭堕髻，耳中明月珠。缃绮为下裙，紫绮为上襦。行者见罗敷，下担捋髭须。少年见罗敷，脱帽著绡头。耕者忘其犁，锄者忘其锄。来归相怨怒，但坐观罗敷。

使君从南来，五马立踟蹰。使君遣吏往，问是谁家姝。“秦氏有好女，自名为罗敷。”“罗敷年几何？”“二十尚不足，十五颇有余。”“使君谢罗敷，宁可共载不？”罗敷前置辞：“使君一何愚！使君自有妇，罗敷自有夫。

“东方千余骑，夫婿居上头。何用识夫婿？白马从骊驹；青丝系马尾，黄金络马头；腰中鹿卢剑，可直千万余。十五府小吏，二十朝大夫，三十侍中郎，四十专城居。为人洁白皙，鬑鬑颇有须。盈盈公府步，冉冉府中趋。坐中数千人，皆言夫婿殊。”

汉乐府，汉时乐府官署所采制的诗歌。汉代乐府官署大规模搜集歌辞始自武帝时，采诗的目的一是考察民情，二是丰富乐章，以供宫廷各种典礼以及娱乐之用。汉乐府歌辞多感于哀乐，缘事而发，现存作品多为东汉人所作。宋人郭茂倩所编《乐府诗集》是收罗汉迄五代乐府最为完备的一部诗集。

本篇在汉乐府中属《相和歌辞》，写一位太守对采桑美女罗敷骚扰而碰了一鼻子灰的喜剧故事。“陌上桑”(《宋书·乐志》作《艳歌罗敷行》，《玉台新咏》作《日出东南隅行》，今从《乐府诗集》)意为大路边的桑林，即以故事发生的场所名篇。桑是社木，桑林在古代又为男女自由恋爱的场所，《诗经》即有《桑中》等爱情诗，汉代刘向《列女传》有一个秋胡戏妻的故事，故事发生的场所也在桑林。

诗分三段。一段写罗敷采桑。作者没有花工夫正面刻画罗敷外貌，只就两处落笔。一处是刻画她的服装与道具的精致美丽。有人说这不像是采桑女，倒像是走台的模特。其实这里当是比照舞台的形象，对人物做了一番形象设计，通过着装来衬托罗敷之美。二是写罗敷的出现引来老少爷们围观，更是通过美的效果写美。诚如莱辛所说：“诗人啊，替我们把美所引起的欢欣、喜爱和迷恋描绘出来吧，做到这一点，你就已经把美本身描绘出来了！”(《拉奥孔》)

这里，诗人还捎带了一点对人性之弱点的善意揶揄，但不可一本正经地加以批点。“耕者忘其犁，锄者忘其锄”二句，在“文化大革命”中曾被指责为丑化贫下中农形象——此辈不可与论诗。“来归相怨怒，但坐观罗敷”二句，也有人说是庄稼汉因为耽误了生产而彼此抱怨，殊不得诗意——“观罗敷”得到了审美享受，应

打入生产成本,有何可怨?准确的理解，应是庄稼汉回家对“黄脸婆”怨怒，不为别的,“但坐观罗敷”,这就是对人性的揶揄。

第二段写太守下乡。太守为罗敷美貌吸引,就此而言,他也不过是前边所写爷们的延伸。有一点不同,那就是由于地位特殊,他有行动——派出手下去和罗敷接触,谈条件,要罗敷上五马之车陪一陪，从而在事实上构成对罗敷的骚扰。诗中的这一情节,显然是从秋胡戏妻的故事演变而来的,只不过进行性骚扰的男子变成陌生的大官而已，它排除了偶然的巧合,更接近生活本身。以太守的级别,要找人相陪,本不是一件难办的事，万没想到罗敷的回答是这样富于原则性:“使君一何愚!使君自有妇,罗敷自有夫。”指出双方已婚事实,意即不赞成婚外恋。

第三段写罗敷夸夫。关于罗敷有没有这样一个丈夫,仁者见仁,智者见智,有人说“罗敷答词当作海市蜃楼观,不可泥定看杀”。其实,纠缠这样的问题对于欣赏此诗意义不大。诗中罗敷自言有夫,读者当信其有,方见得使君是找错对象,自讨没趣。罗敷讲她的夫婿骑着白马,上千的随从都骑黑马,这当然是诗中的渲染。要之,此人地位优越,事业成功,资质出众,仪表堂堂,四十年纪——散发着成熟男人的魅力,从许多方面把使君比下去了。因为罗敷深爱她的夫婿,所以容不得第三者插足。诗中使君并非大恶,诗人让他碰一鼻子灰,小小地受一次教训,恰到好处,这也使得全诗气氛轻松,富于喜剧性。

有人将《陌上桑》与秋胡故事比较,指出本诗实是把秋胡一分为二,分别成为过路的太守和心爱的丈夫,颇中肯綮。诗还保留了秋胡故事的道德主题,却非抽象说教,而是运用风趣诙谐的手法,寓教于乐。坚贞,在本诗中并不是一个教条,而是同美满的爱情和家庭生活紧密联系在一起,所以高明。

东门行

◎ 汉乐府

出东门，不顾归，来入门，怅欲悲。盎中无斗米储，还视架上无悬衣。拔剑东门去，舍中儿母牵衣啼："他家但愿富贵，贱妾与君共哺糜。上用仓浪天故，下当用此黄口儿，今非。""咄，行，吾去为迟。白发时下难久居。"

诗写一贫民因家庭生活濒临绝境而铤而走险。前二句作绝决语，表示决心要反抗到底，说什么也不回头。紧接补叙出反抗的原因是无衣无食——"盎中无斗米储，还视架上无悬衣。"以下写丈夫拔剑出门的当儿，妻子牵衣哭劝，使诗生出波澜。她说，别人想过好日子，我情愿和你喝稀饭，看在孩子份上，切莫要闯祸。这番话可谓字字血、声声泪，为丈夫的虽然心如刀绞，但他思想上已经反复考虑、斗争过了，与其守着一家饿死，不如拼个你死我活。正如陈涉、吴广共商举义时所说的——"今亡亦死，举大计亦死，等死，死国可乎！"所以诗中主人公最后还是硬着心肠别妇抛雏而去了。

此诗所写的夫妻生别离的情境是独到而富于戏剧性的。在对待无衣无食怎么办这个问题上，夫妻二人主张相左。妻子胆小怕事，宁肯死于贫困，不愿丈夫去冒险，属于不幸不争的类型；丈夫则认为与其饿死，不如豁出去，闯一条生路，属于反抗斗争的类型。两种类型都具有典型意义，集中表现在一对夫妻身上，又是通过一方苦苦挽留而一方断然引去的离别情节来表现，意味就更加深长。

十五从军征

◎ 汉乐府

十五从军征，八十始得归。道逢乡里人，“家中有阿谁？”“遥望是君家，松柏冢累累。”兔从狗窦入，雉从梁上飞。中庭生旅谷，井上生旅葵。舂谷持作饭，采葵持作羹。羹饭一时熟，不知饴阿谁。出门东向看，泪落沾我衣。

本篇写一个老兵十五岁跟随军队出征，八十岁才退伍回来，路遇家乡人打听家中情况，那人却指着一片坟地棺山道：“那就是你的家。”兔、雉均属野物，而狗才是家畜，旅谷、旅葵即野谷、野葵，老兵回家看到的就是“兔从狗窦入，雉从梁上飞。中庭生旅谷，井上生旅葵”，一派荒凉。一无所有的他只能以野谷野菜为炊，做成后因为思念家人，难以下咽，倚在门边张望，好像等待着亲人归来，下意识地盼望奇迹发生似的。

这首诗的情景带有很强的虚拟性，也就是艺术概括性，有太多的偶然性和戏剧性：十五岁从军，八十岁退伍，可能吗?六十多年过去，有如隔世，一回家就碰到熟人，可能吗？那人一抬手就指出他家的旧址，可能吗？一进破屋，就看到上飞野鸡，下走野兔，可能吗？舂野谷为米，杵臼哪儿找的？采葵为羹，锅瓢碗盏哪儿找的？……然而，读者都能接受，知道诗就是诗，诗不一定纪实，宁愿相信有这样一件事儿——这就是艺术虚构的魅力。

此诗详于叙事而略于抒情，写得相当从容平淡，越是从容平淡，越使人感到深深的悲哀——诗中情事在当时恐怕是相当普遍的。杜甫《无家别》全诗和《兵车行》“或从十五北防河，便至四十西营田。去时里正与裹头，归来头白还戍边”，“君不闻汉家山东二百州，千村万落生荆杞。纵有健妇把锄犁，禾生陇亩无东西”等，都深受这首诗的影响。

上山采蘼芜

◎ 汉乐府

上山采蘼芜，下山逢故夫。长跪问故夫："新人复何如？""新人虽言好，未若故人姝。颜色类相似，手爪不相如。""新人从门入，故人从阁去。""新人工织缣，故人工织素。织缣日一匹，织素五丈余，将缣来比素，新人不如故。"

诗写弃妇与她的故夫偶然的一次重逢，一段简短的问答。

从两人见面还有话可说及故夫对弃妇的夸赞所表现出的一片旧情看，可知悲剧的原因不在男子自身。从文本看，这男子对前妻是很有感情的，如说新人从相貌、手工方面来看都不比旧人强等等。因而，造成这一对夫妻相离的悲剧的主要原因，恐怕和《孔雀东南飞》所反映的那样，是由于家长的专制一手造成的。

颜色不比新人差，而手工又比新人好，还是不免于被弃，这就可见女子的无辜和委屈。所以余冠英认为"新人从门入，故人从阁（小门）去"二句"必须作弃妇的话才有味，因为故夫说新不如故，是含有念旧的感情的，使她听了立刻觉得要诉诉当初的委屈，同时她不能即刻相信故夫的话是真话，她还要试探试探"，这两句等于说，为什么当初会弃故纳新，"你说新人不如故人，我还不信呢。这么一来就逼出男人说出一番具体比较"（《乐府诗选》）。

全诗充满对被弃女子的同情，写法也相当朴素，基本上是由几句对话构成，却能情景毕现。

焦仲卿妻

◎ 汉乐府

汉末建安中，庐江府小吏焦仲卿妻为母所遣，自誓不嫁。其家逼之，乃投水而死。仲卿闻之，亦自缢于庭树。时人伤之，为诗云尔。

孔雀东南飞，五里一徘徊。“十三能织素，十四学裁衣。十五弹箜篌，十六诵诗书。十七为君妇，心中常苦悲。君既为府吏，守节情不移。鸡鸣入机织，夜夜不得息，三日断五匹，大人故嫌迟。非为织作迟，君家妇难为。妾不堪驱使，徒留无所施。便可白公姥，及时相遣归。”府吏得闻之，堂上启阿母：“儿已薄禄相，幸复得此妇。结发同枕席，黄泉共为友。共事二三年，始尔未为久。女行无偏斜，何意致不厚？”阿母谓府吏：“何乃太区区！此妇无礼节，举动自专由。吾意久怀忿，汝岂得自由！东家有贤女，自名秦罗敷。可怜体无比，阿母为汝求。便可速遣之，遣去慎莫留！”府吏长跪告，伏惟启阿母：“今若遣此妇，终老不复取！”阿母得闻之，槌床便大怒：“小子无所畏，何敢助妇语！吾已失恩义，会不相从许！”

府吏默无声，再拜还入户。举言谓新妇，哽咽不能语：“我自不驱卿，逼迫有阿母。卿但暂还家，吾今且报府。不久当归还，还必相迎取。以此下心意，慎勿违吾语。”新妇谓府吏：“勿复重纷纭！往昔初阳岁，谢家来贵门。奉事循公姥，进止敢自专？昼夜勤作息，伶俜萦苦辛。谓言无罪过，供养卒大恩。仍更被驱遣，何言复来还？妾有绣腰襦，葳蕤自生光。红罗复斗帐，四角垂香囊。箱帘六七十，绿碧青丝绳；物物各自异，种种在其中。人贱物亦鄙，不足迎后人。留待作遗施，于今无会因。时时为安慰，久久莫相忘！”鸡鸣外欲曙，新妇起严妆。著我绣袷裙，事事四五通。足下蹑丝履，头上玳瑁光。腰若流纨素，耳著明月珰。指如削葱根，口如含朱丹。纤纤作细步，精妙世无双。上堂谢阿母，母听去不止。“昔作女儿时，生小出野里，本自无教训，兼愧贵家子。受母钱帛多，不堪母驱使。今日还家去，念母劳家里。”却与小姑别，泪落连珠子。“新妇初来时，小姑始扶床。今

日被驱遣，小姑如我长。勤心养公姥，好自相扶将，初七及下九，嬉戏莫相忘！”出门登车去，涕落百余行。

府吏马在前，新妇车在后，隐隐何甸甸，俱会大道口。下马入车中，低头共耳语：“誓不相隔卿！且暂还家去，吾今且赴府。不久当还归，誓天不相负！”新妇谓府吏：“感君区区怀，君既若见录，不久望君来。君当作磐石，妾当作蒲苇；蒲苇纫如丝，磐石无转移。我有亲父兄，性行暴如雷。恐不任我意，逆以煎我怀。”举手常劳劳，二情同依依。

入门上家堂，进退无颜仪。阿母大拊掌：“不图子自归！十三教汝织，十四能裁衣。十五弹箜篌，十六知礼仪。十七遣汝嫁，谓言无誓违。汝今无罪过，不迎而自归？”兰芝惭阿母：“儿实无罪过。”阿母大悲摧。还家十余日，县令遣媒来。云有第三郎，窈窕世无双。年始十八九，便言多令才。阿母谓阿女：“汝可去应之。”阿女含泪答：“兰芝初还时，府吏见叮咛，结誓不别离。今日违情义，恐此事非奇。自可断来信，徐徐更谓之。”阿母白媒人：“贫贱有此女，始适还家门。不堪吏人妇，岂合令郎君？幸可广问讯，不得便相许。”媒人去数日，寻遣丞请还。说有兰家女，承籍有宦官。云有第五郎，娇逸未有婚。遣丞为媒人，主簿通语言。直说太守家，有此令郎君，既欲结大义，故遣来贵门。阿母谢媒人：“女子先有誓，老姥岂敢言！”阿兄得闻之，怅然心中烦。举言谓阿妹：“作计何不量！先嫁得府吏，后嫁得郎君。否泰如天地，足以荣汝身。不嫁义郎体，其往欲何云？”兰之仰头答：“理实如兄言。谢家事夫婿，中道还兄门。处分适兄意，那得自任专？虽与府吏要，渠会永无缘。登即相许和，便可作婚姻。”媒人下床去，诺诺复尔尔。还部白府君：“下官奉使命，言谈大有缘。”府君得闻之，心中大欢喜。视历复开书：“便利其月内，六合正相应。良吉三十日，今已二十七，卿可去成婚。”交语速装束，络绎如浮云。青雀白鹄舫，四角龙子幡，婀娜随风转。金车玉作轮，踯躅青骢马，流苏金镂鞍。赍钱三百万，皆用青丝穿。杂彩三百匹，交广市鲑珍。从人四五百，郁郁登郡门。阿母谓阿女：“适得府君书，明日来迎汝。何不作衣裳，莫令事不举！”阿女默无声，手巾掩口啼，泪落便如泻。移我琉璃榻，出置前窗下。左手持刀尺，右手执绫罗。朝成绣袂裙，晚成单罗衫。晻晻日欲暝，愁思出门啼。

府吏闻此变，因求假暂归。未至二三里，摧藏马悲哀。新妇识马声，蹑履相逢迎。怅然遥相望，知是故人来。举手拍马鞍，嗟叹使心伤：“自君别我后，人事不可量。果不如先愿，又非君所详。我有亲父母，逼迫兼弟兄。以我应他人，君还何所望！”府吏谓新妇：“贺卿得高迁！磐石方且厚，可以卒千年。蒲苇一时纫，便作旦夕间。卿当日胜贵，吾独

向黄泉。"新妇谓府吏:"何意出此言!同是被逼迫,君尔妾亦然。黄泉下相见,勿违今日言!"执手分道去,各各还家门。生人作死别,恨恨那可论!念与世间辞,千万不复全。

府吏还家去,上堂拜阿母:"今日大风寒,寒风摧树木,严霜结庭兰。儿今日冥冥,令母在后单。故作不良计,勿复怨鬼神!命如南山石,四体康且直。"阿母得闻之,零泪应声落:"汝是大家子,仕宦于台阁。慎勿为妇死,贵贱情何薄?东家有贤女,窈窕艳城郭。阿母为汝求,便复在旦夕。"府吏再拜还,长叹空房中,作计乃尔立。转头向户里,渐见愁煎迫。其日牛马嘶,新妇入青庐。晻晻黄昏后,寂寂人定初。我命绝今日,魂去尸长留。揽裙脱丝履,举身赴清池。府吏闻此事,心知长别离。徘徊庭树下,自挂东南枝。

两家求合葬,合葬华山傍。东西植松柏,左右种梧桐。枝枝相复盖,叶叶相交通。中有双飞鸟,自名为鸳鸯,仰头相向鸣,夜夜达五更。行人驻足听,寡妇起彷徨。多谢后世人,戒之慎勿忘!

本篇首见于梁代徐陵编《玉台新咏》，原题《古诗为焦仲卿妻作》，郭茂倩《乐府诗集》作今题，通行本也取本篇首句为题。在汉乐府中与本篇起兴相关的有两首诗。一是《古艳歌》："孔雀东飞，苦寒无衣。为君作妻，心中恻悲。夜夜织作，不得下机。三日载匹，尚言吾迟。"内容与本篇开篇相同。一是《艳歌何尝行（白鹄）》："飞来双白鹄，乃从西北来。十十五五，罗列成行。妻卒被病，行不能相随。五里一反顾，六里一徘徊。吾欲衔汝去，口噤不能开。吾欲负汝去，毛羽何摧颓。"

据原序，本篇当为汉末人作，但诗中掺入了汉以后风俗描写，一般认为是后人增饰。不过，从全诗的意匠经营和艺术水准看，应主要成于一人之手。这个伟大的无名氏，以其冷峻的生活观察力、深厚的同情心和力透纸背的描写，为读者展现了一个感天动地的寻常夫妻间不同寻常的生离死别的故事，成为汉乐府中最厚重的作品，至今犹能感动人意。

本篇虽结尾有一点浪漫笔墨，却以写实见长，它以近两千字篇幅，演说一个悲剧故事，其间刻画了十来个人物，其主要角色皆不失为有眉有眼、有血有肉的个性。而它在艺术上最使人称道的，就是人物语言的描写，即沈德潜《古诗源》所评："诗中淋淋漓漓，反反复复，杂述十数人口中语，而各肖其声音面目，岂非化工之笔！"鲁迅曾称赞《红楼梦》中人物语言，是可以闻其声而知其人。而《焦仲卿妻》以五言诗摹写人物语言，居然也达到个性化、性格化的水准，更可称为绝活。事实上，这首长诗主要就是通过人物语言来塑造人物性格的，读者阅读时，还需要仔细体味。

羽林郎

辛延年，生卒年不详，东汉人。《玉台新咏》存诗1首。

（汉）◎ 辛延年

昔有霍家奴，姓冯名子都。依倚将军势，调笑酒家胡。胡姬年十五，春日独当垆。长裾连理带，广袖合欢襦。头上蓝田玉，耳后大秦珠。两鬟何窈窕，一世良所无。一鬟五百万，两鬟千万余。不意金吾子，娉婷过我庐。银鞍何煜爚，翠盖空踟蹰。就我求清酒，丝绳提玉壶。就我求珍肴，金盘脍鲤鱼。贻我青铜镜，结我红罗裾。不惜红罗裂，何论轻贱躯！男儿爱后妇，女子重前夫。人生有新故，贵贱不相逾。多谢金吾子，私爱徒区区。

《羽林郎》属乐府“杂曲歌辞”，署名辛延年。内容与《陌上桑》相近，写一个禁卫军官调戏一位少数民族姑娘而遭到严辞拒绝的故事。自汉代通西域以来，西域人就有居内地经商者，诗中“酒家胡”即当垆卖酒的胡女。“羽林郎”，皇家禁卫军官，即执金吾，诗称“金吾子”。“冯子都”系西汉昭帝时大司马大将军霍光的总管和男宠，见《汉书·霍光传》，但没有记载表明他有诗中所讲的调戏民女的故事。诗人借用这个豪奴的名字，移花接木地按在一个禁卫军官头上，是文艺创作允许的。清人朱乾《乐府正义》则认为“此诗疑为窦景而作，盖托往事以讽今也”。窦景是东汉大将军窦融弟，为执金吾，尤为骄纵，事见《后汉书·窦融传》。

与《陌上桑》偏重于人物对话描写不同，《羽林郎》更着重人物活动的刻画。诗的前四句是故事内容提要。“依势”二字，最有意味。盖权门中人搞惯了权钱交易、权色交易，把玩女人这件事看得非常随便，以为无不如志，两个字就给羽林郎冯子都的所作所为定了性。全诗也就是要把这个无价值的东西撕毁给人看。诗中夸胡姬的年轻和美丽，极力描写其服饰的豪华来衬托人物的美，这种手法近似《陌上桑》。“连理带”、“合欢襦”的字面，可引发关于性感的联想，使来饮酒的军官想入非非了。“头上蓝田玉，耳后大秦珠”，首饰流光溢彩而具有民族特色。“两鬟何窕窈，一世良所无。一鬟五百万，两鬟千万余”，给双鬟标价，现实生活中是闻所未闻的，但这样写才罗曼蒂克。以局部概括全体，如沈德潜《古诗源》说“须知不是论鬟”，闻人《古诗笺》则云“论价近俗，故就鬟言，不欲轻言胡姬也”。

《陌上桑》中五马太守的形容如何，我们无从知道，但此诗中的禁卫军官却是一表人才。这从“娉婷”等字面可以会出，胡姬未必没有看到这一点。胡姬反感的，一是他炫耀——“银鞍何煜爚，翠盖空踟蹰”，“何”、“空”互文，偏重于“空”，意谓何必如此；二是他摆阔——“就我求清酒”、“金盘脍鲤鱼”，照顾店内生意不错，但也不用故意摆阔呀;三是他借酒装疯,大施轻薄,一厢情愿地要赠胡姬以贵重礼品,说着就动手动脚,把一面铜镜往她的衣襟上系。殊不知胡姬是只收酒钱,不收礼品的,这样一拉一扯,就把红罗衣襟扯破了。于是胡姬就像叶塞尼娅教训奥斯瓦尔多那样,拉长脸正颜厉色地教训起他来:我不怕扯破红罗,也是不怕死的("不惜红罗裂,何论轻贱躯");你们这些男子都是喜新厌旧的,你不要看错人("男儿爱后妇,女子重前夫");爱情也有先来后到,何况我也高攀不上("人生有新故,贵贱不相逾")。总之,军官先生,让你浪费感情,实在对不起了("多谢金吾子,私爱徒区区")。"多谢"可以解为感谢,也可以解为敬告,此处实含谢绝之意。

《羽林郎》刻画的这两个人物,身份一贵一贱,通过在酒店的戏剧性较量,贱者反贵,贵者反贱,即如左思《咏史》所说:"贵者虽自贵,视之若埃尘。贱者虽自贱,重之若千钧。"十分耐人寻味。与《陌上桑》相比,此诗用代言体叙事,彼诗则以第三人称口气叙事;此诗重在人物动作的描写,彼诗重在人物对话的描写;此诗强调的是后不僭先新不僭故、贵贱不逾等道德信条,辞色较为严厉,彼诗则盛夸夫婿来挫败对方,措辞较为委婉;此诗写军官,以动作调戏,彼诗写太守,以语言调戏,各各符合人物身份。所以两诗虽然主题相近,实各有千秋,为乐府诗中珠联璧合之作。

唐人张籍有一首《节妇吟寄东平李司空师道》:"君知妾有夫,赠妾双明珠。感君缠绵意,系在红罗襦。妾家高楼连苑起,良人执戟明光里。知君用心如日月,事夫誓拟同生死。还君明珠双泪垂,何不相逢未嫁时。"

诗约作于永贞元年(805),为谢绝藩镇李师道拉拢而作。这首诗明显地受到《陌上桑》、《羽林郎》的影响而稍异其趣。诗借有夫之妇受到诱惑追求,巧为设喻,表态毫不含糊,光明磊落,复能语气委婉而情意缠绵,表现了作者忠贞不贰之心。就诗中女主人公而论,更多地表现出情(情爱)与礼(道德)的矛盾斗争,所谓"发乎情止乎礼义",也就是情有新故而后不僭先。这个主题当代流行歌曲《他比你先到》也是唱的这个意思(你来到我身边,带着微笑,带来了我的烦恼,我的心中早已有个他,噢,他比你先到)。

蒿里行

（东汉）◎曹　操

关东有义士，兴兵讨群凶。初期会盟津，乃心在咸阳。军合力不齐，踌躇而雁行。势利使人争，嗣还相自戕。淮南弟称号，刻玺于北方。铠甲生虮虱，万姓以死亡。白骨露于野，千里无鸡鸣。生民百遗一，念之断人肠。

《蒿里》和《薤露》都是送葬唱的挽歌，但后者哀挽的对象是王公贵人，前者哀挽的对象则是士大夫和庶人。本篇追记汉末史实，哀伤战乱中死亡的人民，题实司之。诗中所述史实是初平元年（190）正月，关东各州郡十余路诸侯推渤海太守袁绍为盟主，兴兵讨伐董卓。董卓纵火焚烧洛阳，挟持献帝到长安。当时形势本来对义军有利，但由于袁绍等人各怀异心，观望不前，乃至相互攻袭，使联合军事行动流产，从此天下陷于军阀混战，血流成河，十室九空，灾难空前。本篇即以沉重的笔墨，回顾反思了这一段历史，谴责制造战乱的历史罪人，充满悲天悯人的情怀。

前四句用沉重的笔墨叙述起兵之初，讨卓联军最初是打着匡扶汉室的正义旗号吊民伐罪——相传武王伐纣时和诸侯会于盟津（今河南孟津），而刘、项亡秦则以入咸阳定关中为目标，诗中合用这两个典故以叙时事。就全诗来说是先扬后抑。因为这支联军中各路军阀都想伺机扩充自己的力量，所以"军合力不齐"。史载董卓在洛阳大焚宫室，自恃兵强，而袁绍等彼此列兵观望、莫肯先行——"踌躇而雁行"，意在保存各自的力量。

史载当时曹操对联军的驻兵不动十分不满，于是独自引领三千人马在荥阳迎战董卓部将徐荣，虽然失利，却表现了他的立场。不久，联军由于权力之争，酿

曹操（155—220），字孟德，小字阿瞒，东汉沛国谯县（今安徽亳县）人。汉末举孝廉，任洛阳北部尉、顿丘令；后拜骑都尉，攻打黄巾军。初平元年（190）参与讨伐董卓之战，实力得以扩充。建安元年（196）奉迎汉献帝定都许昌，拜司空，封武平侯，次第击败袁绍等割据势力，统一北中国。失利于赤壁之战。三国鼎立时，进封魏王。后其子曹丕代汉称帝，追尊之为魏武帝。其诗慷慨悲凉，全用乐府诗体，对后世影响深远。有明辑本《魏武帝集》。

成一场内讧，袁绍、韩馥、公孙瓒等发动了汉末的军阀混战。袁绍与异母弟袁术公开分裂，建安二年(197)，袁术在淮南僭称帝号；而早在初平元年(190)袁绍就与韩馥谋废献帝，立幽州牧刘虞为帝，当时曾向曹操出示过一枚金玺，已暴露其野心。前十句用简洁的语言，将关东之师从聚合到离散的过程原原本本地写出来，成为历史的真实记录，可谓诗史。

军阀制造战争，战争则制造饥荒、瘟疫和死亡。“铠甲生虮虱”是一个极其生动的细节，将战争的旷日持久，士卒们人不卸甲、马不解鞍、不堪其苦的状况和盘托出。至于老百姓的处境，自然又在士卒之下。“白骨露于野，千里无鸡鸣”是又一个令人触目惊心的细节。在古代农业社会，六畜之中唯鸡与犬是最普遍的家畜，可作为“人家”的代名词(故有“鸡犬之声相闻”、“一人得道，鸡犬升天”等说法)，“无鸡鸣”等于说无人烟。这几句写兵连祸结之下，生产破坏，民生凋敝，哀鸿遍野，堪称典型、深刻、有力，写出了一个人间地狱。

那是一个绝无温情的时代，是一个“使年老的失去仁慈，年幼的学会憎恨”的时代。诗的结尾却生出“生民百遗一，念之断人肠”的感喟，情不自禁，无一丝造作假借。前人评其诗说“此老诗歌中有霸气，而不必王；有菩萨气，而不必佛”，“一味惨毒人，有能道此，声响中亦有热肠，吟者察之”(谭元春)。如此结句，一方面表现出作者大慈悲，一方面隐含方今天下舍我其谁的责任心。刘勰所谓“志深笔长”在此。

借古乐府写时事，是曹公的发明，遥启杜甫诗史。诗中从兴兵讨卓到军阀混战，展示了一个从义到不义的变化过程，也就是军阀野心逐渐暴露的过程。在描写这个过程时，诗人不一顺平放，而注意时时提笔换气，如首四句写得堂堂正正，“军合力不齐”以下则每况愈下，最后点明军阀各有称帝野心，层层剥笋，步步深入，故饶有唱叹之音。诗的前半是历史事件纵的叙述，后半则是社会现象横的描绘，前半是因，后半是果，结构浑成。

七哀诗

（东汉）◎王　粲

西京乱无象，豺虎方构患。复弃中国去，委身适荆蛮。亲戚对我悲，朋友相追攀。出门无所见，白骨蔽平原。路有饥妇人，抱子弃草间。顾闻号泣声，挥涕独不还。未知身死处，何能两相完？驱马弃之去，不忍听此言。南登霸陵岸，回首望长安。悟彼下泉人，喟然伤心肝。

王粲（177—217），字仲宣，东汉山阳高平（今山东金乡）人。建安七子之一。汉末避乱往依荆州刘表。后归曹操，辟丞相掾，迁军师祭酒。魏立，拜侍中。有明辑本《王侍中集》。

这是一首写奔走避乱途中见闻的诗，反映了初平三年（192）董卓部将李傕、郭汜在长安作乱的时候，人民流离失所的情景。“无象”即无道。

王粲原居洛阳，因董卓之乱迁居长安，这时又离开长安到南方的荆州避难，所以是“复弃中国去，委身适荆蛮”。然后写亲友送行的悲伤和出门看到的尸横遍野的惨状——“出门无所见，白骨蔽平原”，这和曹操《蒿里行》“白骨露于野，千里无鸡鸣”所写情景相同。

诗中最深刻的一笔，是写途中亲眼看到母亲遗弃孩子的事件。在杂草丛生的路上，一位饥妇把骨瘦如柴的孩子丢弃在草间，任其啼哭，头也不回地挥泪而去。过客行色匆匆，摇一摇头，装着不见，各走各的路——这是一幅何等真切的乱世的世态人情画。母爱是出于人之天性的，而饥妇居然抱幼子而弃之，这使人想到艾青的诗句：“饥饿是可怕的，它使年老的失去仁慈，年幼的学会憎恨。”（《乞丐》）诗人抓住这样典型的素材来写战乱时世，力透纸背，即此一端，就揭露出战争的残酷是何等灭绝人性了。

饮马长城窟行

（东汉）◎ 陈　琳

饮马长城窟，水寒伤马骨。往谓长城吏:“慎莫稽留太原卒!”“官作自有程,举筑谐汝声!”“男儿宁当格斗死,何能怫郁筑长城?”长城何连连,连连三千里。边城多健少,内舍多寡妇。作书与内舍:“便嫁莫留住!善侍新姑嫜,时时念我故夫子。”报书往边地:“君今出语一何鄙?”“身在祸难中,何为稽留他家子?生男慎莫举,生女哺用脯。君独不见长城下,死人骸骨相撑拄?”“结发行事君,慊慊心意关。明知边地苦,贱妾何能久自全?”

陈　琳（?—217),字孔璋,东汉广陵射阳(今江苏淮安南)人。建安七子之一。灵帝时任大将军何进主簿。后投袁绍为掌文书。后归曹操,为司空军师祭酒、管记室,迁门下督。有明辑本《陈记室集》。

本诗虽取秦筑长城的旧史实,却注入了现实生活的新感受。

从“饮马长城窟”到“内舍多寡妇”为一段,通过与长城吏的问答,写役夫的痛苦与无奈。关于长城窟,北魏郦道元《水注经》中有一段形象的描写——沿着古长城的城根疏密相间地排列着一串土窟窿,大的如缸,小的如盆,窟壁湿漉漉的,水珠不断地从窟壁渗漏出来,一点一滴地积聚窟底——这就是秦时筑城人马共同的饮用水,“水寒伤马骨”,人何以堪!

接着引入人物对话,“往谓”者乃太原卒,即故乡在太原的一位役夫,他以委婉恳切的语气请求不要一再延长服役的期限。受话者“长城吏”只是官方的监工,根本无法作主,所以他的回答是冷冰冰的——闲话少说,舂杵莫停。张玉谷分析道:“往谓六句,先设为卒往告吏求归,吏惟饬卒急筑,卒再与吏析辩,三层往复之辞,第一层用明点(即有往谓二字提顿),下二层皆用暗递,为久筑难归立案,文势一顿。长城四句振笔重复提起，言如此工程，宁有尽日，将来夫妻团聚真绝望矣，引起下文两次作书回绝来。”“长城何连连，连连三千里”以接字作唱叹，是承上；“边城多健少，内舍多寡妇”以对仗引起下文，是启下。

从“作书与内舍”到篇末，通过役夫与妻子一再书信往返，写役夫室家的痛苦与无奈。役夫因为归期无望，从而想到不要牵累家中妻子，于是劝其改嫁，“时时念我故夫子”一句又分明是说勿忘我；而妻子的复信则提出抗议，“君今出语一何鄙”表明她没考虑也不会考虑这个问题。此外，可能还提到了孩子快要出生的事，于是又引起役夫的自我辩白及对生男生女的态度。封建时代一向重男轻女，然而役夫却告诫妻子“生男慎莫举”，诗人通过正常人情的扭曲，对社会作出了愤怒的控诉。最后是妻子再度复信。张玉谷分析道：“答辞四句，表白己之亦当从死，而彼死终不忍言，只以苦字代之。”这种理解是有道理的。

要之，这一段不但对社会的控诉十分有力，而且也富于人情味，表现了底层人民淳朴的感情——虽然他们像蚂蚁一样遭践踏，但他们却不是蚂蚁，而是人。这首诗可贵之处，也在于这种渗透在骨子里的人道主义精神，这在建安诗歌中具有很强的代表性。

诗主要由对话组成——即由役夫与关吏的直接对话和役夫与妻子的间接对话（即书信往返）组成，中间穿插了一点叙述和描写，笔墨经济而层次井然，对答往复却泯然无迹，只从声腔语气中见出人物。明人谭元春说：“问答时藏时露，渡关不觉为妙。”（《古诗归》）清人沈德潜说：“无问答之痕而神理井然。”（《古诗源》）诗歌语言质朴自然，通俗活泼，大类民歌，“生男慎莫举”四句原是五言的古代长城歌谣，信手拈来，略作变动，既切题又合体。

全诗采用差参错综的句式，而又与汉乐府杂言诗不同，盖所用皆属五七言，且隔句用韵，音节较汉乐府为整饬、和谐，接近后出的长短句歌行，对于七言诗的发展也有筚路蓝缕之绩。杜甫的《兵车行》从内容到形式上都可见此诗的影响。

悲愤诗

（东汉）◎ 蔡 琰

汉季失权柄，董卓乱天常。志欲图篡弑，先害诸贤良。逼迫迁旧邦，拥主以自强。海内兴义师，欲共讨不祥。卓众来东下，金甲耀日光。平土人脆弱，来兵皆胡羌。猎野围城邑，所向悉破亡。斩截无孑遗，尸骸相撑拒。马边悬男头，马后载妇女。长驱西入关，迥路险且阻。还顾邈冥冥，肝脾为烂腐。所略有万计，不得令屯聚。或有骨肉俱，欲言不敢语。失意机微间，辄言毙降虏："要当以亭刃，我曹不活汝！"岂复惜性命，不堪其詈骂。或便加棰杖，毒痛参并下。旦则号泣行，夜则悲吟坐。欲死不能得，欲生无一可。彼苍者何辜？乃遭此厄祸！

边荒与华异，人俗少义理。处所多霜雪，胡风春夏起。翩翩吹我衣，肃肃入我耳。感时念父母，哀叹无穷已。有客从外来，闻之常欢喜。迎问其消息，辄复非乡里。邂逅徼时愿，骨肉来迎己。己得自解免，当复弃儿子。天属缀人心，念别无会期。存亡永乖隔，不忍与之辞。儿前抱我颈，问母欲何之："人言母当去，岂复有还时！阿母常仁恻，今何更不慈？我尚未成人，奈何不顾思！"见此崩五内，恍惚生狂痴。号泣手抚摩，当发复回疑。兼有同时辈，相送告离别，慕我独得归，哀叫声摧裂。马为立踟蹰，车为不转辙。观者皆歔欷，行路亦呜咽。

去去割情恋，遄征日遐迈。悠悠三千里，何时复交会？念我出腹子，胸臆为摧败。既至家人尽，又复无中外。城郭为山林，庭宇生荆艾。白骨不知谁，纵横莫覆盖。出门无人声，豺狼号且吠。茕茕对孤景，怛咤糜肝肺。登高远眺望，魂神忽飞逝。奄若寿命尽，旁人相宽大。为复强视息，虽生何聊赖？托命于新人，竭心自勖厉。流离成鄙贱，常恐复捐废。人生几何时，怀忧终年岁。

蔡琰(？—？)，字文姬，东汉陈留围（今河南杞县）人。蔡邕女。自幼博学妙于音律。嫁河东卫仲道，夫亡无子，归宁母家。汉末董卓之乱中，被掠入南匈奴十二年，生二子。建安十二年(207)被曹操遣使赎回，嫁屯田都尉董祀。今存诗及断句三首，另有《胡笳十八拍》，或以为伪作。

这是蔡文姬的自传诗，也是杜甫以前第一篇文人自传体长篇叙事诗，共540字。它真实生动地记录了在汉末大动乱中诗人独特的悲惨遭遇，也写出了人民、特别是在战争中饱经蹂躏的女性共同的苦难，具有史诗的性质。

全诗分三大段。从“汉季失权柄”到“乃遭此厄祸”四十句为第一大段，写诗人在汉末兵乱中的亲身经历。前十四句(篇首至“所向悉破亡”)，写董卓之乱，概括了中平六年(189)到初平三年(192)约三四年的动乱情况。诗中所写，均有史可证，亦可与曹操《蒿里行》相参看。“斩截无孑遗”以下八句，写卓众对人民进行野蛮屠杀与疯狂掠夺的罪行。据《三国志·董卓传》载：“(卓)尝遣军到阳城，时适二月社，民各在其社下，悉就断其男子头，驾其车牛，载其妇女财物，以所断头系车辕轴，连轸而还洛，云攻城大获，称万岁。入开阳城门焚烧其头，以妇女与甲兵为婢妾。”与此诗所写“斩截无孑遗，尸骸相撑拒(堆积)。马边悬男头，马后载妇女”同属这场浩劫之实录。“平土人脆弱”的“脆弱”二字准确地写出手无寸铁的平民在乱兵面前，特别是在剽悍的胡兵面前无助的处境，于是男子成了屈死鬼，女子沦为慰安妇。初平三年春，董卓部将李傕、郭汜军大掠陈留、颍川诸县，其部队中杂有羌胡兵(“来兵皆胡羌”)，蔡琰即于是时被掳。“马边悬男头，马后载妇女”云云，实已超越个人悲惨遭遇，而着眼于当时民众共同遭遇的苦难。以下十六句叙述在集中营的生活，诗言所掠万计，不令屯聚。“或有骨肉俱，欲言不敢语”，以纪实的细节十分逼真地再现了集中营灭绝人性的管制和恐怖的气氛。还有乱兵辱骂俘虏的冷血冷面与穷凶极恶，活灵活现，绘声绘色，“要当以亭刃，我曹不活汝”等于说“给你龟孙子一刀，老子要你的命”。

从“边荒与华异”到“行路亦呜咽”亦四十句为第二大段，写流落异域思念故土之情及得归故乡时的抛子之痛。这是《悲愤诗》中最重要的一段，写出了诗人独具的、千古不能有二的命运“奇冤”，那就是作为被掠夺的妇女，不得已在匈奴婚配生子，于是，故国乡亲之思和膝下幼子之爱，对于诗人同等揪心的感情，现在奇怪地变成了不容得兼的熊、鱼，一旦要她自己作出选择，就等于是让她自己把心剖成两半(故曰“割情恋”)。这就是蔡文姬的悲剧！先是流落天涯见不到故乡热土和白头老亲的赤子悲剧——“边荒与华异”等十二句所写即此，“少义理”三字以少总多，写出了流落边荒，因文化的排异而不能适应的心理感觉，概括了被侮辱被蹂躏的许多难堪；又由霜雪胡风，引出对父母的思念；以下写有客来访，以为是乡亲，一问却差得远：凡此都深刻写出她希望归根的故国之思。天从人愿，曹公遣使来迎，归国几乎是不容考虑的选择时，却又导致了慈母与幼子诀别的悲剧——“邂逅徼时愿”以下写此。像这样并不直接或不完全属于人为的悲剧，人们往往只能归之于命运，用俗话来说，蔡文姬的命实在太苦了。诗人给我们刻画了如此真实而催人泪下的场面：一方面是天真无邪的孩子，根本不相信母亲即将扔下他们远走高飞的“流言”，要母亲加以证实，几句质问使母亲五内俱焚，恍惚若痴，唯有号泣着抚摸孩子，陷入深深矛盾痛苦之中。即将归国、绝处逢生的意外欢喜，已不成其为欢喜。另一方面是同时被掠，流落南匈奴看不到生还希望的女性难友，对文姬归汉的幸运羡慕不已，竟情不自禁地号啕大哭。“马为立踟蹰”四句营造气氛，更加强了悲剧意味。如此力透纸背的描写，非亲身经历者难道其只字。

从“去去割情恋”到篇末二十八句为第三大段，写诗人回到家乡的情况。诗中人感情不像离别时那样激动，但更深沉、更悲凉。使得诗人强忍着极大痛苦归国的是什么呢？无非是对故国乔木的思念，对父母亲故的思念，对自己从小熟悉的一切事物的思念。然而回到家乡全然不是那么回事——家人没有了，亲戚没有了，城市毁坏了，熟悉的一切都荡然无存，留下的是战争的创伤，诗人压根儿就是在寻一场梦，但这场梦早已烟消云散。诗人悲伤极了，“旁人相宽大”，可这种悲伤是无法安慰的。“托命于新人”以下，写想要努力重建生活，然而谈何容易。首先是丧失了生活乐趣；其次是经过一番流离，精神创伤无法平复，姑不论别人怎么想，首先是自己就摆不脱自卑心理，总是担心别人的轻贱。诗人的笔力之深刻，还在

于它如此真实地反映了时代、命运加在妇女身上的沉重精神枷锁，这也是制造女性悲剧的一大原因。

《悲愤诗》有的地方是大处着笔，如开篇写董卓之乱，几笔就交代出时代背景，第二段开头“边荒与华异，人俗少义理”更是高度概括，一笔带过。这些交代都有必要，它们使全诗具有很强的时代气氛和立体纵深之感。有的地方进行细节描写，极为生动，如集中营里的情景，归汉时别子的情景。这种细节描写，使全诗具有浓厚的生活气氛，具有史诗的规模。虽然是一首叙事之作，但全诗情系乎辞。全诗叙事以时间先后为序，以个人遭遇为主线，言情以悲愤为旨归。所谓悲愤非他，乃是对战祸造成对妇女人权的践踏和伤害的控诉，诗以受害者的特殊身份道来，自然惊心动魄。蔡琰给千古读者展示的是一颗被损害的妇女的心，尤其是一颗破碎的母亲的心——作者为突出这一点，用了回环往复的手法，前后有多次关于念子之痛描写，先写“感时念父母，已为念子作影”（张玉谷），然后正面描写别子，归途又翻出“念我出腹子，胸臆为摧败”，至“登高远眺望，神魂忽飞逝”又暗收念子。诗人情感这一方面挖掘最深。此外如在集中营里遭受奴役时压抑心理和归国后不能平复的心灵创伤的刻画，也是十分深刻的。全诗的语言浑朴，明白晓畅，无雕琢斧凿的痕迹。同时间有人物对话描写逼真传神，与人物身份吻合，如集中营里乱兵辱骂俘虏的几句恶言，酷肖声口；又如归汉时儿子抱颈所说的几句话，绝类儿语，洋溢着天真。这种对话描写的水平与《焦仲卿妻》是可以比美的。

《悲愤诗》无论在思想内容还是在艺术形式上都有独到之处，它与《焦仲卿妻》堪称汉末叙事诗中的双璧。蔡文姬也因此成为中国诗史上第一位卓越的叙事诗人。后来杜甫的《咏怀五百字》和《北征》等五言长篇叙事杰作，都有得力于《悲愤诗》处。

娇女诗

（晋）◎ 左　思

吾家有娇女，皎皎颇白皙。小字为纨素，口齿自清历。鬓发覆广额，双耳似连璧。明朝弄梳台，黛眉类扫迹。浓朱衍丹唇，黄吻澜漫赤。娇语若连琐，忿速乃明愐。握笔利彤管，篆刻未期益。执书爱绨素，诵习矜所获。其姊字惠芳，面目粲如画。轻妆喜楼边，临镜忘纺绩。举觯拟京兆，立的成复易。玩弄眉颊间，剧兼机杼役。从容好赵舞，延袖像飞翮。上下弦柱际，文史辄卷襞。顾眄屏风画，如见己指摘。丹青日尘暗，明义为隐赜。驰骛翔园林，果下皆生摘。红葩掇紫蒂，萍实骤抵掷。贪华风雨中，倏眒数百适。务蹑霜雪戏，重綦常累积。并心注肴馔，端坐理盘核。翰墨戢闲桉，相与数离逖。动为鑪钲屈，屣履任之适。止为茶菽据，吹吁对鼎鬲。脂腻漫白袖，烟薰染阿锡。衣被皆重地，难与沉水碧。任其孺子意，羞受长者责。瞥闻当与杖，掩泪俱向壁。

左思（250？—305？），字太冲，西晋临淄（今山东淄博）人。以妹棻入宫，移家洛阳，官秘书郎。曾为秘书监贾谧讲《汉书》，为"二十四友"之一。惠帝永康元年（300），贾谧见诛于赵王伦，遂不复仕。太安二年（302），因洛阳兵乱，迁居冀州数年而卒。有近人辑本《左太冲集》。

本篇是中国最早的儿童文学作品，诗中写作者两个女儿的故事。根据所写的情况推测，当时作者的大女儿惠芳大约十岁上下，小女儿纨素不过六七岁光景。

从篇首到"诵习矜所获"共十六句写小女纨素。先一般性地夸说她眉清目秀，伶牙俐齿，然后着重写她的淘气——大清早就学着大人的样子画妆，结果画了两道扫帚眉，一张血盆口；她平时话多得很，撒起娇来固然说个不停，发起脾气来更不得了，那声音是又急又尖；她爱弄笔，但爱的是彤管的颜色，至于练字则长进不大；她翻书卷，只是因为喜欢素帛的质地，略约认识几个字，便到处卖弄，考别人认得认不得（鲁迅书信曾提到海婴刚认得二百字，就很神气地对父亲说："你如果字写不出来了，只要问我就是。"可为"矜所获"的注脚）。经过几个细节描写，小姑娘纨素就神气活现于纸上了。

从"其姊字惠芳"到"明义为隐赜"亦十六句写大女惠芳。惠芳大几岁，和妹妹就有些不同。"面目粲如画"便有美丽的感觉，不那么幼稚了。她虽然也图好玩，却不是乱画一气，而是更懂得如何把自己打扮得漂亮一些。看她手执铜镜，斜倚楼边，借着明亮的光线把镜中影像照得更清楚一些，那个认真劲儿，把母亲要她学纺绩的事全忘了；当其操笔画眉时，简直和汉京兆尹张敞为夫人画眉一样的专注——这是作父亲的打趣女儿的话；"的"是女子用朱丹点面的一种装饰，其修饰效用与“美人痣”类似，要求点得大小适度而浑圆，很不容易，弄得惠芳点了又点，不断重来；“玩弄眉颊间，剧兼机杼役”二句，映带前文“临镜忘纺绩”是说惠芳对镜忙个不停，比学织布还要来劲；惠芳爱好舞蹈，也学文史，当其随音乐上下起舞时，文史书籍就卷起来搁到一边去了。惠芳也有神气的时候，作者举了个她批评屏画的例子，“丹青日尘暗，明义为隐赜”是批评的具体内容，与“如见”相承，是说屏画太旧，该换新的了，殊不知父亲还有点儿恋恋不舍呢。她看来比妹妹是显得老练一些，虽然也有些“假老练”。

从“驰骛翔园林”到篇终共二十四句合写两位娇女，主要是写这一大一小两位女孩都还贪玩好耍，有时可爱，有时可恼。她们在园林里随意奔跑，任意攀折花果，互相掷打闹着玩；风雨也无法减低她们的兴致，在风雨里跑来跑去折花嬉戏；凝霜积雪的天气，踩着积雪更好玩，为了不使鞋子陷进深雪里，不惜缚上一条条带子。能让这俩孩子安静的片刻是上菜开饭的时候，竟也能端端正正坐着，帮大人摆一摆盘子；可是，叫她们去读书写字，对不起，那是坐不住的。为什么坐不住呢？“垆钲”响了，那是卖小吃者为招徕顾客而敲击的乐器，所以她们连鞋也顾不上穿好就往外跑；看完热闹回来，又到厨房里瞎忙活，对着灶孔吹火，搞得衣袖油污烟染，根本洗不干净——遇到这种情况，大人能不气恼？因而一转写二女受责罚的情态——她们的自尊心还蛮强的，只要听到大人责骂，或瞥见大人在拿篾片子，便先自抹开了眼泪，背过脸儿朝墙站着，一副受了委屈的样子，只是不肯讨饶。这个结尾既写出了姐妹两个十足的娇气，又活画出父亲板起面孔、故作严厉的神态，此时此刻，娇女的“悲”和慈父的“狠”，其实都不那么严重，只不过做得凶罢了。它不但没有破坏全诗轻松活泼的气氛，反倒增添了幽默与风趣。

魏晋时代常被称为文学自觉的时代，表现之一就是文学创作逐渐摆脱作为政治与伦理的载体地位，题材不断扩大，反映个人情怀、日常生活的作品不断增多，越来越倾向于表现普通人日常的喜怒哀乐，倾向于更丰富更真实地反映现实生活。左思的《娇女诗》就是这种自觉的产物，它第一次以童真为对象，表现了对人性天真之美的赞颂与回味。人为了长大，付出的高昂代价之一就是天真的丧失。儿童文学的价值就在于它能帮助人们找回失去的童真。本诗是通过日常生活细节塑造形象，作者并不直接说女儿的娇，而是通过具体细节——诸如学妆、握笔、执书、谈吐、理盘核、吹茶灶等等，写出她们是怎样的娇，"字字是女，字字是娇女，尽情尽理尽态"（谭元春《古诗归》）。

从结构上看，这首诗写的是两个女儿，无所偏重，所以采用先分后合的写法，分则见二女之个性，合则见二女之共性，这样两个女孩子的形象都十分鲜明。诗自然入题，在富于戏剧性的一个情节上定格，非常洗练省净。在语言上，此诗有时故意用些俚语来增强诗歌的诙谐气氛（如形容说话的"连琐"、"明愐"，指称事物的"鲈钲"、"荼蔎"、"鼎鬲"等等），但更注意语言的准确性、形象性，如"明朝弄妆台"的"弄"字写好玩的样子，"浓朱衍丹唇"的"衍"字写口红涂出界，"立的成复易"的"立"写动作之快，后三字写认真劲儿等等，都很传神。

左思《娇女诗》开拓了一片新的诗歌领域，此后写小儿女的诗篇逐渐多起来，如陶渊明语言朴素幽默的《责子》诗、李商隐绘声绘色的《骄儿诗》，还有杜甫《北征》中那段令人解颐的穿插"瘦妻面复光，痴女头自栉。学母无不为，晓妆随手抹。移时施朱铅，狼藉画眉阔"等等。宋代杨万里更由此推广到一般地描写儿童，都能把人带回天真无邪的童年时代，得到真与美的感受。

陆机（247—300），字士衡，西晋吴郡吴（今江苏苏州）人。三国吴丞相陆逊之孙，大司马陆抗之子。吴时任牙门将，吴亡，回乡闭门读书。晋时任国子祭酒，累官殿中郎。“二十四友”之一。赵王伦篡位，任中书郎。伦败，为成都王司马颖所救，引为大将军参军，表为平原内史。后为颖统兵讨长沙王司马乂，后败被诬而死。有明辑本《陆平原集》。

赴洛道中作

（晋）◎陆　机

总辔登长路，呜咽辞密亲。借问子何之？世网婴我身。永叹遵北渚，遗思结南津。行行遂已远，野途旷无人。山泽纷纡余，林薄杳阡眠。虎啸深谷底，鸡鸣高树颠。哀风中夜流，孤兽更我前。悲情触物感，沉思郁缠绵。伫立望故乡，顾影凄自怜。

陆机是太康时代声誉最著的文学家。吴亡后，尝与其弟陆云退居旧里，闭门勤读。太康十年(289)赴洛阳拜访太常张华，大得器重，延誉京都，时有“二陆入洛，三张减价”之说。陆诗的主要特点是讲求诗歌的华美整饬，以其深厚的学力、繁富的辞藻、纯熟的技巧表现一种雍容华贵之美。传世之作有以赋体创作的文论《文赋》，触及到文学理论上许多重要问题，对文学构思的过程描写得特别透彻。诗的杰作不多，本篇是写得较好的作品。

三国归晋虽是大势所趋，但无论就家庭背景还是故土之情而言，东吴的灭亡无疑会在文学青年陆机的心灵上留下创伤。陆机入洛虽不是为人所强，但亦是形势、生计所迫（“世网婴我身”），所以在辞亲远游之际不免生出许多去国怀乡之思，后来南朝大辞赋家庾信就把陆机入洛与王粲依刘并论：“雪暗如沙，冰横似岸；逢赴洛之陆机，见离家之王粲；莫不闻陇水而掩泣，望关山而长叹。”

赴洛对于陆机来说，不仅意味着告别故乡热土，走向异国他乡，而且意味着即将割断与故国故土传统的联系，因此有着双重的痛苦——诗中明写赴洛与恋乡的内心冲突，实际上潜伏着更深一层的内心矛盾。这种冲突在诗中分两步写出，从“总辔登长路”到“遗思结南津”六句，写辞亲远游（“遵北渚”而“登长路”），事出于不得已，故临路未发之际，有十二分的不情愿（先自“呜咽”继而“永叹”）。这是第一番内心冲突。

从“行行遂已远，野途旷无人”到篇末“伫立望故乡，顾影凄自怜”十二句，写赴洛途中历经艰险，更加引起诗人对家乡的怀念。这一段描写，使人想起曹植《赠白马王彪》和王粲《登楼赋》相类似的描写：“秋风发微凉，寒蝉鸣我侧。原野何萧条，白日忽西匿。归鸟赴乔林，翩翩厉羽翼。孤兽走索群，衔草不遑食。感物伤我怀，抚心常太息。”“风萧瑟而并兴兮，天惨惨而无色，兽狂顾以求群兮，鸟相鸣而举翼。原野其无人兮，征夫行而未息。”既是移情于景（因为心绪不佳，所以感觉一路景物也令人发愁），也是触景生情（因为山野景物荒凉，更增行旅心绪的不快）。由此写出第二番内心的冲突。

诗虽然无多创新，却道出了真实的生活感受，非但工于藻绘与排偶而已。

哀江南赋并序（节选）

（北周）◎庾 信

粤以戊辰之年，建亥之月，大盗移国，金陵瓦解。余乃窜身荒谷，公私涂炭。华阳奔命，有去无归。中兴道销，穷于甲戌。三日哭于都亭，三年囚于别馆。天道周星，物极不反。傅燮之但悲身世，无处求生；袁安之每念王室，自然流涕。

昔桓君山之志士，杜元凯之平生，并有著书，咸能自序。潘岳之文采，始述家风；陆机之辞赋，先陈世德。信年始二毛，既逢丧乱；藐是流离，至于暮齿。燕歌远别，悲不自胜；楚老相逢，泣将何及。畏南山之雨，忽践秦庭；让东海之滨，遂餐周粟。下亭漂泊，高桥羁旅。楚歌非取乐之方，鲁酒无忘忧之用。追为此赋，聊以记言，不无危苦之词，唯以悲哀为主。

日暮途远，人间何世！将军一去，大树飘零。壮士不还，寒风萧瑟。荆璧睨柱，受连城而见欺；载书横阶，捧珠盘而不定。钟仪君子，入就南冠之囚；季孙行人，留守西河之馆。申包胥之顿地，碎之以首；蔡威公之泪尽，加之以血。钓台移柳，非玉关之可望；华亭鹤唳，岂河桥之可闻！

孙策以天下为三分，众才一旅；项籍用江东之子弟，人唯八千；遂乃分裂山河，宰割天下。岂有百万义师，一朝卷甲；芟夷斩伐，如草木焉。江淮无涯岸之阻，亭壁无藩篱之固。头会箕敛者，合从缔交；锄耰棘矜者，因利乘便。将非江表王气，终于三百年乎？是知并吞六合，不免轵道之灾；混一车书，无救平阳之祸。呜呼，山岳崩颓，既履危亡之运；春秋迭代，必有去故之悲；天意人事，可以凄怆伤心者矣！况复舟楫路穷，星汉非乘槎可上；风飚道阻，蓬莱无可到之期。穷者欲达其言，劳者须歌其事。陆士衡闻而抚掌，是所甘心；张平子见而陋之，固其宜矣！

水毒秦泾，山高赵陉（xíng）。十里五里，长亭短亭。饥随蛰燕，暗逐流萤。秦中水黑，关上泥青。于时瓦解冰泮（pàn），风飞电散。浑然千里，淄渑一乱。雪暗如沙，冰横似岸。逢赴洛之陆机，见离家之王粲。莫不闻陇水而掩泣，向关山而长叹。

况复君在交河，妾在清波。石望夫而逾远，山望子而逾多。才人之忆代郡，公主之去清河。栩阳亭有离别之赋，临江王有愁思之歌。别有飘摇武威，羁旅金微。班超生而望返，温序死而

庾信（513—581），字子山，北周南阳新野（今河南新野）人。庾肩吾子。萧绎称帝，任右卫将军，封武康县侯，加散骑常侍，出使西魏。值西魏攻陷江陵，杀梁元帝，因羁留长安，被迫历仕西魏、北周。北周时曾迁骠骑大将军、开府仪同三司、司宪中大夫，进封义城县侯。北周末因病去职，卒于隋初。有明辑本《庾开府集》。

思归。李陵之双凫永去，苏武之一雁空飞。

庾信的突出成就在辞赋创作，他是历代共推首屈一指的骈文作者。由于骈文的创作好比“戴着脚镣跳舞”，远非所有作家都能运用自如，而庾信却是达到炉火纯青境界的第一人。

把现实的重大主题引入赋体创作，《哀江南赋》堪称有梁一代盛衰兴亡的史诗，赋题语出《楚辞·招魂》“魂兮归来哀江南”。赋约作于北周武帝宣政元年(578)，作者时年66岁，为暮年之作。全文3376字，另加528字的序文，构成骈体的长篇巨制。其结构不以时间先后为序，而是多侧面、多层次地进行追叙，所写事件纵横交错，回环往复，组成波澜壮阔的历史画卷，有力地表现了作者的主题。

南朝梁代土地辽阔，物产丰富，建国后一度呈现繁荣的局面。然因武帝佞佛怠政，官僚士大夫阶级亦“以干戈为儿戏，以清谈为庙略”，太清二年(548)的侯景之乱，就是朝政腐败的必然结果。由于统治集团内部各怀异心，相互倾轧，致使台城陷落，武、简文二帝蒙难。宗室子弟，兄弟阋墙。元帝偏安江陵，生性猜忌，以剪除异己为务。赋中反映的另一次战乱，是承圣三年(554)的江陵之乱，也就是梁朝亡国惨祸。西魏统治者攻陷江陵，大肆屠杀，并将十万臣民俘至长安。此赋所反映的梁朝兴亡过程，比史籍所载更真实、更具体、更生动，也更典型，足资史鉴。

《哀江南赋》又是一部自传体赋，它几乎概括了作者一生的坎坷经历。赋中自始至终贯穿着乡关之思，如此生动而真实地描写重大政治事件，又饱含故国之思及对乱世民众深切同情的作品，在内容上将汉魏六朝文学的忧患意识（包括伤时、念乱、忧生及乡关之思）发展到极致。它上承蔡琰《悲愤诗》，下启杜甫《北征》，可谓继往开来。

《哀江南赋》序的作用在于概括作品主题，阐明创作动机，本身就是一篇优美的骈文。“穷者欲达其言，劳者须歌其事”、“不无危苦之辞，唯以悲哀为主”这几句话可视为作者的创作纲领。

序的开篇到“自然流涕”一段，略叙国家丧乱及自己出使和仕周的过程。武帝太清二年(548)戊辰十月，侯景篡国，金陵沦陷，公室私门如陷泥途炭火之中。元帝承圣三年(554)甲戌，庾信奉命从江陵(处华山之阳，亦称华阳)出使西魏。这年十一月，西魏攻陷江陵，元帝被杀，庾信羁留长安(西魏都城)未归，既悲无处求生，又痛国家覆亡。文中用了《晋书》载蜀亡后永安守罗宪率部哭于郡亭事，《后汉书》载汉阳太守傅燮受乱军围攻临阵战死事，《后汉书》载袁安因皇帝幼弱、外戚擅权每痛哭流涕事，自概遭际。

从“昔桓君山之志事”到“唯以悲哀为主”一段，表明作赋的动机在于效仿古人，记叙自己不幸的遭遇。文中历举桓谭、杜预、潘岳、陆机等前贤，因有著作流传，或可概见平生，或可扬其祖德。“信年始二毛”以下追叙个人遭逢丧乱，怀亡国之痛，蒙贰臣之愧，因作此赋，虽然也有叙述个人危苦之辞，但以悲哀国事为主。

庾信在用典技巧上的重要特点，就是一方面几乎句句有出处，另一方面则有虚用和实用的区别。多用语用事的最大好处在容易缔构对仗，文字典丽好看。但如果全都实用典故，则不免捉襟见肘，以辞害义，所以庾信经常用其语而遗其事，也就是虚用。通常明点古人姓字者属于实用，而只采其现成词语者，往往可作代词解会，不必泥定出典看去，如“燕歌”代离别相思之歌，“楚老”代家乡父老，“下亭”、“高桥”代漂泊他乡所经之地，“楚歌”代家乡歌曲，“鲁酒”代薄酒等等，虽俱有出处，非实用其事，如处处牵合故事解会，必多有附会牵强，反而辜负作者用心。只有懂得用典虚实显隐之妙，才能准确破译某些看起来扑朔迷离的句子，如“畏南山之雨，忽践秦庭”用《列女传》陶答子妻语和《淮南子》申包胥哭秦庭事，是说自己不能急流勇退，遂有出使西魏之行；“让东海之滨，遂餐周粟”反用《史记》义能让国的伯夷、叔齐不食周粟之事，是说自己本是仰慕夷齐的人，居然弄到转而仕魏、再转而仕周的地步。

孙犁在一封书信上说：“明末清初，的确是一个大动乱的时代，知识分子很难应付得当，非死即降。像钱谦益、吴伟业这些人，是很狼狈的，而顾炎武和归庄却能活下来，是各有各的特殊能力和办法，实在不容易想象了。”庾信也正是属于钱、吴这一类活得很是狼狈的人。此序的价值之一，也在于它生动地反映了大动乱中的知识分子苟免于死而又别有失落的心态。

从“日暮途远”到“岂河桥之可离”一段，回忆奉使被留的经过，并抒发对故国的怀念之情。“日暮途远”数句用《后汉书·冯异传》及《史记·刺客列传》字面，感叹自己的一去不归。“荆璧睨柱”数句反用《史记》中蔺相如不辱使命和毛遂助成平原君与楚定合纵之盟事，恨自己出使西魏未能完成定盟存梁的使命。“钟仪君子”数句用《左传》钟仪沦为楚囚及鲁相季孙参加诸侯之会为盟主晋侯所执事，言自己出使而被羁留于魏、周，近于被囚。“申包胥之顿地”数句用《左传》申包胥哭秦庭及《说苑》蔡威公惧国亡事，喻言自己出使西魏之艰难之尽心及见到梁亡的悲痛。“钓台移柳”数句用《晋书·陶侃传》及《世说新语·尤悔》陆机临刑之语意，抒写从此见不到故国乔木和故乡风物的悲痛。

“申包胥之顿地，碎之以首”两句，王若虚《滹南遗老集·文辨》斥为“堆垛故实以寓时事”、“尤不成文”，今人亦多以为“因用事排偶、敷藻调声以致害意，是骈文的通病，庾信亦不免此”。其实，声律文学的特点之一，就是常违背散文语法常规，读者可以通过比勘上下句而会意。杜甫《秋兴》“香稻啄余鹦鹉粒，碧梧栖老凤凰枝”之句，亦曾同样遭遇垢病，其实亦无伤大体。

从“孙策以天下为三分”到篇末为一段，以孙策、项羽之雄才大略与梁朝的软弱无能相对照，痛惜国亡无依。《南史·侯景传》载，景反，梁诸将非降即走，援兵号称百万，后亦溃退。景破一地即屠城以树威名，故赋云“百万义师，一朝卷甲；芟夷斩伐，如草木焉”。“江淮无涯岸之阻”六句，言江淮起不到天堑的作用，军营还不如藩篱坚固，致使像陈高祖(霸先)那样出身低贱的人纷纷起事，成为乱世英雄。难道江表从孙策算起三百年的王气，就要终于萧梁一代么，由此可以知道像秦那样大一统的国家，也难免有子婴降于轵道旁的一幕，西晋末的怀愍二帝竟先后被害于平阳，又是怎样无可奈何了。从“呜呼”到“可以凄怆伤心者矣”数句感叹道：一个王朝的覆灭，必然引起辞旧去故的悲痛，无论天意所致还是人事造成，都一样是令人凄怆伤心的呀。

以下谈谈节录在后面的正文。

赋、序俱属骈体，不同之处，赋乃韵语，颇近于诗。节录的选段写承圣三年(554)魏兵攻破江陵，梁朝亡国后军民在被俘北上的路上所受之苦及其对家乡的怀念，还有作者本人被羁留西魏、无家可归的绝望心情。

“水毒秦泾”十句一韵，写江陵人被驱往长安一路上挨饿受冻，历尽长途跋涉的艰辛。《左传》载晋诸侯伐秦，秦人在泾水上投毒，晋兵多被毒死，首句用指途中经历的穷山恶水，带有被掠者的感情色彩。赵陉即井陉，山势险峻，本在赵境，这里仅取字面的对称。“饥随蛰燕”各本注为以蛰燕充饥，恐非事实，当是说如同蛰燕一样挨饿，下句说黑夜借萤光行路。甘肃境内有黑水，陕西兰田县境内有青泥城，亦取字面之对，并倒押韵，又借黑青黯淡色彩以渲染行人之心情。

“于时瓦解冰泮”十句一韵，谓国破家亡，迅速崩溃，普天之下，不分贵贱贤愚，一同遭殃，作者在长安见了些南方人士，莫不深怀乡关之痛。淄、渑是齐国的两条水名，水味不同，“淄渑一乱”犹言泾渭不分。末二句语本《陇头歌》：“陇头流水，鸣声呜咽。遥望秦川，肝肠断绝。”

“况复君在交河”八句一韵，写当时许多人家骨肉离散，或夫妻生别，或母子离散，贵族妇女亦不免于难，人间不知有多少可歌可泣的故事。交河、青波皆古地名，一在今新疆，一在今河南。古代某些地方有以望夫山、望子陵作地名者，其中包含着相关的民间传说。秦末楚汉相争时，赵王武臣曾把代郡（曾为赵都）宫女配有功之卒，晋惠帝之女清河公主遇乱也曾为人掠卖，此借指落难之贵族女子。《汉书·艺文志》著录有《别栩阳赋》及《临江王及愁思节士歌诗》，今失传，作者此用来借代当时贵人的哀歌。

以上三韵都是写被掠北上长安的人。“别有飘摇武威”六句则写此外还有像作者自己这样因故寄居异乡的人，无法生还故乡。武威（今属甘肃）地处河西走廊，又称凉州；金微山在漠北。班超投笔从戎久在西域，年老思乡，上疏请还中土，疏云：“臣不敢望到酒泉郡，但愿生入玉门关。”温序是东汉初年将领，战败被擒自杀，葬洛阳城外，托梦给儿子，始得归葬故里。旧传苏李诗有“双凫俱北飞，一凫独南翔”之句，《后汉书·苏武传》载汉使赚单于道，天子射上林中得雁，足有系帛书，言武等在某泽中。作者奉使西魏被留，北周篡魏，后周陈通好时，一般文人得准南归，独信以才累被留不放，赋中因以班超、李陵、苏武等远使匈奴而羁留不归的人自比。

全赋用典甚密，几乎一句一典，把一个个互不联系的典故连成完整的意象，以服务于作品的思想内容。序概括了赋的主要内容，文字高度凝练。尽管用典很多，贵在恰切，兼之行文富于感情，语语出于肺腑，发自胸臆，在骈句为主的体式中间有散行之句或一二领字，故读来仍有疏宕之气，只觉感人至深，而不觉刻琢。正如杜甫所说：“庾信文章老更成，凌云健笔意纵横。”（《戏为六绝句》）以上从赋中节录的文字，虽不及全赋之什一，然尝脔知鼎，窥斑见豹，也足以体会《哀江南赋》是怎样的情至文生、富于韵味了。

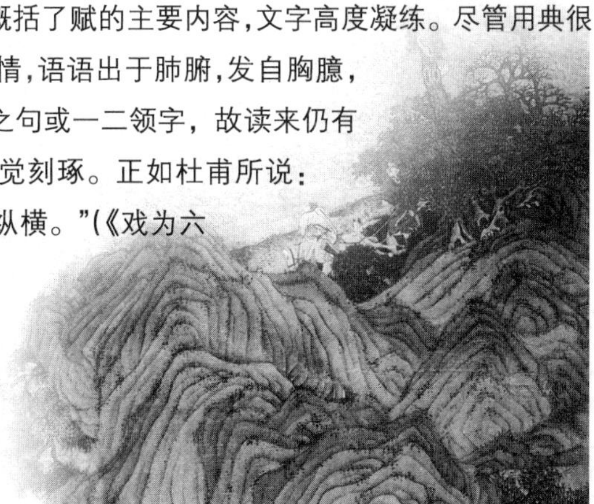

木兰诗

◎ 北朝乐府

唧唧复唧唧，木兰当户织。不闻机杼声，唯闻女叹息。问女何所思，问女何所忆？女亦无所思，女亦无所忆。昨夜见军帖，可汗大点兵，军书十二卷，卷卷有爷名。阿爷无大儿，木兰无长兄，愿为市鞍马，从此替爷征。

东市买骏马，西市买鞍鞯，南市买辔头，北市买长鞭。旦辞爷娘去，暮宿黄河边，不闻爷娘唤女声，但闻黄河流水鸣溅溅。旦辞黄河去，暮至黑山头，不闻爷娘唤女声，但闻燕山胡骑鸣啾啾。

万里赴戎机，关山度若飞。朔气传金柝，寒光照铁衣。将军百战死，壮士十年归。归来见天子，天子坐明堂。策勋十二转，赏赐百千强。可汗问所欲，木兰不用尚书郎，愿借明驼千里足，送儿还故乡。

爷娘闻女来，出郭相扶将；阿姊闻妹来，当户理红妆；小弟闻姊来，磨刀霍霍向猪羊。开我东阁门，坐我西阁床。脱我战时袍，著我旧时裳。当窗理云鬓，对镜贴花黄。出门看伙伴，伙伴皆惊惶。同行十二年，不知木兰是女郎。雄兔脚朴朔，雌兔眼迷离，双兔伴地走，安能辨我是雄雌！

北朝乐府，北朝民歌多半是北魏以后的作品，陆续传到南方，由梁代的乐府机关保存。与南朝乐府相比，北朝民歌口头创作居多，以谣体为主，数量较南朝民歌为少，而内容较为广泛，艺术表现则较为质朴刚健。

本篇叙述女子木兰代父从军的故事，属《梁鼓角横吹曲》，著录于陈释智匠《古今乐录》。诗中称天子为可汗，征战地点皆在北方，则当然属于北歌。黑山即杀虎山，燕(然)山即今杭爱山，均在今内蒙古境内。诗中战事，当发生于北魏与柔然之间。长期的或大规模的战争，造成男性锐减、兵员不足，遂有女子从军之事，是此诗选材之典型。

诗的结尾点题，尤富戏剧性："出门见伙伴，伙伴皆惊惶。同行十二年，不知木兰是女郎。"同行十二年而不知其为女郎，实在太戏剧性，然战争年代容有其事。这使人联想到写几位姑娘为国捐躯的苏联小说《这里的黎明静悄悄》里华斯珂夫准尉的那番妙语："现在没有什么妇女不妇女的！就是没有！现在只有战士，还有指挥员，懂吗？现在是战争，只要战争一天不结束，咱们就都是中性。"《木兰诗》结句道："双兔傍地走，安能辨我是雄雌！"就是战争制造中性的意思，其妙不仅在于慧黠。

在保家卫国的战争中，女人从来和男人一样作贡献，诚如豫剧《花木兰》所唱"女子哪一点不如男"。本诗塑造一位女扮男装、和男子一起驰骋疆场的女英雄形象，就在思想上突破了"女不如男"的传统观念。话虽如此，究竟男女有别，深层的心理不像外表那样容易伪装。木兰不止是英雄，而且是个人，是个女人。她尽可雄服乘马，但她的心毕竟是女儿心，诚如杜牧所咏："弯弓征战作男儿，梦里曾经与画眉。"(《题木兰庙》)《木兰诗》之妙，就在于作者立足主人公女性本位，惟妙惟肖地写出了一段不平凡的生活。

诗写筹备，以东、西、南、北为辞，是一种叙事的程序，并非马鞍鞭辔非分四处买不可，这样写只是表现了当时征人要自备鞍马，事实上是十分忙碌的，读者读着仿佛也跟着跑来跑去，忙得不亦乐乎。为什么要自备鞍马呢？此事与府兵制有关，府兵制渊源于鲜卑部族旧制，建立于西魏大统年间(535—551)，士兵为职业军人，当另立户籍，征发时自备武器。

诗反复以旦暮为标志，概括日复一日的行军及空间距离的越行越远："旦辞爷娘去，暮宿黄河边……旦辞黄河去，暮至黑山头……"赴边途中之事何其多，诗人专拣两个黄昏来写："不闻爷娘唤女声，但闻黄河流水鸣溅溅"、"不闻爷娘唤女声，但闻燕山胡骑鸣啾啾。"这是何等心细，这就是女孩子。女孩子嫁人之前最想念的就是父母，女孩子嫁人之后最想念的可能还是父母。这一节于征途情事叙写较详，后文战争情事反而较略，不仅在行文布局上虚实相间，而且不如此不足以显示作品的主人公毕竟是一个女性，故绝不似《易水歌》之酷。

本诗描写一个北方勇武女性，在笨拙的作者做起来，一定要描写她如何奋勇，如何作战，如何冲锋陷阵，如何杀敌立功，铺叙个不了。可是诗于从军事实，只用“万里赴戎机，关山度若飞。朔气传金柝，寒光照铁衣。将军百战死，壮士十年归”六句虚写一番，着墨无多，与前写应募出征、后写请愿还乡种种儿女情态，描写逼真，适成对照。有道是“男儿生世间，及壮当封侯”，当兵打仗，天生是男人的事，功成受赏，自然是男人的追求。而木兰替父从军，盖事出不得已也。一旦功成，“策勋十二转，赏赐百千强”，热闹是热闹，无奈木兰心不在焉也。

写木兰衣锦还乡，一气铺陈排比三层六句，其中极有分辨，可以玩味——十年过去，所幸双亲尚在，只是年纪更老，故彼此相扶出城来迎——木兰代父从军，可谓忠孝两全！阿姊着妆以迎，不仅意味姊妹喜得重逢，而且表现出这位不同寻俗的妹子，是怎样受到姐姐的敬重和感激。喜庆之日必杀猪宰羊，是中国家庭传统礼俗，小弟已能胜任此事矣，故“磨刀霍霍向猪羊”。数语间一片欢乐祥和，而又长幼有序，此中深具传统礼俗之美。

对于木兰来说，最大的愿望，用样板戏小常宝唱词来说：“盼只盼，早日还我女儿妆！”后面用“开我东阁门，坐我西阁床。脱我战时袍，著我旧时裳。当窗理云鬓，对镜贴花黄”大写特写木兰入十二年未入之闺阁，坐十二年未坐之绣床，着十二年未着之红妆，理十二年未理之云鬓，贴十二年未贴之花黄（诗中“十”和“十二”等数目字——如“军书十二卷”、“策勋十二转”、“同行十二年”、“壮士十年归”等，例皆虚数），这意味着木兰得来不易的女性之复归，亦即人性之复归也，故宜重笔描写。

在实际生活中，女扮男装而又长期不为人觉察，这样的女子恐怕会内分泌失调，不免男性化，得称女强人。然而木兰在千古读者心目中和戏剧舞台上，却永是一个富于魅力的女性，绝不类于母大虫、母夜叉，不能不说是因为诗人尊重女性本位，在艺术处理上十分成功的缘故。这种情况只见于北朝民歌，极可珍视。

代北州老翁答

(唐)◎张　谓

负薪老翁住北州，北望乡关生客愁。自言老翁有三子，两人已向黄沙死。如今小儿新长成，明年闻道又征兵。定知此别必零落，不及相随同死生。尽将田宅借邻伍，且复伶俜去乡土。在生本求多子孙，及有谁知更辛苦！近传天子尊武臣，强兵直欲静胡尘。安边自合有长策，何必流离中国人！

天宝年间，由于统治者贪求边功，实行开边政策，进行了长时期的黩武战争，在蓟北、河陇、云南都投入了大量兵员，造成部分内郡凋敝、民不聊生的状况。张谓"二十四受辟，从戎营朔，十载亭障间，稍立功勋。以将军得罪，流滞蓟门"(《唐才子传》)，对黩武战争给人民带来的痛苦，有着真切的了解。《代北州老翁答》作于天宝十二载前(《河岳英灵集》已提到此诗)，是最早揭示这一严重社会问题的诗作之一，可与杜甫《兵车行》并读。诗写作者路遇一位负薪的老人，因为关切而引起彼此交谈，从交谈中得知：老翁原是北方人，为了保全身边唯一的儿子的性命，躲避要命的兵役，才流离他乡为生的。这个普通人的遭遇，引起诗人莫大的哀矜同情，遂发为歌诗，代其鼓呼，希冀引起当局的重视。

张谓(？—778？)，字正言，河内(今河南沁阳)人。玄宗天宝二载(743)进士及第。约十三、四载入安西节度副使封常清幕。肃宗乾元元年(758)为尚书郎。代宗永泰初，在淮南田神功幕中任军职。大历年间任潭州刺史，后入朝为太子左庶子。六年(771)冬任礼部侍郎，典贡举。《全唐诗》存诗1卷。

诗的前十二句毕叙老翁悲惨遭遇,共分三层。一层说老翁是北地人氏,“北望乡关生客愁”一句表明其流落异乡,不在乡土。“客愁”云云表明是有家难回。又说老翁有三个儿子,其中两个都是当兵阵亡的。这是“客愁”之外的又一重悲痛。第二层叙老翁第三子刚刚成人,又面临兵役的威胁。“明年闻道又征兵”句的“明年”、“又”表明当时征兵何等频繁,几乎成为一种灾难。虽说只是耳闻,老翁已经深信不疑,从而打定逃亡的主意:“定知此别必零落,不及相随同死生。”守在乡土,骨肉分离,是死;逃往他方,流离失所,大不了也是死。与其分离而死,不如死在一处。客观平淡的叙述中,有足悲者。第三层叙流离他乡的辛苦。本来薄有田宅,因为要逃亡,只好贱让给同乡四邻。人们不是说“多子多福”吗,这个养了三个儿子的老人,福在何处呢?“在生本求多子孙,及有谁知更辛苦!”这是十分忠厚恒恻而令人鼻酸的话,它的潜台词简直就是“信知生男恶,反是生女好!生女犹得嫁比邻,生男埋没随百草”(杜甫)。通过以上叙写,诗中老翁的形象已呼之欲出。这个在异乡采樵卖力的老人,辛苦劳累,忠厚驯良,已到了垂暮之境,却只能北望乡关,忍泪吞声。此谁之罪欤?

最后四句写老翁对当局所抱的唯一的幻想和希望,又像是诗人宽慰老翁的话。“近传天子尊武臣,强兵直欲静胡尘”,似乎战争就要结束了。然而真是这样的吗?这两句值得读者认真思索一下:难道此前的战争不断,仅仅是因为武臣未尊,边兵不强,“匈奴”未灭的缘故吗?难道结束边塞战争就只能靠征服吗?也许确实有将帅无能,致使胡马南牧的情况。然而,更主要的原因,不是杜甫一针见血指出的“边庭流血成海水,我皇开边意未已”吗?诗人这里是正言,还是正言欲反?是宣布着希望,还是暗示着失望?大可玩味。“武臣”呀“武臣”,还是“止戈为武”才好。无怪乎诗人最后大声疾呼:“安边自合有长策,何必流离中国人!”这是质朴的呐喊,是为民请命的正义的呼声。这声音虽然不能唤醒沉醉的玄宗,却赢得后人肃然起敬。

夷门歌

（唐）◎王　维

七雄雄雌犹未分，攻城杀将日纷纷。秦兵益围邯郸急，魏王不救平原君。公子为嬴停驷马，执辔愈恭意愈下。亥为屠肆鼓刀人，嬴乃夷门抱关者。非但慷慨献奇谋，意气兼将生命酬。向风刎颈送公子，七十老翁何所求！

题材的因袭，包括不同文学形式对同一题材的移植、改编，都有一个再创造的过程。王维《夷门歌》便是故事新编式的杰作。

此诗题材出自《史记·魏公子列传》，即信陵君窃符救赵的历史故事。但从《魏公子列传》到《夷门歌》，有一重要变动：故事主人公由公子无忌（信陵君）变为夷门侠士侯嬴，从而成为对布衣之士的一曲赞歌。从艺术手法上看，将史传以二千余字篇幅记载的故事改写成不足九十字的小型叙事诗，对题材的重新处理，特别是剪裁提炼上“缩龙成寸”的特殊本领，令人叹绝。诗共十二句，四句一换韵，按韵自成段落。

首四句交代故事背景。细分，则前两句写七雄争霸天下的局势，后两句写“窃符救赵”的缘起。粗线勾勒，笔力雄健，“叙得峻洁”（姚鼐）。“何纷纷”三字将攻城杀将、天下大乱的局面形象地表出。传云“魏安僖王二十年，秦昭王已破赵长平军，又进兵围邯郸”，诗只言“围邯郸”，然而“益急”二字传达出一种紧迫气氛，表现出赵国的燃眉之“急”来。于是，与“魏王不救平原君”的轻描淡写，对照之下，又表现出无援的绝望感。

赵魏唇齿相依，平原君（赵公子）又是信陵君的姊夫，无论就公义私情而言，“不救”都说不过去。无奈魏王惧虎狼之强秦，不敢发兵。但诗笔到此忽然顿断，另开一线，写信陵君礼贤下士，并引入主角侯生：“公子为嬴停驷马，执辔愈恭意愈下。亥为屠肆鼓刀人，嬴乃夷门抱关者。”信陵君之礼遇侯嬴，事本在秦兵围赵之前，这里倒插一笔，其作用是暂时中止前面叙述，造成悬念，同时运用“切割”时间

王维（699—761），字摩诘，太原祁（今山西祁县）人，后徙家蒲州（今山西永济西）。玄宗开元九年（721）中进士，任太乐丞，因伶人舞黄狮子坐罪，贬济州司仓参军。迁殿中侍御史，以选补副使赴桂州知南选。还朝后居终南山。天宝元年（742）改官左补阙，旋居蓝田辋川。后为安史乱军所获，拘于洛阳。肃宗至德二载（757），陷贼官六等定罪，以诗获免。上元元年（760）官尚书右丞，世称王右丞。有《王右丞集》。

的方法形成跳跃感，使短篇产生不短的效果，即在后文接叙救赵事时，给读者以一种隔了相当一段时间的感觉。信陵君结交侯生事，在《史记》有一段脍炙人口的、绘声绘色的描写，诗中却把诸多情节，如公子置酒以待、亲自驾车相迎等等一概略去，单挑面对侯生的傲慢"公子执辔愈恭"的细节作突出刻画，又巧妙运用"愈恭"、"愈下"两个"愈"字，显示一个时间进程(事件发展过程)。略去的情节，借助读者联想补充，便有语短事长的效果。两句叙事极略，但紧接二句交代侯嬴身份兼及朱亥，不避繁复，又出人意外。"嬴乃夷门抱关者也"，"臣乃市井鼓刀屠者"，都是史传中人物原话，"点化二豪之语，对仗天成，已臻墨妙"(赵殿成《王右丞诗集笺注》)，而唱名的方式，使人物情态跃然纸上，颇富戏剧性。两句妙在强调二人卑微的地位，从而突出卑贱者的智勇，同时也突出了公子不以富贵骄士的精神。侯、朱两人在窃符救赵中扮演着关键角色，故强调并不多余。这段的一略一详，正是所谓"难说处一语而尽，易说处莫便放过"，贵在匠心独运。

最后四句专写侯生，既紧承前段遥接篇首，又回到救赵事上来。"献奇谋"，指侯嬴为公子策划窃符及赚晋鄙军一事，这是救赵的关键之举。"意气"句则指侯嬴于公子至晋鄙军之日北向自刭事。其自刎的动机，是因既得信陵君知遇，又已申铅刀一割之用，平生意愿已足，生命已成长物。末二句议论更作波澜，说明侯生义举全为意气所激，并非有求于信陵君。慷慨豪迈，视死如归，有浓郁抒情风味，故历来为人传诵。二句分用《后汉书》杨乔语("侯生为意气刎颈")和《晋书·段灼传》语("七十老公复何所求哉")而使人不觉，用事自然入妙。诗前两段铺叙、穿插，已蓄足力量，末段则以"非但"、"兼将"递进语式，把诗情推向高峰。以乐曲为比方，有的曲子结尾要拖一个尾声，有的则在激越处戛然而止。这首诗采取的正是后一种结尾，它如裂帛一声，忽然结束，却有"慷慨不可止"之感，这种手法与悲壮的情事正好相宜。

把一个有头有尾的史传故事择取三个重要情节来表现，组接巧妙，语言精炼，人物形象鲜明，是《夷门歌》艺术上成功之处。这首诗代表着王维早年积极进取的一面。唐代是中下层地主阶级知识分子在政治上扬眉吐气的时代，这时出现了为数不少的歌咏游侠的诗篇，绝不是偶然的。《夷门歌》故事新编，融入了新的历史内容，故吴汝纶评此诗"叙古事而别有寄托"，是很有见地的。

长干行

（唐）◎李　白

妾发初覆额，折花门前剧。郎骑竹马来，绕床弄青梅。同居长干里，两小无嫌猜。十四为君妇，羞颜未尝开。低头向暗壁，千唤不一回。十五始展眉，愿同尘与灰。常存抱柱信，岂上望夫台。十六君远行，瞿塘滟滪堆。五月不可触，猿声天上哀。门前旧行迹，一一生绿苔。苔深不可扫，落叶秋风早。八月蝴蝶来，双飞西园草。感此伤妾心，坐愁红颜老。早晚下三巴，预将书报家。相迎不道远，直至长风沙。

《长干行》是乐府《杂曲歌辞》旧题。“长干”，故址在今江苏南京。本篇是以商妇的爱情和离别为题材的诗。

诗中的长干，是一个特殊的生活环境，那里水运方便，居民多从事商业。而在古代商人与市民中，封建礼教的控制力量是比较薄弱的。诗中女主人公生长在一个较为开放的生活环境，而诗中男子穿开裆裤时便是她的好朋友，青梅竹马式的童年生活，便成为日后爱情的坚实基础，这和封建时代最常见的先结婚后恋爱，或根本没有爱情的婚姻是完全不同的。因此男女主人公婚后“愿同尘与灰”、“常存抱柱信”以及别后的深切相思，都表现了真诚平等的相爱和对爱情幸福的热烈向往。这种爱情多少带有一点脱离封建礼教的解放色彩。

本篇以第一人称的口吻写女子对远出经商的丈夫的怀念。全诗用年龄序数法和四季相思的格调，巧妙地把一些生活情景——弄青梅、骑竹马、两小无猜的情景，初婚羞涩的情景，婚后热恋的情景，经商过峡的情景，以及别后相思的情景等等，联缀成完整的艺术整体，表现出女主人公温柔细腻、缠绵婉转的思想感情，具有浓厚的民歌风味，与其所表现的内容是十分协调的。

这首民歌风的诗作还创造了两个成语：“青梅竹马”和“两小无猜”。“弄青梅”大约相当于今日叫做“抛子儿”的游戏，女孩子玩的。“两小无猜”，是说男女双方因年幼天真，没有防嫌；随着年龄增长，情况自然会发生变化。

李白（701—762），字太白，号青莲居士，祖籍陇西成纪（今甘肃秦安），生长于蜀。玄宗开元十二年（724）出蜀漫游，先后隐居安陆（今属湖北）与徂徕山（在今山东）。天宝元年（742）奉诏入京，供奉翰林，后赐金还山。安史乱中因从永王璘获罪，系身囹圄，一度流放。有《李翰林集》。

江夏行

（唐）◎李　白

忆昔娇小姿，春心亦自持。为言嫁夫婿，得免长相思。谁知嫁商贾，令人却愁苦。自从为夫妻，何曾在乡土？去年下扬州，相送黄鹤楼。眼看帆去远，心逐江水流。只言期一载，谁谓历三秋。使妾肠欲断，恨君情悠悠。东家西舍同时发，北去南来不逾月。未知行李游何方，作个音书能断绝。适来往南浦，欲问西江船。正见当垆女，红妆二八年。一种为人妻，独自多悲凄。对镜便垂泪，逢人只欲啼。不知轻薄儿，旦暮长追随。悔作商人妇，青春长别离。

《江夏行》与《长干行》写的是同类题材，代言体方式也相同，两个女主人公的遭遇则有同异。江夏女子也爱上了一个不回家的人，她的凄苦更多，幸福的回忆也更少。

江夏女子与丈夫的结合，从诗中看亦出于自由意志，但他们的感情基础较之长干夫妇却要薄弱得多。这位江夏女子自幼多情善感，颇善怀春，爱情几乎是她唯一的精神生活。她的幻想是“为言嫁夫婿，得免长相思”，不免把爱情问题看得太简单，她还不知道“负心汉”是怎么回事，就委身商贾。殊不知商贾的生活方式特点之一是流动性大，根本不可能“白头不相离”的。再说并非所有的男人都是理想的“白马王子”。江夏女子的择偶显然草率了一点，所以付出的代价也很沉重。

她所委身的这个男子，似乎较其他商贾更为重利轻别：“自从为夫妻，何曾在乡土”，“东家西舍同时发，北去南来不逾月。未知行李游何方，作个音书能断绝。”他的去处是扬州，那里乃是大都会，温柔富贵之乡，一个销金窝，具有较大的诱惑力和腐蚀力。同去的人都还知道有个家，唯独他不回来，也太令人不解了。

于是江夏女子痛苦得要发疯，心理发生扭曲。她甚至妒嫉一切少妇：“正见当垆女，红妆二八年。一种为人妻，独自多悲凄。”她痛悔昨日的轻信：“悔作商人妇，青春长别离。”

江夏女子的遭遇告诉我们，即使有了一定的婚恋自由，倘若男女社会地位不平等，女子在择偶上承担的风险仍然很大，其托身的男子一旦有了新欢外遇，必酿成女方终生不幸。

丁都护歌

（唐）◎李　白

云阳上征去，两岸饶商贾。吴牛喘月时，拖船一何苦！水浊不可饮，壶浆半成土。一唱都护歌，心摧泪如雨。万人系磐石，无由达江浒。君看石芒砀，掩泪悲千古。

李白反映劳动人民生活的诗作不如杜甫多，此诗写纤夫之苦，却是很突出的篇章。

《丁都护歌》是乐府旧题，属《清商曲辞·吴声歌曲》。据传宋高祖刘裕的女婿徐逵之为鲁轨所杀，府内直督护丁某奉旨料理丧事，其后徐妻（刘裕之长女）向丁询问殓送情况，每发问辄哀叹一声“丁都护”，至为凄切。后人依声制曲，故定名如此（见《宋书·乐志》）。李白以此题写悲苦时事，可谓“未成曲调先有情”了。

“云阳”即今江苏丹阳，秦以后为曲阿，天宝初改丹阳，属江南道润州，是长江下游商业繁荣区，有运河直达长江。故首二句说自云阳乘舟北上，两岸商贾云集。把纤夫生活放在这商业网点稠密的背景上，与巨商富贾们的生活形成对照，造境便很典型。“吴牛”乃江淮间水牛，“南土多暑而此牛畏热，见月疑是日，所以见月则喘”（《世说新语·言语》刘孝标注）。这里巧妙点出时令，说“吴牛喘月时”比直说盛夏酷暑具体形象，效果好得多。写时与写地，都不直截，避免了呆板，配合写境传情，使下面“拖船一何苦”的叹息语意沉痛。“拖船”与“上征”照应，可见是逆水行舟，特别吃力，纤夫的形象就凸现纸上。读者仿佛看见那褴褛的一群人，挽着纤，喘着气，面朝黄土背朝天，一步一颠地艰难行进着……

气候如此炎热，劳动强度如此大，渴，自然成为纤夫们最强烈的感觉。然而生活条件如何呢？渴极也只能就河取水，可是“水浊不可饮”啊！仅言“水浊”似不足令人注意，于是诗人用最有说服力的形象语言来表现：“壶浆半成土。”这哪是人喝的水呢？只说“不可饮”，言下之意是不可饮而饮之，控诉尤为含蓄。纤夫生活条件恶劣岂止一端，而作者独取“水浊不可饮”的细节来表现，是因为这细节最具水上劳动生活的特征；不仅如此，水浊如泥浆，足见天热水浅，又交代出“拖船一何苦”的另一重原因。

以下两句写纤夫的心境，但不是通过直接的心理描写，而是通过他们的歌声即拉船的号子来表现的。称其为“都护歌”，不必指古辞，乃极言其声凄切哀怨，故口唱心悲，泪下如雨，这也照应了题面。

以上八句就拖船之艰难、生活条件之恶劣、心境之哀伤一一写来，似已尽致，不料末四句却翻出更惊心的场面。“万人系磐石”，“系”一作“凿”，结合首句“云阳上征”的诗意看，概指采太湖石由运河北运。云阳地近太湖，而太湖石多孔穴，为建筑园林之材料，唐人已珍视。船夫为官吏役使，得把这些开采难尽的石头运往上游。“磐石”大且多，即有“万人”之力系而拖之，亦断难达于江边。此照应“拖船一何苦”句，极言行役之艰巨。“无由达”而竟须达之，更把纤夫之苦推向极端。为造成惊心动魄效果，作者更大书特书“磐石”之多之大，“石芒砀”（广大貌）三字形象地表明：这是采之不尽、输之难竭的，而纤夫之苦亦足以感伤千古矣。

全诗层层深入，处处以形象画面代替叙写。篇首“云阳”二字预作伏笔，结尾以“磐石芒砀”点明劳役性质，把诗情推向极致，有点睛的奇效。通篇无刻琢痕迹，由于所取形象集中典型，写来自觉“落笔沉痛，含意深远”，实为“李诗之近杜者”（《唐宋诗醇》）。

远别离

（唐）◎ 李 白

远别离，古有皇英之二女；乃在洞庭之南，潇湘之浦。海水直下万里深，谁人不言此离苦？日惨惨兮云冥冥，猩猩啼烟兮鬼啸雨。我纵言之将何补？皇穹窃恐不照余之忠诚，雷凭凭兮欲吼怒。尧舜当之亦禅禹，君失臣兮龙为鱼，权归臣兮鼠变虎。或言尧幽囚，舜野死，九疑联绵皆相似，重瞳孤坟竟何是？帝子泣兮绿云间，随风波兮去无还。恸哭兮远望，见苍梧之深山。苍梧山崩湘水绝，竹上之泪乃可灭。

李白的《远别离》见收于《河岳英灵集》，作于马嵬事变前。这首表面上只是歌咏舜帝与二妃传说的诗，其实是一个天才的预言。天宝十二载(744)，诗人曾北上寻求发展，意外发现安禄山谋图不轨的迹象。安禄山当时正承恩遇，对视事的中官又进行重贿，致使反情不得上达，举报者无异自取杀身。李白已被皇帝疏远，当时也是“心知不敢语”，只能形于诗歌，诗中对杨妃表示了很深的关切，对唐玄宗提出了批评和警告。

屈大均称李白乐府“篇篇是楚辞”，虽未必然，但本篇确类楚辞，极现实的内容出以浪漫的手法，在神话取材、气氛烘托、地域空间、句法措辞上都与楚辞有明显的承继关系，取材略同《湘君》、《湘夫人》，与《湘君》、《湘夫人》一样依据了民间传说（如《水经注·湘水》所载），即相传舜南巡死于苍梧之野，娥皇、女英追之不及，相与恸哭，泪下沾竹成斑，人称湘妃竹；或言二妃从征，溺死于湘水，神游洞庭之渊、潇湘之浦。

与《湘君》、《湘夫人》不同

的是，本篇还依据了《竹书纪年》（晋太康中出土的竹简，中有纪年十三篇，记夏至周幽王历史，相传为魏国史书）所载“昔尧德衰，为舜所囚”，从而推及“舜野死”乃失权于禹所至。

全诗闪烁其辞，大意是说：说到远别离啊，就不能不提到娥皇、女英这两位帝女——为什么不提到舜？盖舜已先野死也——她们最后的归宿乃在洞庭之南、潇湘之浦。海水直下万里深，但比起她们的悲苦也就不算深了。同时这“海水”就是湖水的一转语。从此，洞庭湖上就笼罩着一层悲剧气氛。郭沫若《湘累》是这样描写二妃的歌声的：“九疑山上的白云有聚有消，洞庭湖中的流水有汐有潮，我们心的愁云呀——啊，我们眼中的泪涛呀——啊，永远不能消！永远只是潮！”李白形容是“日惨惨兮云冥冥，猩猩啼烟兮鬼啸雨”，这种气氛烘托大类楚辞《山鬼》。

写远别离不是诗人的目的，诗人的目的在于追究别离的原因。诗人一针见血地指出，这是因为舜帝大权旁落的缘故，所谓“尧为匹夫不能治三人”的后果。想当初玄宗何以能做皇帝，还不是因为他先发制人，粉碎了太平公主帮的篡权活动，为什么现在就这么糊涂呢？所以诗人不禁感叹：哎，我说这些又有何用？说了也白说（“皇穹”二句从《离骚》“荃不察余之忠诚兮，反信谗而既怒”来）。“尧舜当之亦禅禹”的“之”，指的是君失权而权归臣的局面。就天宝年间而言，是指政权归于李林甫、杨国忠，兵权归于安禄山等。真应该想一想舜帝的结果，死无葬身之所，九疑山就像一个大的迷宫，甚至找不到孤坟所在，而娥皇、女英们的下场就更可怜了。唐玄宗老昏了，李白不免为杨贵妃捏一把汗。

诗的结尾说“苍梧山崩湘水绝（犹言‘石头开花马生角’），竹上之泪乃可灭”，与《长恨歌》“天长地久有时尽，此恨绵绵无绝期”的结尾神似。此诗写成不数年间，唐玄宗就亡命入蜀，与贵妃重演了一出远别离的悲剧。只不过死的是杨妃，痛哭的是皇帝。在诗中李白的同情更在二妃，不仅因为她们是女性，而且因为她们无辜。比较起来，杨妃的命运更其悲惨。故本篇也可以说是李白的《长恨歌》。

马嵬事变是天宝十五载（755）的大事，天下无人不知，何况李白那样热衷政治的人！然而关于这一事变，李白无诗。他既已天才地在事变发生之前发表过意见，这时又因爱国太切而惹下麻烦，被唐肃宗下狱、流放，也就只好三缄其口了。

忆旧游寄谯郡元参军

（唐）◎李 白

忆昔洛阳董糟丘，为余天津桥南造酒楼。黄金白璧买歌笑，一醉累月轻王侯。海内贤豪青云客，就中与君心莫逆。回山转海不作难，倾情倒意无所惜。我向淮南攀桂枝，君留洛北愁梦思。不忍别，还相随。

相随迢迢访仙城，三十六曲水回萦。一溪初入千花明，万壑度尽松风声。银鞍金络倒平地，汉东太守来相迎。紫阳之真人，邀我吹玉笙。餐霞楼上动仙乐，嘈然宛似鸾凤鸣。袖长管催欲轻举，汉东太守醉起舞。手持锦袍覆我身，我醉横眠枕其股。当筵意气凌九霄，星离雨散不终朝，分飞楚关山水遥。余既还山寻故巢，君亦归家渡渭桥。

君家严君勇貔虎，作尹并州遏戎虏。五月相呼渡太行，摧轮不道羊肠苦。行来北京岁月深，感君贵义轻黄金。琼杯绮食青玉案，使我醉饱无归心。时时出向城西曲，晋祠流水如碧玉。浮舟弄水箫鼓鸣，微波龙鳞莎草绿。兴来携妓恣经过，其若杨花似雪何！红妆欲醉宜斜日，百尺清潭写翠娥。翠娥婵娟初月辉，美人更唱舞罗衣。清风吹歌入空去，歌曲自绕行云飞。

此时行乐难再遇，西游因献长杨赋。北阙青云不可期，东山白首还归去。渭桥南头一遇君，酂台之北又离群。问余别恨今多少，落花春暮争纷纷。言亦不可尽，情亦不可及。呼儿长跪缄此辞，寄君千里遥相忆。

这首"忆旧游"是作者写给好友元演的，演时为亳州(即谯郡，州治在今安徽亳县)参军。诗曾收入《河岳英灵集》，其中又提到长安失意之事，故当作于天宝三载(744)至十二载(753)间。诗中历叙与元演四番聚散的经过，于入京前游踪最为详明，是了解作者生平及思想的重要作品。乍看来，此诗不过写作者青年时代裘马轻狂的生活，至涉及纵酒挟妓、与道士交游等内容，似乎并无多少积极的思想意义。其实不然。须知它是写于作者"曳裾王门不称情"，政治遭遇失意、对于社会现实与世态人情均有深入的体验之后。因此，"忆旧游"便不仅有怀旧而且有非今的意味。诗人笔下那恣意行乐的生活，是作为"使我不得开心颜"的污浊官场生活的对立面来写的；其笔下那脱略形迹的人物，又是作为上层社会虚伪与势利的对立面来写的，自有言外之意在。

诗篇的组织，以与元演的离合为经纬，共分四段。前三段依次给读者展现出许多美好的情事。第一段从"忆昔洛阳董糟丘"到"君留洛北愁梦思"，追忆诗人在洛阳时的放诞生活及与元演的第一番聚散。这里最引人注目的是诗人鲜明的自我形象。从洛阳一酒家("董糟丘")说起，这个引子就是李白个性特征的表现。"为余天津桥(在洛水上)南造酒楼"，是一个何等主观的夸张！在自称"酒中仙"的诗人面前，简直就没有一个配称能饮酒的人。少年李白生活豪纵，充满进取精神，饮酒是追求一种精神上的解放："黄金白璧买歌笑，一醉累月轻王侯。""一醉"而至于"累月"，又是一个令人惊讶的夸张，真正是"万户侯何足道哉"！至于他的交游，尽是"海内贤豪青云客"，而其中最称"莫逆"之交的又是谁呢？以下自然带出元参军。随即只用简短两句形容其交谊：彼此"倾情倒意"到可以为对方牺牲一切("无所惜")的地步，以至"回山转海"也算不得什么("不为难")了。既叙得峻洁，又深蕴真情笃意。刚开这样一个头，以下就说分手了，那时李白旋赴淮南("攀桂枝"指隐居访道事，语出淮南小山《招隐士》)，而元"留洛北"。不过这开头已给读者留下深刻的印象。

一、二段之间有两个过渡句。"不忍别"承上"君留洛北愁梦思"，写二人分手的依依不舍；"还相随"又引起下文第二番相会。有此二句，上下衔接极为自然。

第二段从"相随迢迢访仙城"到"君亦归家渡渭桥"，追忆偕元演同游汉东郡即随州(州治在今湖北随县)，与汉东太守及道士胡紫阳游乐情事。先写二人访仙

城山，泛舟赏景，后换马陆行来到汉东。“相随”六句写风光，写行程，简洁入妙，路“迢迢”、“水回萦”、“初入”、“度尽”，使人应接不暇。然后，与远道出迎的汉东太守见面了。汉东太守的形象在此段中最生动可爱，他没有半点专城而居的官架子。他与紫阳真人固然是老朋友，对李白也是倾盖如故。这几位忘形之交在随州苦竹院——“餐霞楼”饮酒作乐，道士与诗人一同伴奏，汉东太守则起舞弄影。没有尊卑，毫无拘束，本来就洒脱的诗人举止更随便了，不但喝得烂醉，甚而忘形到“我醉横眠枕其股”了。然而太守对此则不以为忤，还脱下锦袍给他盖上。这一幕“解衣衣我”的场面写来感人肺腑。此段环境氛围描写亦妙，与道院相称。“餐霞”的楼名，“凤鸣”的仙乐，都造成一种飘飘然非人世间的感觉。欢会如此高兴（“当筵意气凌九霄”），而分手又显得多么容易啊（“星离雨散不终朝”）。诗人与元演又作劳燕分飞，“余既还山寻故巢，君亦归家渡渭桥”，真是天下没有不散的筵席。

至此，诗情出现一个跳跃，直接进入第三段从“君家严君勇貔虎”到“歌曲自绕行云飞”，追忆诗人在并州受元演及其父亲热情款待的情况。从“五月相呼”句看，诗人是应元演的盛意邀请，离开安陆，同经太行山到太原府（并州）去的。曹操诗云：“北上太行山，艰哉何巍巍！羊肠坂诘屈，车轮为之摧。”（《苦寒行》）然而诗人兴致很高，时令也很好，所以“摧轮不道羊肠苦”。这一段写人，以元参军为主。先从其“严君”(父亲)写起,不仅引进一个陪衬人物,同时也在于显示元演将家子的身份。李白在元演那里真是惬意爽心极了:“行来北京(太原)岁月深,感君贵义轻黄金。琼杯绮食青玉案,使我醉饱无归心。”他们还时常光顾城西的名胜古迹晋祠,晋水从这儿发源,风光极美。浮舟弄水,击鼓吹箫,真是快乐。以下六句专写欣赏女乐,“其若杨花似雪何”一句大有“行乐须及春”(《月下独酌》)之慨。玩乐直到傍晚,他们还不想归去。“斜日”的红光与歌女们的红妆醉颜相乱,特别迷人;美人的倩影倒映清清的潭水中,风光绮丽。这时新月初上,美人的面容像月色般皎洁,她们轮番歌唱、起舞,歌声悠扬,随风远去,追逐行云……这里,“黄金白璧买歌笑”已化为生动鲜明的图景,可谓尽态极妍了。

第四段从“此时行乐难再遇”到篇末。一句收束前文,然后写到长安失意时与元演又一度相逢。与前三段都不同,这里没有情事的追忆,只用“渭桥南头一遇君,酂台(在谯郡)之北又离群”一笔带过,是说关中一面后,元演即赴谯郡,似乎是握手已违。大约那时诗人身不自由,心亦不自在吧!关于诗人在长安的境遇,也只有含蓄的两句话:“北阙青云不可期,东山白首还归去。”然而它包含多少人事感慨啊。旷达的诗人,竟也发出了“问余别恨今多少”的感喟,而暮春落花景象更增添了这种别恨。这种心境是“言亦不可尽,情亦不可及”,于是诗人写下这首长诗,叫儿子恭恭敬敬封好付邮,心里充满对故人往事的留恋和珍惜。

此诗提到“北阙青云不可期”,显然是含着牢骚的。但它在写法上与《行路难》、《答王十二寒夜独酌有怀》、《赠从弟南平太守之遥》等等直抒旨意、嘻笑怒骂的长篇不同,它对现实的愤懑几乎没有正面的叙写,而对往日旧梦重温却写得恣肆欢畅、笔酣墨饱,通过对故人往事的理想化、浪漫化,突出了现实的缺恨。

关于此诗的结构,《唐宋诗醇》说得好:“此篇最有纪律可循。历数旧游,纯用叙事之法。以离合为经纬,以转折为节奏,结构极严而神气自畅。至于奇情胜致,使览者应接不暇,又其才之独擅者耳。”这是说此诗与李白七古通常那种“纵逸”、无法而法的作风不同,而是按实有的经历如实写出,娓娓道来,层次分明,结构严谨,写法却又极富变化,颇多淋漓兴会之笔。

兵车行

（唐）◎杜　甫

车辚辚，马萧萧，行人弓箭各在腰。爷娘妻子走相送，尘埃不见咸阳桥。牵衣顿足拦道哭，哭声直上干云霄。

道旁过者问行人，行人但云点行频。或从十五北防河，便至四十西营田。去时里正与裹头，归来头白还戍边。边庭流血成海水，武皇开边意未已。君不闻汉家山东二百州，千村万落生荆杞。纵有健妇把锄犁，禾生陇亩无东西。况复秦兵耐苦战，被驱不异犬与鸡。长者虽有问，役夫敢申恨？且如今年冬，未休关西卒。县官急索租，租税从何出？

信知生男恶，反是生女好。生女犹得嫁比邻，生男埋没随百草。君不见青海头，古来白骨无人收。新鬼烦冤旧鬼哭，天阴雨湿声啾啾。

杜甫（712—770），字子美，河南巩县（今属河南）人。玄宗开元二十三年（735）举进士不第。天宝间困守长安十年。安史乱发，长安陷落，身陷贼中。至德二载（757）自贼中奔赴凤翔行在，授左拾遗。后遭贬，到成都，于西郊建草堂。广德二年（764）剑南节度使严武荐为检校工部员外郎。永泰元年（765）离成都，至夔州（今四川奉节）。大历三年（768）出峡，辗转江湘，死于舟中。有《杜工部集》。

此诗乃诗人困守长安期间，即天宝后期作。历代注家多以为因玄宗用兵吐蕃而作，因为诗结尾有“君不见青海头”云云；而当代说者则据黄鹤、钱谦益的笺解定此诗为杨国忠征南诏一事而作，同时引《通鉴》为书证略云：天宝十载（751）鲜于仲通丧师于泸南，人畏云南瘴疠不敢应募，杨国忠遣御史分道捕人，连枷送至军所，开拔时行者愁怨，父母妻子送之，所在哭声振野。此与本篇开头描写的情景相似。

大抵天宝后期，朝廷一意开边，边将亦贪功好战，安禄山在范阳，哥舒翰在陇右，鲜于仲通在南诏乃至高仙芝对大食都发动过不义战争，与开元时代防御性质的战争不同。此诗虽就征兵一事立题，却并不限于某次具体的战事，而是集中反映天宝年间唐王朝发动开边战争所引起的一系列严重的社会问题，具有高度的艺术概括力。

一起七句开门见山，展开出征送行的场面，具有很强的现场感。诗人选择渭桥这一西行必经的送别之地为背景，按道旁观者感受最强烈的视听印象集中描写：车轮的滚动声，军马的嘶叫声，出征的队伍（特写：新兵腰间的弓箭），夹道奔走相送的男女老少，遮挡住视线的漫天的尘埃；队伍在西渭桥边稍息，送行的场面一下子就达到高潮，这时亲属拦道牵衣、捶胸顿足、失声痛哭、尽情发泄，士兵们则强忍眼泪，劝慰亲人。虽然笔墨不多，由于集中典型，为读者留下想象的余地，故能以巨大的历史容量震撼人心。

接下来，作为“道旁过者”的诗人，不失时机地进行了现场采访。采访的对象

是位老兵，这个并非初次应征、年逾四十的老兵看来是没人话别，冷在一边，倒也乐意回答诗人的问题。老兵答话可分几层，从“点行频”到“武皇开边意未已”为一层，是怨叹朝廷用兵过于频繁。就拿他本人来说吧，十五岁被征至西河（今甘肃、宁夏一带）驻守，到四十岁还在西北屯田（唐王朝为增强河西对吐蕃的防务，在河西屯田）；入伍时年纪尚小，里长还替他束过发，回来时有了白发，还被调遣去戍边。读者仿佛听到他那沉重的叹息声：国家总是要征兵的，但征兵次数实在太多了。从这个老兵，又叫人联想到汉乐府《十五从军征》中的那个老兵，诗中也就借汉武来比唐皇了。

从“君不见汉家山东二百州”到“租税从何出”为二层，谈黩武战争导致农业大幅减产和民生凋敝等严重的社会问题。诗中“山东”乃指华山以东的广大地区。由于征兵太频，造成农业劳动力投入的不足；旧时妇女从事蚕桑，在农耕方面抵不上男子，如今靠妇女种田，庄稼长势不好，农业欠收是不可避免的了。然后话头转到秦兵，也就是关西兵（关指潼关），即眼前这些子弟兵，古话就有“关东出相，关西出将”，我们这些关西子弟是耐苦善战的，但也不能鞭打快牛，把我们像鸡狗一样看贱呀。就拿眼前来说吧，还在不停征关西兵，这又怎么得了呢？最妙的是

垫上一句“长者虽有问，役夫敢申恨”，口气分明是要不是先生好心问我，我是不愿说这些话的。说是不敢申恨，而言下已俱是恨声。然后再退一步撇开百姓不说，这样打下去，对官府又有什么好处呢？官府不是要收租吗，没有收成，租税能从天上掉下来？“租税从何出”一问问得好，只怕统治者还没有清醒认识到这个问题的严重性吧。

从“信知生男恶”到篇终感叹作结，是第三层。秦时征发民夫修筑长城，民间便流传着“生男慎勿举，生女哺用脯”（见陈琳《饮马长城窟行》），无休止的战争和徭役夺去了大量男子的生命，竟使重男轻女的社会心理转变为重女轻男，在号称盛世的天宝年间竟然又出现了这种情况，不能不发人深省。“生女犹得嫁比邻，生男埋没随百草”两句实际包含着一个悖论，既然生男不免乎送死，那么生女又嫁谁呢？结果只能是出现许多老女不嫁和许多的寡妇而已。最后几句，诗人站在历史的高度，通过对古战场阴森恐怖的描写，对自古以来穷兵黩武的战争进行血泪控述。这里的鬼哭与开篇的人哭遥相呼应，形象地反映了安史之乱前夕社会出现的不祥之兆。

此诗纯用客观叙述的表现手法，前半写出征送行惨状，是记事；后半写征夫诉苦之词，是记言。诗人在诗中虽然只扮演一个采访者的角色，但他和那个主人公的思想感情实际上是打成一片的，所以历来解释此诗的人往往就“行人”的答词究竟该在何处画句号发生争论，关键就在这个打成一片上。

此诗除句式长短错综、融合了历代民歌各种修辞手法，如顶针、问答、征引、口语化（“爷娘妻子”等语）等等，内容方面的情事紧迫和表达方面的起伏跌宕天衣无缝地统一在一起，不愧为杜诗代表作。

丽人行

（唐）◎杜　甫

三月三日天气新，长安水边多丽人。态浓意远淑且真，肌理细腻骨肉匀。绣罗衣裳照暮春，蹙金孔雀银麒麟。头上何所有？翠为匎叶垂鬓唇。背后何所见？珠压腰衱稳称身。就中云幕椒房亲，赐名大国虢与秦。紫驼之峰出翠釜，水精之盘行素鳞。犀箸厌饫久未下，鸾刀缕切空纷纶。黄门飞鞚不动尘，御厨络绎送八珍。箫管哀吟感鬼神，宾从杂遝实要津。后来鞍马何逡巡，当轩下马立锦茵。杨花雪落覆白蘋，青鸟飞去衔红巾。炙手可热势绝伦，慎莫近前丞相嗔！

《丽人行》是杜甫即事名篇创立的乐府诗题，诗作于天宝十二载（752）春的上巳节。上巳是中国古代的一个传统节日，又叫“修禊”（临水为祭，祛除不祥），最初定在三月上旬的巳日，魏以后定为三月三日，实际上成为一个春游日。唐时长安曲江，是在汉武帝建筑的宜春苑的基础上进一步疏凿而成的国家水上公园，故长安居民在上巳日，大都来此游春修禊。据唐初王绩《三月三日赋》说，届时曲江水滨就聚“三都之丽人”。天宝十二载正是杨贵妃春风得意之时，其宠荣及于亲属，据《旧唐书》和《明皇杂录》，每到十月玄宗幸华清宫，国忠姊妹五家扈从，每家为一队，着一色衣，五家合队，照映如百花之焕发，遗钗坠钿，灿烂芳馥于路。天宝十二载春天，杜甫在曲江亲眼看到杨氏姊妹在曲江游春的种种“表演”，因作此诗，从一个侧面反映了当时的社会现实。

诗分三段。先叙曲江游女之佳丽，极写杨氏姊妹姿色之艳与服饰之盛。诗人从三月三日“长安水边多丽人”说起，初未挑明丽人身份，好像是总写踏青之仕女，其实笔墨集中在其中的一群。从五代人所画《虢国夫人游春图》可知，杨氏诸姨出游跟随的侍女不少，都骑大马，一个个花枝招展。若是小家碧玉，“态浓”则不能“意远”（雍容大方），所谓婢学夫人，不免露出些村气；唯贵妇浓妆为本色，显得脱俗，美善自然（“淑真”）。

由于养尊处优，一个个细皮嫩肉，体形不错——骨多则瘦，肉多则肥，“骨肉匀”即纤浓适度。本来粗服乱头亦不掩国色，她们偏偏还要美上加美，看她们的全身打扮——罗衣闪闪发光，上面以金银线绣有孔雀、麒麟等吉祥图案，再看其头饰——翠玉做成的叶状首饰压在鬓角上，再看她们的背影——珠玉垂在衣裾边上很有坠性。诗中夹有“头上何所有”、“背后何所见”五言的问句，不但形成节奏，读来朗朗上口，而且暗传围观打量者窃窃私语的神情。这样一群美妇人出现在曲江，当然会引起轰动，使游众大饱眼福。

次写杨氏诸姨宴饮肴馔之阔气和排场。先用两句插说挑明这一群丽人不同寻常的身份：其中那几位丽人中的丽人，乃是当今皇上的几个姨子（“云幕椒房”以居处代指贵妃）。按杨贵妃有姊三人，皆封国夫人（古代贵妇最高封号）：大姊崔氏封韩国夫人，二姊裴氏封虢国夫人，三姊柳氏封秦国夫人。诗中落下了大姊，是受字数限制，故举二以概三。然后写她们开始用“野餐”，这可不是便餐或快餐，上菜“驼峰”、“素鳞”表明食物乃水陆之珍稀，“翠釜”、“水精盘”、“犀箸”、“鸾刀”表明用具之考究，同时进餐时还有箫鼓奏乐以助食欲。就这样，那班贵妇还觉得无可下箸（对比《儒林外史》二回写周进宴请众穷酸：“每桌上摆上八九个碗，乃是猪头肉、公鸡、鲤鱼、肚肺肝肠之类，叫一声‘请’，一齐举箸，却如风卷残云一般，早去了一半。”），这就惊动了御厨，赶紧精心炮制佳肴美味，由黄门太监从夹城快马递送。

面对这样一个眼花缭乱的场面，旁观者当作何感想？正处在“饥卧动即向一旬，鹑衣何啻联百结”的境况之中的诗人作何感想？难怪他要极度地不满了。注意“宾从杂遝实要津”一句，表面是说杨氏诸姨的跟班很多，把住路口，担任防卫，实另有所刺。盖自天宝十一载五月杨国忠任御史大夫兼京畿采访使，同年十一月升为右相兼文部尚书，大权在握后办的第一件事，就是把他在蜀中结识的亲信鲜于仲通引荐为京兆尹，鲜于到任后即奉旨为国忠撰写颂词，并授意来京参选者附合之。杜甫在走投无路时，也曾献诗鲜于，希望他能向杨国忠引荐。尽管如此，诗人对杨氏鲜于集团还是很反感的，诗句也隐射着他们把持权门要路（“要津”）这一

事实。

末六句刺杨氏兄妹的丑闻和炙手可热的权势。杨国忠靠贵妃的裙带关系而飞黄腾达，所以在《丽人行》中也是一个重要角色。杨氏兄妹在当时口碑不好，见载于史的传闻之一，就是杨国忠和虢国夫人有暧昧苟且。虢国夫人是一个放诞风流的女性，杜甫（一作张祜）《集灵台》专咏其事："虢国夫人承主恩，平明骑马入宫门。却嫌脂粉污颜色，淡扫蛾眉朝至尊。"对皇帝如此随便，平素之不自约束也可想而知。当时她住宣阳里左，国忠在其南，经常往来，出则并马，说说笑笑。所以杨国忠来到曲江，在游人中又会引起一阵轰动，彼此咬耳朵，所"咬"内容则见于"杨花雪落覆白蘋（大浮萍）"二句，古人认为杨花具水性，入水则化浮萍（见陆佃《埤雅·释草》），所以向来用喻轻薄者。杨花姓"杨"，浮萍也姓"杨"，杨花像雪花一样飘在浮萍上，是隐射杨氏兄妹乱伦偷情。"青鸟"是神话传说中西王母使者，或即鹦鹉，后多用指在男女间传情的人，"红巾"为女性用品，暗指定情之物。

结尾用警告的口气提醒游众，最好还是离杨氏兄妹远点，不要触及禁区，自讨苦吃。诗旨在揭露杨氏兄妹骄奢淫逸之丑，笔致却华美庄重，到最后点到为止，即前人所谓"美人相、富贵相，最后乃现出罗刹相，真可笑可畏"（蒋弱六）。不作断语，是为善讽。施补华说："前半竭力形容杨氏姊妹之游冶淫佚，后半叙国忠之气焰逼人，绝不作一断语，使人于意外得之，此诗之善讽也。"浦起龙说："无一讥刺语，描摹处语语讥刺；无一慨叹处，点逗处声声慨叹。"咸中肯綮。

自京赴奉先县咏怀五百字

（唐）◎杜　甫

杜陵有布衣，老大意转拙。许身一何愚，窃比稷与契。居然成濩落，白首甘契阔。盖棺事则已，此志常觊豁。穷年忧黎元，叹息肠内热。取笑同学翁，浩歌弥激烈。非无江海志，潇洒送日月。生逢尧舜君，不忍便永诀。当今廊庙具，构厦岂云缺？葵藿倾太阳，物性固莫夺。顾惟蝼蚁辈，但自求其穴。胡为慕大鲸，辄拟偃溟渤？以兹误生理，独耻事干谒。兀兀遂至今，忍为尘埃没。终愧巢与由，未能易其节。沉饮聊自遣，放歌破愁绝。

岁暮百草零，疾风高冈裂。天衢阴峥嵘，客子中夜发。霜严衣带断，指直不得结。凌晨过骊山，御榻在嵽嵲。蚩尤塞寒空，蹴踏崖谷滑。瑶池气郁律，羽林相摩戛。君臣留欢娱，乐动殷胶葛。赐浴皆长缨，与宴非短褐。彤庭所分帛，本自寒女出。鞭挞其夫家，聚敛供城阙。圣人筐篚恩，实欲邦国活。臣如忽至理，君岂弃此物？多士盈朝廷，仁者宜战栗。况闻内金盘，尽在卫霍室。中堂舞神仙，烟雾蒙玉质。暖客貂鼠裘，悲管逐清瑟。劝客驼蹄羹，霜橙压香橘。朱门酒肉臭，路有冻死骨。荣枯咫尺异，惆怅难再述。

北辕就泾渭，官渡又改辙。群冰从西下，极目高崒兀。疑是崆峒来，恐触天柱折。河梁幸未拆，枝撑声窸窣。行李相攀援，川广不可越。老妻寄异县，十口隔风雪。谁能久不顾？庶往共饥渴。入门闻号咷，幼子饿已卒。吾宁舍一哀，里巷犹呜咽。所愧为人父，无食至夭折。岂知秋禾登，贫窭有仓促？生常免租税，名不隶征伐。抚迹犹酸辛，平人固骚屑。默思失业徒，因念远戍卒。忧端齐终南，澒洞不可掇。

天宝十四载(755)在唐史中是极不平凡的一年,在杜甫一生中也是极不平凡的一年。杜甫长安困守十年,本年十月终于“官定”右卫率府胄曹参军,算是有了一个结果。十一月遂往奉先(今陕西蒲城)探望寄居那里的妻子。途经骊山时,见羽林军戒备森严,宫中音乐之声清晰可闻,玄宗和贵妃由近臣陪同在温泉宫过冬,山上歌舞升平的氛围和杜甫一路看到的社会状况形成极大反差,使他有“山雨欲来风满楼”的不祥预感。这预感非常准确,当时安禄山已起兵渔阳,只是消息尚未传到长安。而杜甫这次到家,又遇上小儿子饿死,诗人推己及人,忧心如焚,因而写下了这篇堪称十年思想总结的力作。

诗分三大段,从篇首到“放歌破愁绝”为述志,浦起龙所谓“首明赍志去国之情”(《读杜心解》)。开篇自称杜陵布衣,自笑越老越糊涂,竟想做大臣,攀比辅佐虞舜的稷与契——这里,诗人明明白白说出了生平抱负,又以“拙”、“愚”自嘲迂阔(“濩落”即“瓠落”,语出《庄子·逍遥游》)。因此备尝艰辛(“契阔”),却心甘情愿;还心存期冀,死而后已(“盖棺事则已,此志常觊豁”)。别人是“达则兼济天下,穷则独善其身”,他却是“穷年忧黎元,叹息肠内热”,这难免被人取笑。可他还是走自己的路,唱自己的歌,让别人去取笑。以下另起一意写思想矛盾,说并非不能像李白那样遨游江海、潇洒度日,但他关心人民,希望有一个爱人民的政府,所以常有“端居耻圣明”(孟浩然《临洞庭赠张丞相》)的感觉。虽说朝廷上济济多士,不缺他一个,无奈他热衷政治,如葵花向阳,禀性不能改变。虽说很多人都像蝼蚁一样,经营自己的安乐窝,他却羡慕巨鲸,志在大海。干谒达官,寄食“友朋”,自然不免惭愧。他一直活得很累,又不甘心埋没风尘。怀着稷契之志,却“官定”率府。明知是命运小儿的捉弄,却自惭不能辞去,像巢父、许由那样果断——“耽酒须微禄,狂歌托圣朝”(《官定》)也好,“沉饮聊自遣,放歌破愁绝”也好,一样是自我解嘲。以上大体四句一解,每解有正反两层意思,边破边立,如剥蕉心,千回百折,唱叹有情。

第二段从“岁暮百草零”到“惆怅难再述”为记行,由身世感慨转入对国事的忧念,即“中慨君臣耽乐之失”(浦起龙)。先六句写上路情形。诗人夜半动身,清早过骊山,由于霜冻,冷得人连拉断的衣带都结不好。这时大雾(“蚩尤”)满天,霜重路滑,而山上温泉热气腾腾,军校来往如织,骊宫的乐声,依稀可闻。“君臣留欢娱,乐动殷胶葛(天宇广大貌)”,即所谓“骊宫高处入青云,仙乐风飘处处闻”(白居易《长恨歌》)。想必山中的近臣(“长缨”),正在享受平民(“短褐”)梦想不到的赐浴、赐宴的宠荣。赐宴的同时，还备有丰厚礼品，即“又实币帛筐篚（竹器包装），以将其厚意”（《小雅·鹿鸣》序）。诗人挺身而出道：须知这些赏帛，本是民间女工辛辛苦苦织成，经过官吏的横征暴敛进入国库，君王赏赐群臣，目的乃在安邦治国，大臣如果忽略了这个道理，这些赏赐不等于白扔？儒学核心本是个“仁”字，朝廷多士应该为此惴惴不安，如临深渊，如履薄冰，然而上层腐败却很严重，据说国库中的财宝转移到了贵戚之家。豪门拥有神仙样的歌童舞女，过着奢靡的生活；豪门宾客的着装都用貂皮，享用着驼蹄煲汤一类佳肴，寻常酒肉只能任其变味。诗人再次挺身而出，大声疾呼：“朱门酒肉臭，路有冻死骨。”——仅仅一墙之隔，墙里温暖如春，墙外有人冻死，阶级对立的态势如此严重，使诗人心中非常难过，再也说不下去。

第三段从“北辕就泾渭”到篇终为述怀，即“末述到家哀苦之感”（浦起龙）。先叙从骊山所在的昭应（今陕西临潼）到奉先，途中北渡渭河（泾水至此已与渭合）的一段艰难历程。在迁徙不定的渡口，只见河水挟着冰块，似从崆峒山居高而下，其势简直要将天柱撞折。诗人用共工怒触不周山的典故，写出不祥预感。渡河后还有大段行程，不更著一字，径写到家的情况。按，杜甫的家庭是一个多子女家庭，可以稽考的子女有七个：宗文、宗武两个男孩，《北征》中提到的“晓妆随手抹”的长女和“补绽才过膝”的两小女，加起来共五个，第六个即本篇中饿死的男孩，还有一个小女儿，当时尚未出生。算起来，连同杜甫夫妇，即不满诗中所谓“十口”，亦不远矣。诗中写自己到家即闻哭声，想不到不满周岁的小儿子居然饿死。连邻居都觉得可怜，作父亲的哪能没有悲哀？他为自己回来得太晚，未能尽到父亲的责任而自责。当时“高马达官厌粱肉”（《岁晏行》），难道官卑职小之家的孩子就该自生自灭？没想到刚过秋收，饿死人的事就发生在自己家中。自家世代为官，还享受着免交租税、免服徭役的照顾，仍不免有如此的辛酸，无依无靠的百姓则更不能安生。世间不知有多少穷苦无归和长期戍边的人，他们的景况更可想而知。为此，诗人的忧愁已漫过终南山，至于无边无际。

本篇内涵很深，包容极大，可以说“家事、国事、天下事，事事关心”，也可以说是“先天下之忧而忧”。通过作者的亲历身受，表明了天宝年间，在社会财富急剧增长的同时，贫富差距也越来越大，严重到连一个小官僚家庭都没法养活自己的孩子了，这个社会还有什么安定可言？本篇以还家行程为主线，展开议论，杂以叙事，体制宏大，而构思缜密。由于话题沉重，思想沉郁，故语言简古，用入声韵，涩而耐味，风格十分典重。在尚无大众传媒的古代，杜甫使诗歌在一定程度上承担了传达社会底层民众呼声的任务。这篇长诗表明，无论是在思想的进步上还是艺术的纯熟上，杜甫都超过了同时代的诗人。

哀江头

（唐）◎杜　甫

少陵野老吞声哭，春日潜行曲江曲。江头宫殿锁千门，细柳新蒲为谁绿？忆昔霓旌下南苑，苑中万物生颜色。昭阳殿里第一人，同辇随君侍君侧。辇前才人带弓箭，白马嚼啮黄金勒。翻身向天仰射云，一笑正堕双飞翼。明眸皓齿今何在？血污游魂归不得。清渭东流剑阁深，去住彼此无消息。人生有情泪沾臆，江水江花岂终极！黄昏胡骑尘满城，欲往城南望城北。

李白的《远别离》是天才的预言，杜甫的《哀江头》则是现实的悲痛。

写作这首诗的去年，即天宝十五载（756）六月十二日乙未，小雨天气，玄宗仓皇奔蜀。十三日丙申，军行至马嵬驿发生哗变，杀杨国忠，并逼玄宗赐杨贵妃自缢，这就是历史上著名的马嵬之变。七月肃宗即位灵武。八月杜甫即得到上述消息，奔行在途中陷贼。至德二年（757）年春，杜甫偷偷行至曲江，目睹江柳、江花、江水及眼前宫殿的荒凉，忆帝妃行幸游乐之旧事，想马嵬之变的凄凉，感赋此诗。

全诗共分三部分。前四句为一段，写潜行曲江的满目悲凉。诗以“少陵野老”自称，盖与《咏怀五百字》一样，不以率府为意也。“吞声哭”三字写出诗人不能不哭而又欲哭不敢、只能吞声饮泣，昔日游览胜地，今日不敢公然前往又不能不来，只能向最偏僻之处偷偷潜往的情状。“吞声哭”三字与“潜行曲江曲”五字，写出诗人由衷的伤时念乱之情和沦陷区压抑恐怖的处境，所谓“苦音急调，千古魂消”(《杜诗镜铨》)。下两句写江头宫门尽锁，虽有细柳新蒲，更有何人欣赏。“为谁绿”三字反诘得妙，宋词人姜夔名句“念桥边红药，年年知为谁生”(《扬州慢》)即从此化出，正是花柳无主，有不如无，与《小雅·采薇》“昔我往矣，杨柳依依”同致，盖以乐景写哀，倍增其哀。

继八句写乱前帝妃行幸曲江的盛况。先总一笔，用霓虹般的彩旗代指天子仪仗之盛，谓其使万物沾光。然后用汉代赵飞燕代出杨妃。“第一人”使人联想到白居易《长恨歌》“后宫佳丽三千人，三千宠爱在一身”。杨妃当时俨然成了第一夫人，和皇帝夜同床、出同车，寸步不离。“辇前才人”四句，朱鹤龄以为反映了唐时天子游幸有才人射生(射活靶子)之制，特新旧《唐书》失载。这种推测是有根据的。按中唐王建《宫词》云“射生宫女宿红妆，把得新弓各自张。临上马时齐赐酒，男儿跪拜谢君王”，“旋猎一边还引马，归来花鸭绕鞍垂”，可知其制：参与射生的乃宫女，即此诗中女官“才人”，射生时换却红妆，身着戎服，临行天子赐酒，则行男儿跪拜之礼；一般射生主要是鸭子之类活靶。不过杜甫此诗不同于王建的纪实，为了增强美感和诗意，用了一个特写镜头——“翻身向天仰射云，一笑正坠双飞翼”，这一笑是“千金一笑”，点明玄宗游苑多为娱乐贵妃也。这个“一笑正坠双飞翼”的另一层妙用是双关，暗示玄宗与贵妃乐极生悲，种下不幸的根苗。经过这样的暗示，下文就出其不意地转到马嵬事变上来。

末八句为第三段，写对马嵬事变的感伤。“明眸皓齿”代贵妃，她已血溅马嵬、埋骨渭滨而魂游于异乡，玄宗则由剑阁到了成都，彼此悬崖撒手，永不相干。这里既有惋伤，也有痛恨，感情是十分复杂的。于是最后四句说，人是有情的，而自然无情、历史无情，“花自飘零水自流”，秋去春来，永无终极，而帝妃大错铸成，却无药可救。多情的诗人越想心越乱，一时竟迷失方向，欲往城南，却往城北。

白居易《长恨歌》把唐玄宗、杨贵妃作为一个爱情传奇故事的主人公来加以刻画，所以基本倾向是玩味和同情；杜甫《哀江头》写的是时事，忠实于历史事实，所以基本倾向是悲伤和痛心。《长恨歌》是叙事诗，诗人只充当一个叙事人而已；《哀江头》是抒情诗，诗人是抒情主人公，而帝妃则是他的哀悼对象，故《长恨歌》按叙事步骤一步步走向高潮，极善铺陈；《哀江头》则以抒情的笔法写来，劈头就是抒情，然后插说，然后复转入抒情，结构上有大的跳跃，比如说到帝妃的生死离别，就几乎略去了整个马嵬事件，直接飞跃到悲剧的高潮，便表现出凝练的特色。

羌村三首

（唐）◎杜　甫

峥嵘赤云西，日脚下平地。柴门鸟雀噪，归客千里至。妻孥怪我在，惊定还拭泪。世乱遭飘荡，生还偶然遂。邻人满墙头，感叹亦歔欷。夜阑更秉烛，相对如梦寐。

晚岁迫偷生，还家少欢趣。娇儿不离膝，畏我复却去。忆昔好追凉，故绕池边树。萧萧北风劲，抚事煎百虑。赖知禾黍收，已觉糟床注。如今足斟酌，且用慰迟暮。

群鸡正乱叫，客至鸡斗争。驱鸡上树木，始闻叩柴荆。父老四五人，问我久远行。手中各有携，倾榼浊复清。莫辞酒味薄，黍地无人耕。兵革既未息，儿童尽东征。请为父老歌，艰难愧深情。歌罢仰天叹，四座泪纵横。

杜甫于至德元年（756）八月陷贼，即与家人失去联系。二年四月逃出长安，奔凤翔行在，官授左拾遗，因疏救房琯言辞激烈，开罪肃宗，闰八月放归鄜州探家。杜甫曾描述当时情景是“青袍朝士最困者，白头拾遗徒步归”（《徒步归行》）。在那“家书抵万金”的岁月，一年多未能与家人沟通音信，这次说回就回，注定要给家人和乡亲们一个意外的惊喜。诗虽三首，实一气贯通，是一卷真切动人的乱世风情连环画。

第一首写初至羌村给家人和乡亲带来的意外惊喜。这是一个难以忘怀的秋天傍晚，满天火烧云，像是火山高出西天，而日脚已下到平地。就在这个当儿，诗人终于看到他家的柴门，心中该是何等激动！柴门外鸟雀之多，又是他不曾想到的。这幅“门可罗雀”的景象，活画出那柴门的冷落和凄凉，好像从来就没到过人似的，诗人的心中又该紧一下了。他的出现，使得门外的鸟群惊噪起来，屋里的人会不会意识到是亲人归来了呢（刘长卿“柴门闻犬吠，风雪夜归人”）？

以下写见面。这里的“妻孥”主要指妻子杨氏，一见面就发愣，“怪我在”——简直不相信我还活着。当初说奔行在，一年多却无消息，兵荒马乱，怎么想得到人还活着。回思一年经历，真是一言难尽。如以一言尽之，那就是“生还偶然遂”了。盖陷贼数月可以死，逃亡途中可以死，触怒肃宗可以死，而现在竟得生还，还不偶然吗？妻子“惊定”之后，接着不能不忆起这一年多盼望丈夫归家的焦灼和独立撑持门户的艰难（对照《北征》“平生所娇儿，颜色白胜雪。见爷背面啼，垢腻脚不袜。床前两小女，补绽才过膝”），许多辛酸苦辣都涌上心头，也就不能不“拭泪”了。

杜二先生突然回来的消息，很快传开来，于是“邻人满墙头”，就像看什么稀奇似的——这就是乱世人情：谁家的亲人回来，都会成为地方特大新闻，都会成为全村羡慕的对象。夜已深了，一家子该睡了，却又点着灯，都有点神情恍惚，疑幻疑真，正见乱离喜得团聚之意。仇注云：“偶然遂——死方幸免，如梦寐——生恐未真。司空曙诗‘乍见翻疑梦，相悲各问年’，是用杜句；陈后山诗‘了知不是梦，忽忽心未稳’，是翻杜句。”此言有助于对此二句的深入理解。

第二首写还家后寂寞苦闷的心情。本来诗人才四十六岁，算不得怎样老，然而在长安时已“白头搔更短”，逃至行在时则“所亲惊老瘦”，所以有“晚岁”之感。值此万方多难的时候，想到自己不能有所作为，被遣离了行在，还家后也就快乐不起来。这是一种强烈责任心在“作怪”，也是诗人在政治上遭受挫折的潜在反映。这种情态连小儿子也察觉到了。“娇儿”指小儿子宗武，小名骥子。按杜甫这时有两儿两女，骥子是最小的一个，生得很聪明，杜甫在长安时有诗怀念他说：“骥子好男儿，前年学语时。问知人客姓，诵得老夫诗。世乱怜渠小，家贫仰母慈。”“娇儿不离膝”二句，写出这孩子在战乱年代，心灵里已烙下离乱与痛苦的影子，紧紧靠在父亲膝下，生怕父亲再走掉。

诗人回想到去年夏天初来羌村，喜欢在池边那棵老树下乘凉；今番往寻，情景自有一番不同，盖此时北风萧萧，心中便生忧虑。就家事而言，正是“全家都在风声里，九月衣裳未剪裁”（黄仲则）；就国事而言，则是“惟草木之零落兮，恐美人之迟暮”（屈原），从树叶的零落中，感到人的衰老，更及于时代的盛衰。

末几句说幸亏今年庄稼收成还好，可以有酒消忧了。其实酒还不知在哪里呢。这是一种自我宽慰的写法。

第三首写归家后父老乡亲来访的情事。先有一位客来时院中正发生鸡斗，于是赶鸡上树的序曲，衬托出客至时的欢喜。盖陕北农村风俗，农家两壁有悬空的横木，晚上群鸡栖息其上，如笼鸟然，白天放鸡出门，觅食后即栖于屋边矮树，此风由来甚古，此诗即已记之(冯其庸说)。

来人是四五位父老乡亲，还专门带了酒来，招待杜甫这个主人。但倒出的酒有清有浊，其中隐隐透露出战争年代生活的艰难。“苦辞”即伤心地说，“儿童”即孩子们——是长者对年轻人的称呼。父老因酒味薄说到黍地无人耕种，战争没有结束，孩子们东征打仗还没有回来。这里隐隐流露出父老乡亲主要的来意，不外希望杜二先生讲讲行在的情况和战争时局。这高度集中地反映了劳动人民的情感和要求——要求和平，要求恢复生产，希望孩子们平安回来。然而杜甫清楚地知道自哥舒翰兵败潼关以来，去冬房琯又兵败陈陶斜——“孟冬十郡良家子，血作陈陶泽中水”(《悲陈陶》)，秦地战士死伤最多，其中焉知没有羌村父老所盼望的孩子们呢？陈陶之战也许不能不讲，但他能够把情况讲得这样可怕吗？为了报答父老们一片深情，他为他们唱了自己写的悲歌，姑且假定唱的是《春望》吧。唱完后，只有仰天长叹。诗人的痛苦也就是座中父老的痛苦，所以诗人的思想感情也深深感染了所有座中父老，使他们也跟着掉下泪来。

三首中这一首尤其高度集中反映了劳动人民的思想感情，风格也更加朴素明朗。正如王慎中所说：“一字一句，镂出肺肠，才人莫知措手；而婉转周至，跃然目前，又若寻常所欲道者。”(《杜诗镜铨》引)的确，像这样以生活功力见长因而力透纸背的诗，是无法以语言计工拙的，所以“才人莫知措手”也。

北　征

（唐）◎杜　甫

皇帝二载秋，闰八月初吉。杜子将北征，苍茫问家室。维时遭艰虞，朝野少暇日。顾惭恩私被，诏许归蓬荜。拜辞诣阙下，怵惕久未出。虽乏谏诤姿，恐君有遗失。君诚中兴主，经纬固密勿。东胡反未已，臣甫愤所切。挥涕恋行在，道途犹恍惚。乾坤含疮痍，忧虞何时毕？

靡靡逾阡陌，人烟渺萧瑟。所遇多被伤，呻吟更流血。回首凤翔县，旌旗晚明灭。前登寒山重，屡得饮马窟。邠郊入地底，泾水中荡潏。猛虎立我前，苍崖吼时裂。菊垂今秋花，石戴古车辙。青云动高兴，幽事亦可悦。山果多琐细，罗生杂橡栗。或红如丹砂，或黑如点漆。雨露之所濡，甘苦齐结实。缅思桃源内，益叹身世拙。坡陀望鄜畤，岩谷互出没。我行已水滨，我仆犹木末。鸱鸟鸣黄桑，野鼠拱乱穴。夜深经战场，寒月照白骨。潼关百万师，往者散何卒？遂令半秦民，残害为异物。

况我堕胡尘，及归尽华发。经年至茅屋，妻子衣百结。恸哭松声回，悲泉共幽咽。平生所娇儿，颜色白胜雪。见爷背面啼，垢腻脚不袜。床前两小女，补缀才过膝。海图拆波涛，旧绣移曲折。天吴及紫凤，颠倒在裋褐。老夫情怀恶，呕泄卧数日。那无囊中帛，救汝寒凛慄。粉黛亦解包，衾裯稍罗列。瘦妻面复光，痴女头自栉。学母无不为，晓妆随手抹。移时施朱铅，狼藉画眉阔。生还对童稚，似欲忘饥渴。问事竞挽须，谁能即嗔喝？翻思在贼愁，甘受杂乱聒。新归且慰意，生理焉得说？

至尊尚蒙尘，几日休练卒？仰观天色改，坐觉妖氛豁。阴风西北来，惨澹随回纥。其王愿助顺，其俗善驰突。送兵五千人，驱马一万匹。此辈少为贵，四方服勇决。所用皆鹰腾，破敌过箭疾。圣心颇虚伫，时议气欲夺。伊洛指掌收，西京不足拔。官军请深入，蓄锐可俱发。此举开青徐，旋瞻略恒碣。昊天积霜露，正气有肃杀。祸转亡胡岁，势成擒胡月。胡命其能久？皇纲未宜绝。忆昨狼狈初，事与古先别。奸臣竟菹醢，同恶随荡析。不闻夏殷衰，中自诛褒妲。周汉获再兴，宣光果明哲。桓桓陈将军，仗钺奋忠烈。微尔人尽非，于今国犹活。凄凉大同殿，寂寞白兽闼。都人望翠华，佳气向金阙。园陵固有神，扫洒数不缺。煌煌太宗业，树立甚宏达！

此诗亦作于至德二载（757）九月，完整叙述由凤翔（今属陕西）行在抵鄜州（今陕西富县）羌村家中情事及对时局的看法，是一篇精心结撰的大制作，当作于《羌村》诗后。因鄜州在凤翔的东北，故题《北征》。按《元和郡县图志》全程约七百里，途经崖谷出没之黄土高原，行期在十天左右。《北征》从命题到手法都是学纪行之赋的，前此就有班彪《北征赋》、班昭《东征赋》、潘岳《西征赋》，本篇在命名上参考了《北征赋》，而首纪岁时、后叙行程，则效仿《东征赋》、《西征赋》，起句即以皇帝年号开始，其声正大，以示郑重，又若史笔然。

全诗分四大段。从“皇帝二载秋”到“忧虞何时毕”二十句，写辞阙上路。开头四句说明启程之日是在至德二载闰八月初一，目的是探家。因为一年多不知家中究竟，所以用了“苍茫”二字，既是长路漫漫的感觉，又是身处危急存亡之秋，对前途渺茫莫测的心情。进而说明在国事艰虞、朝野上下一片忙碌的时候，皇帝特许他回家探亲，使他深感不安。其实他知道皇帝这样做等于把他视为多余的人，心中也就更为不安。“拜辞诣阙下”八句，一方面叙述他诣阙辞君时久久没有出来，这其间当然有一些内容，包括皇帝的谈话和他的谢恩，似不便直接写出来，所以用了一种吞吐的语言简单陈述，其潜台词耐人寻味——“虽乏谏诤姿”二句似含自责疏救房琯时态度不好的意味，又有自我辩解其善良动机之意。“君诚中兴主”二句也是半截话，杜甫诣阙应有对国事的谏议，但诗只笼统说安史叛贼还在肆虐，小臣心头也很痛切着急。“臣甫”的字样，正是仿自奏议。总之，杜甫辞君这一席陈辞想必慷慨激昂，以至于走行殿时还在挥泪，上路之后还神情恍惚。

从“靡靡逾阡陌”到“残害为异物”三十六句，写途中闻见。杜甫离凤翔经麟游、邠州、宜君到鄜州，在黄土高原上走了十天半月。虽说这一带当时已掌握在官军手里，但一路上遇到不少伤兵、难民，战争的创伤宛然在目。——这当是当年四、五月份郭子仪部从河东（今山西）奉调凤翔途中，在三原、咸阳到武功的北面与安史叛军李归仁等部交战所留下的后果。跳到本段之末，将到鄜州时“夜深经战场，残月照白骨”云云，则可能是去年（756）十二月郭子仪部与回纥联军大败同罗叛胡于榆林河等处，时斩首三万所留下的尸骨。“潼关百万师”四句，则是见到战场白骨而想起去年六、七月份潼关失守后关中人民所蒙受的巨大灾难，杜甫疑心这些白骨中即有他们的尸骨（以上用廖仲安说）。本段写途中见闻就这样以战争惨象始，以战争惨象终。然而，中间却有大段文字写鄜州以北的高山深谷的自然景物：“菊垂今秋花，石戴古车辙。青云动高兴，幽事亦可悦。山果多琐细，罗生杂橡栗。或红如丹砂，或黑如点漆。雨露之所濡，甘苦齐结实。”看到这些自然景物，简直感觉不到战争的存在。——大山深谷中的这种景象，与现实社会景象间的反差太大，使诗人联想到陶渊明笔下那个世外桃源，相比于桃源中人，自己的处境与身世简直糟透了。前人说此节文字“当奔走愁绝时偏有此闲人清眼，看景入微”（钟惺），其实不是什么“闲人清眼”，而正是离乱人的情怀。“坡陀望鄜畤”四句写杜甫望到鄜州时的喜悦心情。此时诗人心急步急，仆人则心宽步宽，两下就拉开了距离，到水边低地回望仆人，他还在树顶的山道上呢。景如画出，而“犹”字写出心急。“鸱鸟鸣黄桑，野鼠拱乱穴”，写夜深经战场之所见恐怖景象，加上磷火白骨，实令人发指。前五字全用平声，后五字全用仄声，音情异常。

从“况我堕胡尘”到“生理焉得说”又三十六句，写还家情事。与《羌村三首》在叙事上互有详略，可以参看。杜甫虽然与家人分别只一年多，但这是兵荒马乱、九死一生的一年。自陷贼中，诗人的头发都花白了；在长安他曾想象妻子是“玉臂”、“云鬟”，而回来看到妻子却穿着打满补丁的衣裳。接着是抱头痛哭，是喜极而悲、痛定思痛。“平生所娇儿”四句，写幼子宗武生来肤色较白，现在更加苍白，在杜甫想象中他是“未解忆长安”的，殊不知见面发现他有点懂事，见大人痛哭，也偷偷掉泪，而且背着墙壁，企图掩饰；看着他那双没穿袜子、满是垢腻的脚，诗人不禁感到心疼。再看他的两个姐姐，穿的衣服是拆补拼凑而成，才勉强遮得住膝盖。所拼布料原有的绣花图案——天吴（虎面人身的水神）和紫凤弄得上下颠倒，叫为父的看了不知笑好还是哭好。经过十天半月的旅途风寒，杜甫回家就大患流感，又吐又泻，一躺几天。但毕竟带了一些钱帛和日常生活用品回来，全家人可以稍稍改善改善生活，妻子也好好打扮起来。“瘦妻面复光”反用了诗经“自伯之东，首如飞蓬。非无膏沐，谁适为容”诗意，但不露痕迹，还巧妙地借女儿学母效颦、自作聪明地拿把梳子梳头、搽胭抹粉画眉，来衬托妻子的梳妆活动。“痴女”犹言傻丫头，是一种很慈祥、很怜爱的说法。女儿学母画妆之际，男孩则爬上父亲膝上挽须问事，父亲也任其放肆，不忍制止。这段写儿女情态的笔墨，学习了孔融《杂诗》、左思《娇女诗》的写法，但作为一段插曲，置于万方多难的时代画卷中，不仅真实地反映了诗人一家经历生死磨难后所得的一点重逢的喜悦，同时反映了人们共同的对于和平生活的热爱和渴望。

从“至尊尚蒙尘”到篇末四十八句为第四段，是议论时事，表现出诗人到家后对国事的关注和忧念。先叙当时平叛借兵回纥事。回纥兵服色尚白，远看如同霜雪（《留花门》“连云屯左辅，百里见霜雪”），所以用“阴风”、“惨淡”形容其来势。当时肃宗接受郭子仪建议向回纥借兵，回纥王子叶护领兵五千、战马一万来协同作战。肃宗对此寄予厚望，所以当时朝臣对此虽有顾忌，但又不能畅所欲言。杜甫肯定回纥兵的善战，但亦不主张依赖回纥。所以接着指出平叛战争已由战略防御进入战略进攻，强调应把官军作为平叛主力，应在反攻中将后备的精锐部队全部开赴前线，在收复西京长安、东都洛阳后，就应“开青徐”（今山东及苏北）、“略恒碣”（今河北），直捣范阳。这和当时中兴名将郭子仪、李光弼，名相李泌所见略同。惜乎肃宗未予重视，导致后来北方藩镇割据。然后诗人以史笔肯定陈玄礼促使玄宗在马嵬处置杨氏兄妹一事，但将玄宗说得比夏桀、商纣、周幽王好一点（按“不闻夏殷衰”二句为互文，“宣”、“光”指肃宗），那贬斥也就可观。如鲁迅所说：“关于杨妃，禄山之乱以后的文人都撒着大谎，玄宗逍遥法外，倒说有许多坏事都由她。敢说‘不闻夏殷衰，中自诛褒妲’的有几个？”（《女人未必多说谎》）大同殿是长安兴庆宫勤政楼北门内的宫殿，白兽闼是西内太极宫的北门，即白虎门，杜甫陷贼中，曾亲眼看到这些宫殿的凄凉景象，也深知长安人民盼銮舆重返的殷切希望，所以深信靠着人民的拥护和祖先神灵的保佑，太宗开创的大唐基业一定能得到中兴。全诗以皇帝始，以皇帝终，首尾呼应，笔力庄重而结构极为圆紧。

《北征》是杜甫五古的扛鼎力作，与《自京赴奉先县咏怀五百字》前后辉映。所不同者，《咏怀五百字》是忧乱于未乱之先，表现了老杜敏锐的政治预见；《北征》是思治于既乱之后，表现了老杜政治识见。一以贯之的，则是诗中忧国忧民的火热心肠。两诗均以叙事、抒情、写景、议论交织进行，最能体现杜诗“善陈时事”的特色，前人谓为“穷极笔力，如太史公传记，固古今绝唱”（《石林诗话》）。

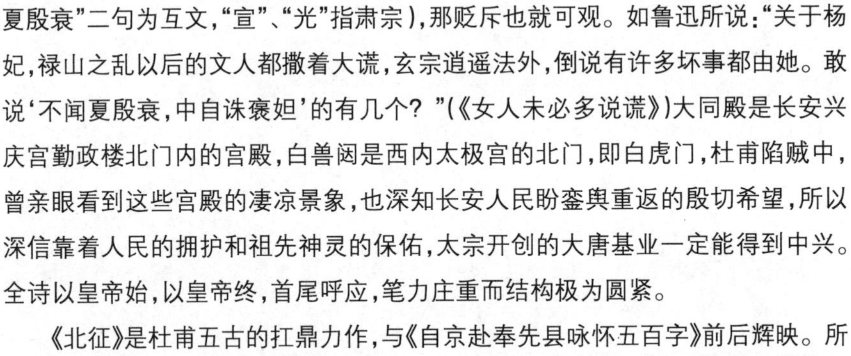

新安吏

（唐）◎杜　甫

客行新安道，喧呼闻点兵。借问新安吏，“县小更无丁？”“府帖昨夜下，次选中男行。”“中男绝短小，何以守王城？”肥男有母送，瘦男独伶俜。白水暮东流，青山犹哭声！“莫自使眼枯，收汝泪纵横！眼枯即见骨，天地终无情！我军取相州，日夕望其平。岂意贼难料，归军星散营。就粮近故垒，练卒依旧京。掘壕不到水，牧马役亦轻。况乃王师顺，抚养甚分明。送行勿泣血，仆射如父兄。”

此诗题下原注：“收京后作。虽收两京，贼犹充斥。”当时，历时八年的安史之乱正进行到第五个年头，即唐肃宗乾元二年（759），平叛的战争十分艰苦。据《资治通鉴》，乾元元年冬，安庆绪退保相州（今河南安阳），肃宗命郭子仪、李光弼、王思礼等九节度使，率领步骑二十万围攻相州。但由于安庆绪坚守不出，到乾元二年三月城犹未破。这时史思明从魏州（今河北大名）领精兵来支援安庆绪，与唐军战于安阳河北。九节度使的军队大败南奔，各溃回本镇，安、史迅速向东京洛阳推进。幸而郭子仪率领他的朔方军拆断河阳桥，才阻止了叛军南下，保住了洛阳。这一重大失败之后，官军大量散亡。为了继续组织反击，朝廷下令征兵，以补充前线急需的兵员。恰在这沧海横流、兵荒马乱之时，杜甫从洛阳回华州（当时任华州司功参军），路过新安，看到了征兵的这一幕人间惨剧，写下了这首饱含血泪的诗篇。

诗歌分作两段。第一段从“客行新安道”到“青山犹哭声”，共十二句，先写征兵场面，以叙事为主。“客”是作者自指。他在新安路上，听得人声鼎沸，知道是在征兵，“喧呼”二字，把强行征兵时那种闹闹嚷嚷、哭哭啼啼的情景，一开始就生动地呈现在读者眼前，使整个征兵过程笼罩在一片凄惨的氛围之中。接着是作者向征兵差吏问话：“县小更（岂、难道）无丁？”在这简练的五个字中，包蕴着十分丰富的含义：此时作者已经看到所征新兵年龄太小，心已不忍；但他又立刻想到新安是小县，也许无法征集到足够的壮丁；然而他又想，虽是小县，难道就真的再也找不到壮丁，非叫这些还未成年的孩子去打仗不可吗？这几层意思，可谓千回百折，既包含对县情和差吏工作的理解，更体现出对民众苦难的深深关切，一位“穷年忧黎元”的诗人形象活现于我们眼前。然后是差吏的回答：“府帖昨夜下，次选中男行。”《旧唐书·食货志》：“天宝三年（744）……制以十八为中男，二十二为丁。”

"府帖"即军帖，唐为府兵制，故曰府帖。差吏的回答中也包含多层意思：一是军情紧急，昨夜府帖刚下，今天就征兵，刻不容缓；二是说明成丁确已征完，不得已而求其次，只好征集"中男"了；三是从口气上，显出这位差吏定要坚决按章办事，决不宽假，态度强硬。这时诗人忍不住脱口而出："中男绝短小（即极矮小），何以守王城（即东京洛阳）？"如果说诗人的第一次问话更多的是对民众的关心，而第二次问话却主要转向了对国家和民族的关注，担心这些矮小的"中男"到底能否守住"王城"，能否荡平叛乱，取得战争的胜利，意思上进了一层。两次问话虽各有侧重，但都同时表现出了诗人殷切地关心民众、关心国家大局的一片热肠，读来令人感动。

这些"绝短小"的"中男"是否能够守住"王城"，当然不是这位只管征集兵员的差吏要直接负责的事，所以对待诗人的问话也就置之不顾了。揣想当时情景，顶多也只能两手一摊："那我有什么办法？"诗人也自知无话可说，于是诗也掉换笔锋，来描写离别场面，寄托深沉的忧思。"肥男有母送，瘦男独伶俜（孤独貌，俜音 pīng）"，十个字中蕴含着彻骨的伤痛。这些"中男"，比较健壮的有母亲来送行，心情似乎还好一点，但何以只有母亲而没有父亲来送呢？这里实际上暗示已经无父。而瘦小的连母亲也没有了。他们在就要离开故土，走上生死难卜的战场时，显得格外孤苦伶仃，真是惨不忍睹。几年来残酷战争造成的民众严重伤亡、国家破败不堪的情景，人民忍受的种种巨大苦难，全都见于言外，字句之中饱含着诗人沉重而深广的忧愤。"白水暮东流，青山犹哭声"，融情入景，在生离死别之际构成了一种仿佛山川也为之感恸的悲惨气氛，尤为动人。对这四句，明人王嗣奭有精到的解释："就短小中分出肥瘦，有母无母，有送无送，此必真景，而描写到此，何等细心！此时瘦男哭，肥男亦哭，肥男之母哭，同行同送者哭；哭者众，宛若声从山水出，而山哭，水亦哭矣！至暮，则哭别者已分手去矣，白水亦东流，独青山在，而犹带哭声，盖气青色惨，若有余哀也。止着一'哭'字，犹属'青山'，而包括许多哭声，何等笔力，何等蕴藉！"（《杜臆》卷三）这一段从开始健笔入题之后，接连用对话来表现人物的活动和心理，口吻毕肖；同时插以环境描写，不仅生动形象，又若断还连，在流畅中颇具顿挫之感，波澜老成，使一腔沉郁之气，涌动于字里行间。

第二段从"莫自使眼枯"到结束共十六句，以无限深情写出对送行人以及新兵的宽慰和勉励，主要是发抒议论，讲得极有分寸，言辞恳切动人，是第一段内容的发展和深化。诗人讲了四层意思："莫自"四句为第一层，紧承上段的"哭声"而来，劝慰不要因生离死别而一味哭泣。其中"莫自使眼枯"的"自"是对民众而言，"天地终无情"中的"天地"，意即"天道"，实是暗指朝廷，因不便直言，故意婉曲其辞。两句中自然包含着民众与朝廷之间无法克服的矛盾，对此，诗人是无可奈何的，这也表现出他自己内心的矛盾，在无法解释而又要劝慰群众的时候，只好归之于“天地”了，不过意思还是很诚挚，也很沉痛，所以仍然很感人。“我军”四句是第二层，叙说战场形势。意谓本来唐军在旦夕（即“日夕”）之间就可攻下相州的，然而敌生变故，各节度使军队如星散般回归本镇。这里把溃败之事隐去了，只言“归军”，含混言之，不仅是为唐军讳，也意在使新兵和民众不致有沮丧、恐惧心理，辞意体贴周至。“就粮”四句为第三层，是继续劝慰的话。“旧京”，指东京洛阳。仇兆鳌说：“就粮，见有食也。练卒，非临阵也。掘壕牧马，见役无险也。”（《杜诗详注》）“况乃”四句为第四层，劝导勉力从军，是进一步宽慰。诗人说，唐军名正言顺，对士卒也很体恤，再加上带兵的“仆射”就像父兄一样，所以此行用不着太悲伤。“仆射”，官名，职位相当于宰相，此指郭子仪，当时为左仆射。据《资治通鉴》：“朔方将士思郭子仪，如子弟之思父兄。”郭子仪有善待士卒的一贯作风，这里含有褒扬之意，也希望其他将领能像郭子仪一样爱护兵士，以减轻这些新征入伍的“中男”的痛苦。这层意思表现出诗人对民众的同情和切盼早日平息叛乱的良好愿望。诗到这里戛然而止，“送行”与前面的“点兵”恰相照应，在首尾完具、浑然一气中，整首诗隐含着耐人寻思的深刻含意，可谓沉郁之至。

石壕吏

（唐）◎杜　甫

暮投石壕村，有吏夜捉人。老翁逾墙走，老妇出门看。吏呼一何怒！妇啼一何苦！听妇前致词，三男邺城戍。一男附书至，二男新战死。存者且偷生，死者长已矣。室中更无人，唯有乳下孙。有孙母未去，出入无完裙。老妪力虽衰，请从吏夜归。急应河阳役，犹得备晨炊。夜久语声绝，如闻泣幽咽。天明登前途，独与老翁别。

石壕村在陕州（今河南陕县）城东，杜甫从洛阳回华州路过此地，诗记投宿当晚亲眼看到的一幕抓丁的悲剧。

开篇先交代故事发生的时间（某夜）、地点（石壕村）和出场人物（我、吏、翁、媪），是故事的序幕。首句一个“投”字，便烘托出兵荒马乱、鸡犬不宁的时代气氛，浦起龙谓“起便有猛虎攫人之势”，实深具会心。下句自然转出“有吏夜捉人”。从前句的“暮”到本句的“夜”，时间已有一番推移。“夜捉人”的潜台词是：抓丁的事经常发生，老百姓已有对策，所以白天捉不到人；于是吏也变白天抓人为夜入民宅抓人。夜捉人就有把握？那可不一定。老百姓张着耳朵睡觉，一有风吹草动，也会翻身就跑，而且一准跑掉。这是何等生动的一幅乱世风情画。“老翁逾墙走”——客观的描写，惊心的场面，须知老翁走路还要扶杖呢，而情急时自有其事。“老妇出门看”，是因为老妇较有安全感，再说也是“走得了和尚走不了庙”啊。

然后叙捉人经过。老翁逾墙需要时间，老妇出门必有延宕。而吏深夜捉人也不堪劳苦，敲半天门，出来的只是个老妇，叫他如何不怒。老妇应声而哭，不仅是因为苦，更是因为惊慌，老翁刚才跳过墙去，可千万不能叫他们发现，必须赶紧一哭。一呼一啼，一怒一苦，通过强烈对比，写出双边情态，惟妙惟肖。两个“一何”加重了感情色彩，渲染出紧张气氛，为老妇的陈情作好铺垫。以下是老妇的陈词，但吏绝不是被动地洗耳恭听，细品老妇的每一句话都是有针对性的，可知她只是回答着吏的诘问。诗中出现多次换韵，韵转意亦随转，暗示着吏的发问，或谓“藏问于答”，甚是。

吏一进门首先必盘问家中男丁何在，故老妇劈头就说“三男邺城戍”——这意味着三个儿子都参加了相州之役。然而一个儿子捎信回来，说两个兄弟新近战死。这样，老妇就很自然地表明了自己“军烈属”身份，然后又悲痛地说“死了的也倒罢了，活着的才是活受罪呢”。吏听此言，若说丝毫不动恻隐之心也未见得，只是差遣在身，他也是没奈何。只好打断这一话题，再追问家中其他男人，于是老妇一口咬定“室中更无人”。出语太快，赶紧补正——“唯有乳下孙”（这个是没法抓的）。这一下漏洞更多，再交代出哺乳的儿媳。说儿媳是“孙母”而“未去”，可见其夫是战死的二子之一，强调她是准备回娘家的，也就暗示吏别打她的主意，也别叫她出来，因为她连一张完好的下裙也没有，无法见人。以上短短几句话，活画出老妇语无伦次却亦有心计的情态，堪称善画。出人意表的是，老妇突然自告奋勇、请从吏归，好心的评论者说是人民自愿从军，其实不那么单纯。老妇始终惦着那段隐情，说罢媳妇，就怕露了马脚，到了图穷匕现的当儿，也只好豁出去了。老妇提到“急应河阳役”的话头，她怎么如此了解形势，显然是吏作了些说服工作，使老妇也有些明白了吏的苦衷。她不作这样的表态又怎么办？虽然未尝不心存侥幸，其中也确有真诚的成分。谁知这倒真给那吏搭了一个下台的梯子，为了交差，老妇也将就罢。事实上，老妇是为了保全家人、保全老伴，作了自我牺牲，也因此维持了一个普通老百姓的人格尊严——其间包含着纯正的悲剧意味，足以令人掩卷兴叹。

最后写事件的结局。先写老妇和儿媳的话别及她走后儿媳的悲泣。“如闻泣幽咽”，幽咽到“如闻”的程度，渲染出时代的恐怖气氛，连大放悲声都不敢。这个儿媳也够惨的，夫死子幼，婆婆又被抓走，娘家的情况怕也不容乐观吧。其次是清晨独别老翁，这老翁回家又有何心情，早知要连累老伴，他恐怕也不躲了，大不了就像《垂老别》中的那个老头那样“子孙阵亡尽，焉用身独完？投杖出门去，同行为辛酸”罢了。面对这样一家子，诗人能说什么？就连对新安中男讲的那番安慰的话，都不适用了。所以他只能如实写下来，让后人知道曾经有过这样的事。

《石壕吏》的语言极其普通，而选材至为典型，诗中所写的这一家子，有三个儿子参军，两个为国捐躯，而其老母亲还不能幸免兵役。“古者有兄弟始遣一人从军，今驱尽壮丁，及于老弱。诗云：三男戍、二男死、孙方乳、媳无裙、翁逾墙、妇夜往，一家之中父子、兄弟、姑媳，惨酷至此，民不聊生极矣”（仇兆鳌）。清袁枚诗道：“莫唱当年《长恨歌》，人间亦自有银河。石壕村里夫妻别，泪比长生殿上多。”关于河南府都畿道的这次战时征兵，史书是失载的，而杜甫的“三吏”、“三别”正好补史载之缺，这就是所谓“诗史”，也完全称得上史诗。

《石壕吏》在艺术上的显著特点是非常的凝练，仅用了120个字就写出了典型性很强的环境（“四郊未宁静，垂老不得安”）、人物和情节，“其事何长，其言何简”（陆时雍）。

新婚别

（唐）◎杜　甫

兔丝附蓬麻，引蔓故不长。嫁女与征夫，不如弃路旁。结发为君妻，席不暖君床。暮婚晨告别，无乃太匆忙！君行虽不远，守边赴河阳。妾身未分明，何以拜姑嫜？父母养我时，日夜令我藏。生女有所归，鸡狗亦得将。君今往死地，沉痛迫中肠。誓欲随君去，形势反苍黄。勿为新婚念，努力事戎行。妇人在军中，兵气恐不扬。自嗟贫家女，久致罗襦裳。罗襦不复施，对君洗红妆。仰视百鸟飞，大小必双翔。人事多错忤，与君永相望。

新婚伊始，即遇征兵，夫妻生离，亦一典型事例。诗为代言，曲尽人情。

全诗三层，一起怨夫。盖旧时女子对男方有较强的人身依附关系，豪爽如红拂亦感“丝萝非独生，愿托乔木”（《虬髯客传》），借夫贵以显妻荣；而本篇所写乃贫贱夫妇，“兔丝附蓬麻，引蔓故不长”。然“嫁女与征夫，不如弃路旁”毕竟是一句过情话，过情乃是怨极的表现，不全是真话。“席不暖君床”语妙，如俗话所谓“地皮子还没有踩热呢”，而“暮婚晨告别”则补充说明何以“席不暖君床”。古时婚期不服役，赶紧完婚，也许就有道理，但战时兵役不认那个道理，弄得新人分离，“无乃太匆忙”也。当时征集的所有新兵，皆开赴河阳，说是“守边”，国事仓皇可知，可见也怨夫不得。而古时女子过门三日，先告家庙、上祖坟，再见公婆，始正名分。诗中新娘过门才两天，难怪她要为难：“妾身未分明，何以拜姑嫜？”

二是怨命，怨身为女儿，不能自择配偶，而听命于父母，嫁鸡随鸡，嫁狗随狗。进一步又说，而今嫁得夫婿，竟不能随，岂不是鸡犬不如。不过退一步想，要是生为男儿又将如何呢？这倒使人想起古谚“宁为太平犬，勿为乱世民”，这话定出乱世人口，太平时代谁想得到呢？于是改口劝夫：“勿为新婚念，努力事戎行。”是无奈语也是理智语，希望这仗早点打完，打完了再团圆。“妇人在军中，兵气恐不扬”，理智语亦无奈语。

三是自誓。从新妇的怨艾和劝勉可以见出，这是一个相当善良、也很重感情的贫女。虽说只一夜夫妻，但俗话说“一夜夫妻百日恩”，因此她决心等，也只能等，全部的希望都寄托在丈夫杀敌凯旋归来之上。从此她跟《卫风·伯兮》中那个女子一样，不再施妆，以示坚贞。诗末更作一比，谓人不如鸟，照应鸡犬一句，然而并未绝望。

要之，诗中刻画的女主人公形象是痴情而又能识大体的，虽然她也有怨意，却也正因为如此，她才是个活生生的、有血有肉的女人。

赠卫八处士

(唐)◎杜　甫

人生不相见,动如参与商。今夕复何夕,共此灯烛光?少壮能几时,鬓发各已苍。访旧半为鬼,惊呼热中肠。焉知二十载,重上君子堂。昔别君未婚,儿女忽成行。怡然敬父执,问我来何方。问答未及已,驱儿罗酒浆。夜雨剪春韭,新炊间黄粱。主称会面难,一举累十觞。十觞亦不醉,感子故意长。明日隔山岳,世事两茫茫!

这首诗当是乾元二年(759)春,杜甫从洛阳回华县途中所作,与"三吏"、"三别"作于同一时期。卫八处士是杜甫青年时代的朋友,二十年未曾谋面,时正战乱,彼此重逢的亲切与感慨可想而知。仇注引周甸注:"前曰'人生',后曰'世事',前曰'如参商',后曰'隔山岳',总见人生聚散不常,别易会难耳。"诗中"山岳",当指华山,仇注引黄鹤注:"唐有隐逸卫大经,居蒲州。卫八亦称处士,或其族子。"蒲州在华山以东,华县在华山以西,在地理上是相合的。

全诗基本上用顺叙。先用一比喻阔别之久:参即参宿,商为辰星,即心宿(见《史记·天官书》)。参在西,商在东,此出彼没,永不相见。再借古人咏新婚的诗句"今夕何夕,见此良人"(《诗经·唐风·绸缪》)叙重逢之乐。相见第一感觉就是对方一样地老了,不禁有"少壮几时兮奈老何"(刘彻《秋风辞》)之慨。继而叙旧,打探彼此的熟人,才知道某某死了,某某也死了,惊讶之余,不胜悲痛,更觉得二十年重逢的不易。

尔后撇开沉重话题,回到愉快的眼前,还有什么比和孩子见面更让人感觉愉快的呢?过去彼此未婚,这次见面才知道卫八也成了多子女的父亲。孩子天性好客,又有家教,拉着杜伯伯问长问短。家长却道:别烦杜伯伯了,赶快端酒去。招待的饭菜都是乡村风味,刚从地里割来的韭菜,饭中掺有黄的小米,吃起来香着呢。难得有今夜的兴致,所以主人殷勤劝酒,客人也放开了酒量,以真心对真心。结尾提到明日分手,对篇首是一个回应,同时联及时势,更饶感慨。

全诗基本上语言朴素,多用白描,娓娓道来,真如"秀才对朋友说家常话"(谢榛《四溟诗话》),"无句不关人情之至,情景逼真,兼极顿挫之妙"(《镜铨》卷五引张上若语),对后来白居易等人的五言叙事诗,有较大影响。

长恨歌

（唐）◎ 白居易

白居易（772—846），字乐天，晚号香山居士，又号醉吟先生，下邽（今陕西渭南）人。先世本龟兹人，汉时赐姓白氏。德宗贞元十六年（800）登进士第，十九年中书判拔萃科，授秘书省校书郎。宪宗元和十年（815）一度被贬江州司马。晚年以太子宾客分司东都，武宗会昌二年（842）以刑部侍郎致仕。有《白居易集》。

汉皇重色思倾国，御宇多年求不得。杨家有女初长成，养在深闺人未识。天生丽质难自弃，一朝选在君王侧。回眸一笑百媚生，六宫粉黛无颜色。春寒赐浴华清池，温泉水滑洗凝脂。侍儿扶起娇无力，始是新承恩泽时。云鬓花颜金步摇，芙蓉帐暖度春宵。春宵苦短日高起，从此君王不早朝。承欢侍宴无闲暇，春从春游夜专夜。后宫佳丽三千人，三千宠爱在一身。金屋妆成娇侍夜，玉楼宴罢醉和春。姊妹弟兄皆列土，可怜光彩生门户。遂令天下父母心，不重生男重生女。骊宫高处入青云，仙乐风飘处处闻。缓歌曼舞凝丝竹，尽日君王看不足。渔阳鼙鼓动地来，惊破霓裳羽衣曲。

九重城阙烟尘生，千乘万骑西南行。翠华摇摇行复止，西出都门百余里。六军不发无奈何，宛转蛾眉马前死。花钿委地无人收，翠翘金雀玉搔头。君王掩面救不得，回看血泪相和流。黄埃散漫风萧索，云栈萦纡登剑阁。峨眉山下少人行，旌旗无光日色薄。蜀江水碧蜀山青，圣主朝朝暮暮情。行宫见月伤心色，夜雨闻铃肠断声。天旋地转回龙驭，到此踌躇不能去。马嵬坡下泥土中，不见玉颜空死处。君臣相顾尽沾衣，东望都门信马归。归来池苑皆依旧，太液芙蓉未央柳。芙蓉如面柳如眉，对此如何不泪垂？春风桃李花开日，秋雨梧桐叶落时。西宫南内多秋草，落叶满阶红不扫。梨园弟子白发新，椒房阿监青娥老。夕殿萤飞思悄然，孤灯挑尽未成眠。迟迟钟鼓初长夜，耿耿星河欲曙天。鸳鸯瓦冷霜华重，翡翠衾寒谁与共？悠悠生死别经年，魂魄不曾来入梦。

临邛道士鸿都客，能以精诚致魂魄。为报君王辗转思，遂教方士殷勤觅。排空驭气奔如电，升天入地求之遍。上穷碧落下黄泉，两处茫茫皆不见。忽闻海上有仙山，山在虚无缥缈间。楼阁玲珑五云起，其中绰约多仙子。中有一人字太真，雪肤花貌参差是。金阙西厢叩玉扃，转教小玉报双成。闻道汉家天子使，九华帐里梦魂惊。揽衣推枕起徘徊，珠箔银屏迤逦开。

云鬓半偏新睡觉，花冠不整下堂来。风吹仙袂飘摇举，犹似霓裳羽衣舞。玉容寂寞泪阑干，梨花一枝春带雨。含情凝睇谢君王，一别音容两渺茫。昭阳殿里恩爱绝，蓬莱宫中日月长。回头下望人寰处，不见长安见尘雾。唯将旧物表深情，钿合金钗寄将去。钗留一股合一扇，钗擘黄金合分钿。但令心似金钿坚，天上人间会相见。临别殷勤重寄词，词中有誓两心知。七月七日长生殿，夜半无人私语时。在天愿作比翼鸟，在地愿为连理枝。天长地久有时尽，此恨绵绵无绝期。

白居易作《长恨歌》时，马嵬事件已过去整整半个世纪，有了相当长的时间距离。李隆基、杨玉环这一对帝妃的生离死别故事，被传说赋予特殊的美感，使得《长恨歌》不同于《哀江头》，减弱了现实的悲痛，增强了浪漫的感伤。

《长恨歌》是白居易的成名作，也是广为传诵的唐诗名篇之一。诗成不久就给诗人带来声誉，据作者自述："闻有军使高霞寓者，欲聘倡妓，妓大夸曰：'我诵得白学士《长恨歌》，岂同他妓哉？'由是增价。""又昨过汉南日，适遇主人集众乐娱他宾，诸妓见仆来，指而顾曰：'此是《秦中吟》、《长恨歌》主耳。'"(《与元九书》)作者身后，唐宣宗更有"童子解吟长恨曲，胡儿能唱琵琶篇"(《吊白居易》)之延誉。诗是好诗，无可争议。然而关于此诗的主题却是古今聚讼纷纭。归纳起来，有三种意见：一、讽刺玄宗荒淫误国；二、歌咏生死不渝的爱情；三、双重主题。文学鉴赏的实践表明，越是杰作，由于结构层面较多，象征意蕴越难穷尽，故有"诗多义"之说。主题的认定，实即多义的取舍。《长恨歌》的中心内容是唐玄宗与杨贵妃生离死别的故事，这是一场生死之恋。无论从作者的创作动机还是客观效果上看，都是一篇言情杰作。

作者友人陈鸿谈及此诗的写作缘起："元和元年冬十二月，太原白乐天自校书郎尉于周至，地近马嵬坡。鸿与王质夫家于是邑。暇日相携游仙游寺，话及此事，相与感叹。质夫举酒于乐天前曰：夫希代之事，非遇出色之才润色之，则与时消没，不闻一世。乐天深于诗，多于情者也；试为歌之，如何？'乐天因为《长恨歌》。"(《长恨歌传》)显然，荒淫误国不能称为"希代之事"，而帝王与妃子之间的生死之恋才是"希代之事"。这样的"希代之事"经过"深于诗，多于情"的诗人的润色，主题的走向可想而知。白居易自己就把《长恨歌》编入"感伤诗"，而不编入"讽谕诗"，题词道："一篇长恨有风情，十首秦吟近正声。"(《编集拙诗成一十五卷用题卷末》)又对元稹说："今仆之诗，人所爱者，悉不过'杂律诗'与《长恨歌》以下耳，时之所重，仆之所轻。”（《与元九书》）凡此，都足以表明作者的创作动机是什么。更重要的是作品的创作实际，从客观上体现了作者的主观意图。

长诗共分三大段。从篇首至“惊破霓裳羽衣曲”写安史之乱前唐玄宗与杨贵妃的情恋史。劈头就说“汉皇重色思倾国”，暗用汉武帝遇李夫人故事，“倾国”出自于李延年“北方有佳人”那首歌，后来成为绝代佳人的代称。“重色”二字不能说没有托讽，不过讽刺的分量太轻，与其说是唐玄宗的弱点，毋宁说是人性的弱点（《礼记》谓修身当“如好好色”，作者《李夫人》诗谓“人非木石皆有情，不如不遇倾城色”，便是明证）。“杨家有女初长成，养在深闺人未识”二句与史实大有出入，不像陈鸿《长恨歌传》那样哪怕是委婉地指出杨氏本是寿王妃这一事实，这种润色或美化，其目的和效果都是明显的。接下来有六句写杨妃的承宠。《长恨歌传》形容杨妃的美是：“绿云生鬓，白雪凝肤。涯饰光华，纤秾有度，举止闲冶，如汉武帝李夫人。”仅限于静态的描摹，不胜痕迹。相形之下，白居易抓住一个动态和美的效果来写杨妃之美，何等灵妙：“回眸一笑百媚生，六宫粉黛无颜色。”避开正面描写，却引起更生动的关于美的印象。

温泉赐浴，诗人通过眸子、肌肤、浴态等细节，写活了一个美丽而性感的杨妃，给后世戏曲家和画家以无穷灵感。继十句写杨妃的专宠。

接下来四句写杨氏一门沾光。妃有姐三人，大姨封韩国夫人，三姨封虢国夫人，八姨封秦国夫人，富比王室，恩泽势力过于大长公主，可自由出入宫禁，乃至素面朝天。从弟铦为鸿胪卿，锜以侍御史尚主，从祖兄钊赐名国忠，授金吾兵曹参军，后任宰相。妃父玄琰追赠齐国公，母封凉国夫人。这就是“姐妹兄弟皆列土，可怜光彩生门户”所据事实。故当时谣谚云：“生女勿悲酸，生男勿喜欢。生女勿怒，君不见卫子夫霸天下。”杨妃专宠，光耀门第，居然改变了重男轻女的社会传统心理，诗中的慨叹很深。继六句写乐极生悲。“骊宫”即华清宫。“渔阳鼙鼓动地来，惊破霓裳羽衣曲”——安史之乱宣告了李杨纵情欢娱生活的终结。写安史之乱仅两句，只作为对爱情生活产生破坏的事件来写，也表明《长恨歌》写的是爱情悲剧而非政治悲剧。

从“九重城阙烟尘生”到“魂魄不曾来入梦”写唐玄宗杨贵妃的生离死别，和玄宗对死去的杨妃无时不已的怀念。十句写马嵬之变。从政治角度歌咏马嵬之变的诗人，总是冷静地判断：“不闻夏殷衰，中自诛褒妲”（杜甫）、“终是圣明天子事，景阳宫井又何人”（郑畋）。唯独白居易写出了一个割不断情根爱胎的玄宗，“六军不发无奈何，宛转蛾眉马前死”、“君王掩面救不得，回看血泪相和流”，讽刺之笔如此惨痛飞迸！在诗人笔下，堕入爱情炼狱的玄宗，逐渐洗清“重色”的表象，而袒露出一颗情种之心。

“黄埃散漫风萧索”八句写赴蜀路上玄宗对杨贵妃的思念。借萧索、孤凄、暗淡的景物色彩，及月色铃语给失眠者的特殊感觉，渲染出玄宗的悲痛。据《杨太真外传》，玄宗一行至斜谷口，淫雨涉旬，于栈道闻铃声隔山相应，玄宗悼念杨贵妃之情愈切，遂采其声为《雨霖铃》曲以寄恨。月无心可伤，铃无肠可断，而谓之伤心色、断肠声，以伤心人别有怀抱（对照杜甫“感时花溅泪，恨别鸟惊心”）。“天旋日转回龙驭”六句写光复后还京路上玄宗对杨贵妃的思念。至德二年九月收复长安，十二月玄宗从蜀归，过马嵬坡，派人备棺改葬杨妃，挖开土，香囊犹在。“不见玉颜空死处”的“空”字，极写出他心境的悲凉。时过境迁，他那难以消减的悲痛感染了左右，此时是“君臣相顾尽沾衣”。东望都门，本应归心似箭，快马加鞭，但玄宗却打不起精神，“信马归”三字可见意懒心灰。

“归来池苑皆依旧”十八句写回京后身为上皇的玄宗对杨妃更深的相思。玄宗还京后，迁至西内太极宫甘露殿，处境更凄凉。当初在幸蜀路上，玄宗曾以《雨霖铃》曲授张徽，回京后复幸华清，从官嫔御无一旧人，因于望东楼令徽复奏此曲，不觉怆然。诗中写他看到池中的芙蓉想起杨妃，看到宫中柳叶想起杨妃，正是“物是人非事事休”，从春到秋，年复一年，此情有增无减。“梨园弟子白发新，椒房阿监青娥老”，间接地说玄宗自己也是岁月不饶。诗人不惜以八句篇幅写他的孤眠难熬之夜，大肆渲染环境。冬至前夜晚逐渐增长，“初长夜”是说难熬的夜晚还在后头。说到“星河”则暗逗“他年七夕笑牵牛”的情事，正是往事不堪回首。“鸳鸯瓦”是两片嵌合的瓦，它在字面上有反衬失伴的孤单的作用。凡此种种，都可见诗人意匠经营。以上写各种场合，四时交替，而玄宗悼亡之情无时不已，这样的钟情，不但“在帝王家罕有”（洪升），也超出了市井一般情种的水平。《长恨歌》中玄宗的生死恋，就升华到了精神恋爱的、纯情的高度。当他的精诚感动了一个道士，诗篇就进入了一个新的天地。

“临邛道士鸿都客”到篇末，在一个幻想的神仙世界中，刻画了死者对生者刻骨铭心的眷念，补足了悲剧主人公之一的杨妃形象。诗人所据，应是王质夫转述的民间传说（方士致魂魄的情节，汉武帝李夫人故事亦有之）。“上穷碧落下黄泉，两处茫茫皆不见。忽闻海上有仙山，山在虚无缥缈间”几句，最有山重水复之妙。当初杨玉环被度为女道士，就叫太真，这便是蓬莱仙岛传说的现实凭借。“金阙西厢叩玉局”到“在地愿为连理枝”，以细腻的笔墨写杨妃接见道士的情景和对话。仙府重深，须经辗转通报的手续（小玉、双成皆神话中女子，此作太真妃的侍女），当睡眠中的杨妃得知玄宗使者到此，先是一“惊”，然后是“揽衣——推枕——起徘徊”三个动作，表现出她掩饰不住内心的激动。珠箔银屏接连打开，云髻半偏便下堂来，表现出她迫不及待要见使者的心情。她依然那样美丽，下堂的步态就能使人想见当年的风姿。诗人以“梨花一枝春带雨”形容她的“玉容寂寞泪阑干”，贴切而形象，真“淡处藏美丽，浅处著工夫”（方虚谷）。诗中刻画杨妃神情，每每抓住一双眸子传之，前有“回眸一笑”，此处有“含情凝睇”，可谓善绘。

诗中省去了道士的致词，而重在写杨妃的答词，寄赠旧物与信誓：“唯将旧物表深情，钿合金钗寄将去。钗留一股合一扇，钗擘黄金合分钿。但令心似金钿坚，天上人间会相见。”数句采用了“分总”辞格，“钗”、“合”、“金”、“钿”四字反反复复，在音情上渲染杨妃缠绵悱恻的相思，淋漓尽致.这民间式的信誓旦旦，丰满地刻画出一个同样执著于爱情的杨妃形象。根据当时传说，“方士受辞与信，将行，色有不足。玉妃固征其意，复前跪至词：‘请当时一事不为他人闻者验于太上皇。不然，恐钿合金钗，负新垣平（汉时赵人，以善望气致宠，后被告发有诈被杀）之诈也。”玉妃茫然退立，若有所思。徐而言之：‘昔天宝十载，侍辇避暑骊山宫，秋七月牵牛织女相见之夕……夜殆半，休侍卫于东西厢，独侍上。上凭阑而立，因仰天感牛女之事，密相誓心：愿世世为夫妇。言毕，执手各呜咽，此独君王知之耳。’”（《长恨歌》）诗的最末几句便写这一情节，骊宫（诗云“长生殿”）之誓，被诗化为“在天愿作比翼鸟，在地愿为连理枝”的千古名句。

李商隐《马嵬》结云：“如何四纪为天子，不及卢家有莫愁。”也就是“长恨”结穴所在，但说得露，不及白居易的结句有悠悠不尽的余味：“天长地久有时尽，此恨绵绵无绝期。”这一悲剧性结局，突破了我国传统文化心理喜欢“大团圆”的模式，尤为难能可贵。

无论从创作动机还是客观实际看，歌颂生死不渝的恋情，感伤因为情深缘浅而导致的“人生长恨”（李煜《相见欢》），才是《长恨歌》主题所在。白居易基本上是从一种超政治功利的角度，即人性论的角度，来看待这一发生在玄宗与杨妃间的生死之恋的。《长恨歌》的崇情倾向，明显受到时代文艺思潮的影响，它事实上和唐代中叶爱情传奇的繁荣有着千丝万缕的联系。作《莺莺传》的元稹，作《李娃传》的白行简，分别是诗人的密友和胞弟，这该不是一个偶然的巧合吧？《长恨歌》可以说是一篇诗体传奇，尽管主人公有帝王、贵妃的特殊身份，但他们和普通人一样爱、一样犯错误，一样受苦，也一样地被理解、被同情。

《长恨歌》还创造了独特的美学风格。“那气息的超脱，写情的不落凡俗，处处不脱帝王的 nobleness，更是千古奇笔”，“把悲剧送到仙界上去，更显得那段罗曼史的奇丽清新，而仍富于人间味”，“全诗写得如此婉转细腻，却仍不失雍容华贵，没有半点纤巧之病。明明是悲剧，而写得不哭哭啼啼，多么中庸有度，这是浪漫底克兼有古典美的绝妙典型。”（傅雷）《长恨歌》既哀感顽艳，又庄严美丽。歌咏唐玄宗、杨贵妃孽缘，像《哀江头》、《远别离》那样的政治抒情诗，李杜有之，他人亦能有之；而像《长恨歌》这样的传奇故事诗，李杜亦不能有之，唯白居易有之。这为白居易在后世被评为唐代第三大诗人，增加了很大的筹码。无怪清赵翼评道：“以易传之事，为绝妙之词，有声有色，可歌可泣……自是千古绝作。”

琵琶行

（唐）◎ 白居易

元和十年，予左迁九江郡司马，明年秋，送客湓浦口，闻舟中夜弹琵琶者，听其音铮铮然有京都声。问其人，本长安倡女，尝学琵琶于穆、曹二善才。年长色衰，委身为贾人妇。遂命酒，使快弹数曲，曲罢悯默。自叙少小时欢乐事，今漂沦憔悴，转徙于江湖间。予出官二年，恬然自安，感斯人言，是夕始觉有迁谪意。因为长句，歌以赠之，凡六百一十二言，命曰琵琶行。

浔阳江头夜送客，枫叶荻花秋瑟瑟。主人下马客在船，举酒欲饮无管弦。醉不成欢惨将别，别时茫茫江浸月。忽闻水上琵琶声，主人忘归客不发。寻声暗问弹者谁？琵琶声停欲语迟。移船相近邀相见，添酒回灯重开宴。千呼万唤始出来，犹抱琵琶半遮面。

转轴拨弦三两声，未成曲调先有情。弦弦掩抑声声思，似诉平生不得意。低眉信手续续弹，说尽心中无限事。轻拢慢捻抹复挑，初为霓裳后绿腰。大弦嘈嘈如急雨，小弦切切如私语。嘈嘈切切错杂弹，大珠小珠落玉盘。间关莺语花底滑，幽咽泉流冰下难。冰泉冷涩弦凝绝，凝绝不通声暂歇。别有幽愁暗恨生，此时无声胜有声。银瓶乍破水浆迸，铁骑突出刀枪鸣。曲终收拨当心划，四弦一声如裂帛。东舟西舫悄无言，唯见江心秋月白。

沉吟放拨插弦中，整顿衣裳起敛容。自言本是京城女，家在虾蟆陵下住。十三学得琵琶成，名属教坊第一部。曲罢曾教善才伏，妆成每被秋娘妒。五陵年少争缠头，一曲红绡不知数。钿头云篦击节碎，血色罗裙翻酒污。今年欢笑复明年，秋月春风等闲度。弟走从军阿姨死，暮去朝来颜色故。门前冷落鞍马

稀，老大嫁作商人妇。商人重利轻别离，前月浮梁买茶去。去来江口守空船，绕船月明江水寒。夜深忽梦少年事，梦啼妆泪红阑干。

我闻琵琶已叹息，又闻此语重唧唧。同是天涯沦落人，相逢何必曾相识！我从去年辞帝京，谪居卧病浔阳城。浔阳地僻无音乐，终岁不闻丝竹声。住近湓江地低湿，黄芦苦竹绕宅生。其间旦暮闻何物？杜鹃啼血猿哀鸣。春江花朝秋月夜，往往取酒还独倾。岂无山歌与村笛？呕哑嘲哳难为听。今夜闻君琵琶语，如听仙乐耳暂明。莫辞更坐弹一曲，为君翻作琵琶行。感我此言良久立，却坐促弦弦转急。凄凄不似向前声，满座重闻皆掩泣。就中泣下谁最多？江州司马青衫湿。

元和十年，白居易受政治迫害被贬九江郡司马。司马是一种冗员散职，作者在《江州司马厅记》一文中写道："若有人蓄器贮用急于兼济者，居之虽一日不乐；若有人养志忘名安于独善者，处之虽终生无闷。……刺史，守土臣，不可远观游；群吏，执事官，不敢自暇佚；唯司马绰绰，可以从容于山水诗酒间……官足以庇身，食足以给家；州民康，非司马功；郡政坏，非司马罪。无言责，无事忧。噫，为国谋，则尸素之尤蠹者；为身谋，则禄仕之优稳者。"可见作者当时生活的平静闲散而又无聊，心情则充满矛盾和不安。诗序所谓"予出官二年，恬然自安"，只不过是表面而暂时的现象。每逢人际交往，触绪牵情，又不免感事伤怀。序云元和十一年秋，送客湓浦口（湓水入长江处），遇一琵琶女，乃旧日长安名倡沦为商人妇者，既得领略其技艺之精妙，又闻其自叙经历之不幸，因"感斯言，是夕始觉有迁谪意"。这就是《琵琶行》的写作缘起。

从篇首到"主人忘归客不发"是故事的引子，交代了诗人相遇琵琶女的时间、地点与环境。这是一个逢秋兴悲的日子，枫叶赤，芦花白，江水碧，好一派肃杀的江

景。故人当夜要出发，诗人在“浔阳江头”即湓浦口为之饯别。饯别的酒并不能消去心中的离愁别绪，又没有音乐助兴，故“醉不成欢”。方留恋处，不觉天色渐晚，“别时茫茫江浸月”——是不知不觉的发现催别的信号。诗人当年四十五岁，在古时已是感伤老大的年纪，兼在迁谪之中，他乡送客，心中很不是滋味。这境况正是郑板桥《道情》集唐人诗句所说：“枫叶荻花并客舟，烟波江上使人愁。劝君更尽一杯酒，昨日少年今白头。”这种特定状况的渲染，为以下写相逢琵琶女作了铺垫。诗人先已说“举酒欲饮无管弦”，十分遗憾；后写“忽闻水上琵琶声”，则尤令人欣喜。

从“寻声暗问弹者谁”到“唯见江心秋月白”，写饯宴重开，琵琶独奏。诗中写琵琶女的露面，非草草交代，而别具摇曳多姿的描叙。在“寻声暗问”之初，先是“琵琶声停”，一阵迟疑。在邀者盛情难却之际，仍是“千呼万唤始出来，犹抱琵琶半遮面”。这是故作姿态，还是当众害羞？否，须知这些都不是徐娘半老的昨日名角应有之态。揣其情，当是因告别“舞台”不作当众表演多年，深有“退休者”之寂寞、鱼龙失水的悲哀、受伤者的自怜。尤其是中夜梦回，泪流满面，骤然间遇此热情邀请于江湖之上，宜乎其欲语不能，欲进犹疑。江州司马“千呼万唤”这段时间，她显然是在化妆。然而当她抱琵琶出场后，便技痒难熬，恨不得一奏为快。这从“转轴拨弦三两声，未成曲调先有情”两句可以知之。就在这三两声中，已令人觉其掩抑深思，“似诉平生不得意”了。“低眉”可见专注，“信手”可见纯熟，所以往后弹奏“霓裳”、“六么”等名曲，也能弹出个人情寄，而“说尽胸中无限事”。这一段描摹琵琶声，乃全诗中最精妙的文字。描写演奏者只有“轻拢慢捻抹复挑”一句，两只手都写到了：叩弦为拢，揉弦为捻，这是左手按弦指法；顺手下拨为抹，反手上拨为挑，这是右手弹弦指法。这是知音者说内行话，故自然妥帖。但诗人着重描写的还是音乐本身及其给人的感受。虽然所用办法不过是由听觉联系到听觉，但通过人们熟悉的自然音响如雨声、私语声、珠落玉盘声、鸟声、泉声等等，能给人以具体生动的音乐美的印象。诗人在描摹中特别注意音乐对比因素的刻画，如高

低、粗细、重轻、缓急、滑涩、断续等等，极富层次感。其间诗人又特别注意以音乐化语言来描绘音乐，这里有叠字“嘈嘈”、“切切”、“嘈嘈切切”，有重复如“大珠小珠”，有双声叠韵如“间关”、“幽咽”，有顶真如“幽咽泉流冰下难。冰泉冷涩弦凝绝，凝绝不通声暂歇”，有前分后总如“大弦嘈嘈……小弦切切……嘈嘈切切……”，这些辞格的运用，使得此诗在音情的密合上达到极致。诗人又让乐声在高潮中结束余韵不绝：“东舟西舫悄无言，唯见江心秋月白。”二句既写环境，又写音乐效果。“悄无言”，可见听众屏息凝神；江心月白，又见环境的寂静清澄，音乐感通自然与“曲终人不见，江上数峰青”同致。

从“沉吟放拨插弦中”到“梦啼妆泪红阑干”，由自述补叙琵琶女身世遭际。至此，女主人公才抬头亮相。原来她生在长安，“本是京城女”，家在下马陵（按《国史补》：“旧说董仲舒墓，门人过皆下马，故谓之下马陵，后人语讹为虾蟆陵。”诗用坊中语，盖由琵琶女自述）下住，自幼学艺，名编教坊。当年她是位色艺双绝的艺伎——“曲罢曾教善才伏，妆成每被秋娘妒”（曹善才乃当时著名琵琶师，出于琵琶世家；秋娘为当时长安名倡）。因此拥有众多的追星族，曾被子弟捧红，名噪一时，出场费很高：“五陵年少争缠头，一曲红绡不知数。”过了一段灯红酒绿、豪华狂欢的生活：“钿头银篦击节碎，血色罗裙翻酒污。”然而，随着新的明星升起，她的行情看跌。加上发生了一些变故，“弟走从军阿姨死”（或言“弟”是女弟，即烟花姐妹随军；“阿姨”即鸨母），她无异从生活的巅峰跌进深谷，饱尝了世态炎凉的辛酸，终至“老大嫁作商人妇”。在抑商的古代，商人富而不贵，生活是流动的，琵琶女从此也告别了长安。据《元和郡县图志》，江西饶州浮梁县产茶，虽非名贵而产量极丰，价必便宜。故此商人有采购之事，作为外室的琵琶女便被抛在江州船上。故在江口空船之夜，“忽梦少年事”。梦，不过是无意识思想的伪装，其根源还在于做梦之前潜在的情结，即“日有所思，夜有所梦”。岁月本可使人麻木，少年之事似已淡忘，然中夜梦回，仍不免历历在目，百端交集，有不能自已者。此其所以当夜对月，一奏琵琶，以鸣不平。不料于无意之中，遇此知音之人，礼下延请，其感慨又何待言。诗中虽仅写到“梦啼妆泪红阑干”为止，以下情事，已与篇首环合，为此诗中最简妙之笔。

从“我闻琵琶已叹息”到“为君翻作琵琶行”，写琵琶女的陈辞引起诗人隐痛和同情，“是夕始觉有迁谪意”。诗人先为其掩抑幽咽的乐声感染，既而又为其浮沉的身世嗟伤，从琵琶女身上，更照见了自己的影子。本怀兼济之志、出世之才，人过中年,却被投闲置散、远离帝京。在浔阳这样一个缺少高雅音乐的偏僻之地,忽闻此铮铮京都之声,给他带来旧梦重温的片刻陶醉和物伤其类的持久的感触。一个人倾诉的不幸,成了两个人的共同不幸,致使诗人忘却了身份的差异,对此产生了同病相怜的认同感,写出了"同是天涯沦落人,相逢何必曾相识"的至理名言,也就是全诗的主题句。毛泽东书房中的《唐诗三百首》,在本诗的开头上有如下批语:"江州司马,青衫泪湿,同在天涯。作者与琵琶演奏者有平等心情。白诗高处在此不在他处。其然,岂其然乎?"毛在此诗的标题上还画了三个大圈,在"同是天涯沦落人"二句旁画一路密圈,以示激赏。紧接着诗人进一步提出要与琵琶女来一次艺术上的合作,请对方再弹一曲,而自己作为诗歌。

最末六句,写琵琶女感诗人厚意,即兴发挥,弹出更为激越的音乐,使满座为之动容,而其间最动情者,便是身为江州司马的诗人自己。按白居易时为将仕郎守江州司马,将仕郎为从九品下,服色浅青。"青衫"正象征诗人贬谪的身份。

《琵琶行》并不以故事情节曲折见长,但它深刻写出了旧时代人才被摧残压抑的悲剧。高明的演奏艺术家沦为商人妇,锐意革新的志士成为"乐天"居士,无论是琵琶女还是诗人自己,均无力左右个人命运,而有"时易失,心徒壮,岁将零"的失路的悲哀。其间还夹有郢人失质或世乏知音的悲哀。这一主题具有相当的普遍性与典型性。全诗笔力集中,笔无旁鹜。陈寅恪先生曾将其与元稹《琵琶歌》相比较,认为乐天此诗专为长安故倡感今伤昔而作,又连绾己身迁谪失路之怀,直是混合作者与被咏者二者为一体,可谓人我双亡、宾主俱化,专一而更专一,感慨复加感慨。相形之下,元诗一题二旨,反失之浮泛。此外,诗中有关琵琶声乐的描摹,历来为人称道。

上阳白发人

（唐）◎ 白居易

上阳人，上阳人，红颜暗老白发新。绿衣监使守宫门，一闭上阳多少春。玄宗末岁初选入，入时十六今六十。同时采择百余人，零落年深残此身。

忆昔吞悲别亲族，扶入车中不教哭。皆云入内便承恩，脸似芙蓉胸似玉。未容君王得见面，已被杨妃遥侧目。妒令潜配上阳宫，一生遂向空房宿。宿空房，秋夜长，夜长无寐天不明。耿耿残灯背壁影，萧萧暗雨打窗声。春日迟，日迟独坐天难暮。宫莺百啭愁厌闻，梁燕双栖老休妒。莺归燕去长悄然，春往秋来不计年。唯向深宫望明月，东西四五百回圆。

今日宫中年最老，大家遥赐尚书号。小头鞋履窄衣裳，青黛点眉眉细长。外人不见见应笑，天宝末年时世妆。

上阳人，苦最多。少亦苦，老亦苦，少苦老苦两如何？君不见昔时吕向美人赋，又不见今日上阳宫人白发歌！

本篇选自《新乐府》。《新乐府》五十首是白居易讽谕诗的代表作，其写作主张是：首句标其目（作题目），卒章显其志；其辞质而径，其言真而切，其事核而实，其体顺而肆；为君为臣为民为事而作，不为文而作。本篇就实践了这些主张，读者尝一脔肉可知一鼎之调。“上阳”是唐代洛阳的行宫。题下原序云：“愍怨旷也。”怨旷即怨女、旷夫，二词出自《孟子·梁惠王下》，分指成年而不得婚配的男女，此偏义于“怨”。本篇通过一个上阳宫人的遭遇，对不人道的选妃制度进行讽刺，可分四段。

前八句篇首标其目，为一段，总括上阳人的遭遇：一是入时十六今六十，二是同时百人剩一人。继二十句为二段，以“忆昔”领起，写上阳人入宫四十五年的幽怨，第一场面是吞悲辞亲。《红楼梦》元春形容入宫说“当初送我

到那见不得人的去处”，辞亲的一幕是当事人永远难忘的。不过当时命运尚有许多未知，所有的亲人熟人都用同样的话来安慰她，无非是脸儿这样俊俏，胸部如此丰满，人见人爱呀，这一入宫，不怕不能承恩呀。秀女入宫，唯一的希望就是得到皇帝的恩幸。不料唐玄宗偏偏情有独钟，而杨贵妃眼睛里揉不得沙子，于是宫中有殊色的美人都被远调上阳，一辈子也见不到真正男人。诗人从春往秋来四十五年中，选取了两个具有代表性的场景，具体展示上阳人被幽禁的凄怨生活，主要运用了形象烘托的手法。秋雨打窗，是正面烘托凄清的气氛；梁燕双栖，是反面烘托宫人的寂寞。月缺月圆，四五百回——好难熬啊。

继六句为三段，以“今日”为标记，写宫人年老的寂寞。不耐幽怨的宫人大多早死，而进入老年的宫人，赢得的是深深的寂寞和一个女尚书的虚衔，这虚衔还是皇帝（“大家”）遥赐的，抵得她一生的幸福？诗中细写与世隔绝的老宫女的妆容，四十五年如一日，还是天宝末年的式样，殊不知外边早已不穿小鞋窄袖而衣尚宽大，早已不兴细长眉样而兴短阔眉样，时代潮流更新复更新，上阳人早已跟不上趟，成了活的文物。几笔淡淡的嘲谑，饱含作者多少同情之泪。

最后七句卒章显其志，直抒感喟。吕向是作者的老前辈，其《美人赋》自注曰“天宝末极密采艳色者，当时号花鸟使”，因作赋以讽之。诗人表明本篇的主题，与吕赋一脉相承，是为宫女请命的。

本篇写作上的优长一是以个别见一般。诗人不是概括叙述罗列宫女的共同遭遇，而是通过一个来表现一般，虽然还没有达到“这一个”的水平，尚属类型化，但其中有具体的环境、人物外貌衣着及心理的描写，给人的感受是生动形象的。二是以景物烘托心情。诗用力于环境气氛的渲染，如用绵绵秋雨、双双春燕来烘托主人公的凄清和孤单，增强了形象表现力。三是生动的细节描写。如对老宫女早不入时的衣着服饰的具体描写，形象地暗示出其幽禁的时间之长，恍如隔世。

织妇词

（唐）◎元　稹

织妇何太忙，蚕经三卧行欲老。蚕神女圣早成丝，今年丝税抽征早。早征非是官人恶，去岁官家事戎索。征人战苦束刀疮，主将勋高换罗幕。缲丝织帛犹努力，变缉撩机苦难织。东家白头双女儿，为解挑纹嫁不得。檐前袅袅游丝上，上有蜘蛛巧来往。羡他虫豸解缘天，能向虚空织罗网。

元稹（779—831），字微之，洛阳（今属河南）人，北魏鲜卑族拓跋部后裔。八岁丧父，依倚舅族。德贞元九年（793）明经擢第，十五年（799）初仕河中府。与白居易同年登书判拔萃科，授秘书省校书郎。宪宗元和元年（806），与白居易同登才识兼茂明于体用科，列名第一。穆宗长庆二年（822）以工部侍郎同平章事。有《元氏长庆集》。

此诗作于元和十二年(817)，为《乐府古题》十九首之一。诗序申论了作者反对“沿袭古题，唱和重复”的流弊的立场，主张运用古题“全无古义”，或“颇同古意，全创新词”。因此，这些诗与新乐府创作精神并无二致。

唐代纺织业极为发达，荆、扬、宣、益等州均设有专门机构，监造织制，征收捐税。此诗以荆州首府江陵为背景，描写织妇被剥削被奴役的痛苦。诗四句一换韵，意随韵转，诗意可分四层。

“织妇何太忙”四句，写早在织作之前，织妇就已操劳了。诗以问答开端，织妇为什么操劳呢？蚕儿还没有吐丝啊。封建时代以自然经济为主，织妇也是蚕妇，在“蚕经三卧行欲老”（四眠后即上簇结茧）之际，她就得忙着备料以供结茧之用，此后便是煮茧缲丝，辛苦不在织作之下。古代传说黄帝妃嫘祖是第一个发明养蚕抽丝的人，民间奉之为蚕神，“蚕神女圣早成丝，今年丝税抽征早”两句通过织妇口气，祷告蚕神保佑蚕儿早点出丝，因为今年官家要提前抽征丝税。用人物口气代替客观叙事，则“织妇”之情态毕现，她是那样辛苦，却又毫无怨言，虔诚敬奉神灵，听命官家。这一古代农家妇女形象是十分典型的。

"早征非是官人恶"四句，补叙提前征税的原因：原来是因为去年即元和十六(816)年发动了讨伐淮西吴元济的战争，军费开支很大("戎索"本义为戎法，引申为战事)，战争的沉重负担，自然要转嫁到老百姓头上。而丝织品又是军需物资，作为医疗用品，它可供"征人战苦束刀疮"；作为赏赐品，则可与"将军勋高换罗幕"。这些似乎都是天经地义，不可怨艾的事儿。"早征非是官人恶"一句，活现出普通百姓的忠厚、善良、任劳任怨和对命运的无可奈何，浅显而又深刻。

"缫丝织帛犹努力"四句才是正写织作之苦。在"织妇"的行列中，诗人特别突出了专业织锦户。她们专织花样新奇的高级彩锦，贡入京城，以满足统治者奢侈享乐的需要。一般的"缫丝织作"本来已够费力的了，织有花纹的绫罗更是难上加难。正是"缭绫织成费功绩，莫比寻常缯与帛。丝细缫多女手疼，扎扎千声不盈尺。"(白居易《缭绫》)"变缉撩机苦难织"与此意同，谓拨动织机、变动丝缕，在织品上挑出花纹极为不易，这是需要很高的技巧和工艺水平的。由于培养挑纹能手不易，当时竟有巧女因手艺出众为娘家羁留贻误青春者。诗人写道："东家头白双女儿，为解挑纹嫁不得。"又自注云："予掾荆(任江陵士曹参军)时，目击贡绫户有终老不嫁之女。"织女为材所累，大误终身，内心的悲伤是难以言喻的。前代乐府即有"老女不嫁，蹋地唤天"之说，诗人于此着墨不多，却力透纸背。

最后四句闲中着色，谓织妇面对窗牖，竟羡慕檐前结网的蜘蛛。在织妇看来，这小虫的织网纯出天性，无催逼之虞，无租税之苦，比织户生活强过百倍。本来生灵之中，虫贱人贵，今贱者反贵，贵者反贱，足见人不如虫。诗人由抽丝织作而联想到昆虫中的织罗者，显得自然而巧妙。

《织妇词》全篇仅110字，却由于层次丰富，语言凝炼，显得意蕴深厚，十分耐读。虽然属于"古题"，却合于白居易对新乐府的要求。即"首句标其目"，开宗明义；"其辞质而径"，见者易谕；"其事核而实"，采者传信；"总而言之，为君、为臣、为民、为物、为事而作，不为文而作"。郭茂倩《乐府诗集》说："新乐府者，皆唐世之新歌也。以其辞实乐府，而未尝被于声，故曰新乐府也。"因此，他将"寓意古题，美刺见事"和"即事名篇，无复依傍"这两类乐府，皆归之于"新乐府辞"，并不止限于"新题"。元稹及其他诗人的《织妇词》，与杜甫的《兵车行》等，得以同类并列，均属新乐府。这样的见解和分类，抓住了诗的本质特征，确具真知灼见。

连昌宫词

（唐）◎元　稹

连昌宫中满宫竹，岁久无人森似束。又有墙头千叶桃，风动落花红蔌蔌。宫边老人为余泣，小年进食曾因入。上皇正在望仙楼，太真同凭阑干立。楼上楼前尽珠翠，炫转荧煌照天地。归来如梦复如痴，何暇备言宫里事！初过寒食一百六，店舍无烟宫树绿。夜半月高弦索鸣，贺老琵琶定场屋。力士传呼觅念奴，念奴潜伴诸郎宿。须臾觅得又连催，特敕街中许燃烛。春娇满眼睡红绡，掠削云鬟旋装束。飞上九天歌一声，二十五郎吹管逐。逡巡大遍凉州彻，色色龟兹轰录续。李谟擫笛傍宫墙，偷得新翻数般曲。平明大驾发行宫，万人鼓舞途路中。百官队仗避岐薛，杨氏诸姨车斗风。

明年十月东都破，御路犹存禄山过。驱令供顿不敢藏，万姓无声泪潜堕。两京定后六七年，却寻家舍行宫前。庄园烧尽有枯井，行宫门闭树宛然。尔后相传六皇帝，不到离宫门久闭。往来年少说长安，玄武楼成花萼废。去年敕使因斫竹，偶值门开暂相逐。荆榛栉比塞池塘，狐兔骄痴缘树木。舞榭攲倾基尚在，文窗窈窕纱犹绿。尘埋粉壁旧花钿，乌啄风筝碎珠玉。上皇偏爱临砌花，依然御榻临阶斜。蛇出燕巢盘斗拱，菌生香案正当衙。寝殿相连端正楼，太真梳洗楼上头。晨光未出帘影动，至今反挂珊瑚钩。指似傍人因恸哭，却出宫门泪相续。自从此后还闭门，夜夜狐狸上门屋。

我闻此语心骨悲，太平谁致乱者谁？翁言野父何分别，耳闻眼见为君说。姚崇宋璟作相公，劝谏上皇言语切。燮理阴阳禾黍丰，调和中外无兵戎。长官清平太守好，拣选皆言由相公。开元之末姚宋死，朝廷渐渐由妃子。禄山宫里养作儿，虢

国门前闹如市。弄权宰相不记名，依稀忆得杨与李。庙谟颠倒四海摇，五十年来作疮痍。今皇神圣丞相明，诏书才下吴蜀平。官军又取淮西道，此贼亦除天下宁。年年耕种宫前道，今年不遣子孙耕。老翁此意深望幸，努力庙谟休用兵。

诗约作于元和十三年(818)通州(今四川达县)司马任上。连昌宫建于高宗显庆三年(658)，故址在河南府寿安县(今河南宜阳)西十九里。诗中虚构作者与宫旁老翁的问答，广采传闻构成情节，目的在于通过连昌宫的兴废探讨唐王室兴衰的原因，是一首具有讽谕色彩的长篇叙事诗。

全诗除前四句为小引外，大致可以均衡地分为三个部分。从篇首到“杨氏诸姨车斗风”，借老翁年少时一进宫之闻见，备言连昌宫昔日繁华。诗人把叙事时间安排在安史之乱爆发前一年的寒食节，乃是出于艺术构思的需要。“楼上楼前”四句，虚实相济，“归来如梦复如痴，何暇备言宫里事”二句通过人物情态，空际传神得妙。“初过寒食”(“一百六”即寒食，谓冬至后一百六日)十六句，杂糅开元天宝时代各种传闻，集中虚构了一幅寒食宫中行乐图，是全诗最富情采的文字。寒食玄宗、杨妃在望仙楼行乐，琵琶手贺怀智作压场表演，宦官高力士奉旨寻找著名歌女念奴进宫唱歌。念奴正和诸郎上床，好不容易觅得，又不断催促。禁烟节的宫里依前灯火辉煌，念奴出台演唱，则由邠王李承宁(二十五郎)吹笛伴奏(作者自注略云：每岁楼下赐臣民骤饮，累日后人声嘈杂，众乐无法演奏，玄宗遣高力士到楼头大喊“着念奴唱歌，二十五郎伴奏”，这才能雅静下来。其为时所重如此)。民间神笛李谟傍墙偷师宫中乐曲(作者自注略云：玄宗尝于洛阳上阳宫排演新曲，次日元夕潜游灯下，忽闻酒楼有奏前夕新曲者，大吃一惊，密捕吹笛者审讯，乃是民间神笛李谟，前夕在天津桥赏月，闻宫中度曲，遂于桥柱上记谱。玄宗觉得这人了不起，就放了他)。通过一系列富于情趣的宫廷佚事，也就生动具体地再现了天宝极盛将衰的时代氛围。“平明大驾”四句，写玄宗回驾时万人夹道歌舞的盛况，一句概尽杨氏一门当年的威风。

从“明年十月东都破”到“夜夜狐狸上门屋”，写安史乱后连昌宫的荒废。“明年十月”四句追叙安禄山之乱。“御路犹存禄山过”一句感喟中有讽刺。“两京定后”八句，叙乱定后世事沧桑，兼及长安，眼界稍宽，笔墨遂不限于连昌一宫。“尔后相传”二句，是说从安史乱后，玄宗本人及相传的肃、代、德、顺、宪共为六皇帝，均未幸临，宫遂荒芜。“去年(元和十二年)敕使”以下二十句，诗人巧妙地安排了老翁于乱后二进宫的闻见，备言宫室的荒芜，与前段形成鲜明对比，是一段绘声绘色的文字。中使奉命来连昌宫伐竹，言下已露不堪之意；又照应篇首“满宫竹”四句，说明了“宫边老人为余泣”的起因。“上皇偏爱”八句，写玄宗、杨妃双双人去楼空，宫殿成为蛇燕巢穴，香案腐朽，长出菌类，帘钩反挂，不见人踪。与前段“同凭阑干”一段，形成对照。或云句意为安史乱后玄宗依然下榻连昌宫，大误。

从“我闻此语心骨悲”到篇末，通过与宫边老翁的问答，历叙从开元盛世到天宝之乱的历史变化过程及原因。“今皇神圣”四句，盛赞宪宗讨平吴蜀及淮西藩镇(江南东道使李锜、西川节度使刘辟、淮西节度使吴元济)中兴之功，从而揭示“努力庙谟休用兵”的主题。

《连昌宫词》是一首指陈时事的长篇叙事之作，后半三分之一的篇幅是政治议论，不像《长恨歌》那样自始至终演说一个故事。尽管如此，仍可以看出传奇小说对它产生的影响。诗中运用的材料既有一定历史依据，在具体组织上则不囿于历史事实，有所加工剪裁。据陈寅恪考证，唐玄宗和杨贵妃没有一起去过连昌宫；望仙楼和端正楼，实际上是骊山华清宫的楼名；李谟偷曲事发生在东都洛阳的天津桥上，而不是在寒食节夜里连昌宫墙外。其他如念奴唱歌、二十五郎吹笛、百官队仗避岐薛、杨氏诸姨车斗风等情事，皆本与寿安县的连昌宫无关。凡此虽不无事由，但多出入。从作者自注看，这样处理并非出于误会，而是有意识的艺术概括。全诗融化唐代小说之史才(叙事)、诗笔(抒情)、议论为一炉，语言优美生动而又平易流畅，可与白居易之作媲美。

杜秋娘诗并序

(唐)◎杜　牧

杜秋,金陵女也。年十五,为李锜妾。后锜叛灭,籍之入宫,有宠于景陵。穆宗即位,命秋为皇子傅姆。皇子壮,封漳王。郑注用事,诬相欲去己者,指王为根。王被罪废削,秋因赐归故乡。予过金陵,感其穷且老,为之赋诗。

京江水清滑,生女白如脂。其间杜秋者,不劳朱粉施。老濞即山铸,后庭千双眉。秋持玉斝醉,与唱金缕衣。濞既白首叛,秋亦红泪滋。吴江落日渡,灞岸绿杨垂。联裾见天子,盼眄独依依。椒壁悬锦幕,镜奁蟠蛟螭。低鬟认新宠,窈袅复融怡。月上白璧门,桂影凉参差。金阶露新重,闲捻紫箫吹。莓苔夹城路,南苑雁初飞。红粉羽林仗,独赐辟邪旗。归来煮豹胎,餍饫不能饴。咸池升日庆,铜雀分香悲。雷音后车远,事往落花时。燕禖得皇子,壮发绿緌緌。画堂授傅姆,天人亲捧持。虎睛珠络褓,金盘犀镇帷。长杨射熊罴,武帐弄哑咿。渐抛竹马剧,稍出舞鸡奇。崭崭整冠珮,侍宴坐瑶池。眉宇俨图画,神秀射朝辉。一尺桐偶人,江充知自欺。王幽茅土削,秋放故乡归。觚棱拂斗极,回首尚迟迟。四朝三十载,似梦复疑非。潼关识旧

杜牧(803—852),字牧之,京兆万年(今陕西西安)人。宰相杜佑之孙。文宗大和二年(828)登进士第,授弘文馆校书郎。同年应沈传师之辟,为江西团练巡官,后随沈赴宣州。七年应牛僧孺之辟,在扬州任淮南节度府推官,转掌书记。九年回京任监察御史,后分司东都。后出为黄州、池州、睦州等地刺史。宣宗大中五年入为考功员外郎、知制诰,次年为中书舍人。有《杜樊川集》。

吏，吏发已如丝。却唤吴江渡，舟人那得知？归来四邻改，茂苑草菲菲。清血洒不尽，仰天知问谁？寒衣一匹素，夜借邻人机。

我昨金陵过，闻之为歔欷。自古皆一贯，变化安能推？夏姬灭两国，逃作巫臣姬。西子下姑苏，一舸逐鸱夷。织室魏豹俘，作汉太平基。误置代籍中，两朝尊母仪。光武绍高祖，本系生唐儿。珊瑚破高齐，作婢舂黄糜。萧后去扬州，突厥为阏氏。女子固不定，士林亦难期。射钩后呼父，钓翁王者师。无国要孟子，有人毁仲尼。秦国逐客令，柄归丞相斯。安知魏齐首，见断箦中尸？给丧蹶张辈，廊庙冠峨危。珥貂七叶贵，何妨戎虏支？苏武却生返，邓通终死饥。主张既难测，翻覆亦其宜。地尽有何物，天外复何之？指何为而捉，足何为而驰？耳何为而听，目何为而窥？己身不自晓，此外何思惟？因倾一樽酒，题作杜秋诗。愁来独长咏，聊可以自贻。

这首长篇五言古诗作于唐文宗（李昂）大和七年（833）春天，杜牧三十一岁。那时，作者正在宣州（今安徽宣城）宣歙观察使沈传师幕中，奉沈之命至扬州公干，往来经过镇江（即序中所说的“金陵”，唐代镇江为润州，又叫金陵），见到年老色衰又孤苦无依的杜秋，并听其诉说平生，“感其穷且老”，于是写下了这首诗。作者以深切的同情，叙述了杜秋一生的坎坷遭遇，刻画了鲜明生动的人物形象，进而发出了世事沧桑、人生无常的感叹，并曲折地透露出对当时政治的强烈不满。

全诗一百一十二句，可以分为两个部分，从开始到“夜借邻人机”为第一部分，叙写杜秋生平，这一部分以叙事为主，但叙事中又有抒慨。

首先，作者画出了一个美貌的少女形象。在山青水秀的镇江，有一位天生丽质，“施朱则太赤，傅粉则太白”（宋玉语），那就是杜秋。她在美女如云的镇海军节度使李锜（诗中以叛乱被杀的汉吴王刘濞喻指）的后庭中，深受宠爱，她手持玉杯劝酒，李锜欣然陶醉，然后又唱起《金缕衣》：“劝君莫惜金缕衣，劝君惜取少年时。有花堪折直须折，莫待无花空折枝。”她多么美丽而又风流！作者先从肤色着笔描写外貌，然后又通过行动来侧面表现：手法虚实相生，互为补充。接着，李锜被杀，杜秋被籍入宫，受到宪宗（李纯）的宠幸，出现在读者面前的是一位雍容华贵但又略带一丝忧愁的皇妃形象。作者采用烘托的手法，用“椒壁”、“金阶”、“夹城”、“南苑”、“羽林仗”、“辟邪旗”等皇宫特有的装饰和物件，来暗示人物的身份。在这新的环境中，她始则由于皇帝“盼眄独依依”，半是对旧主的留恋，半是对新君的畏惧，还有些怯生生的，但在“低鬟认新宠”之后，终于“窈袅复融怡”了，恢复了青春的活泼，还葆有着当日的丰采。然而，在“月上白璧门，桂影凉参差。金秋露新重”的清秋夜晚，她却“闲捻紫箫吹”，一个“闲”字，将心中的无聊和愁闷曲曲传出，“归来煮豹胎，餍饫不能饴”，不仅表现出宫中贵妇厌食甘肥的一般心理，其中也暗寓着个人身世的不快。作者在描写人物形象时手法富有变化，且十分精微。然而，好景不长，宪宗死后，杜秋却作了皇子李凑的“傅姆”，这是一次重要变化，出现在读者眼前的则是一位辛勤的保姆的形象。不过，作者却并没有正面描写保姆照顾孩子的具体细节，而是通过写皇子的外貌（“壮发绿緌緌”、“虎睛珠络褓”）、语言（“武帐弄哑咿”）、游戏（“渐抛竹马剧，稍出舞鸡奇”）和侍宴（“崭崭整冠珮，侍宴坐瑶池”）等情形，来侧面表现皇子的成长，保姆十几年间的日夜照料、辛勤操劳，自然也默默包含在其中了。这位保姆眼看着自己辛勤抚育长大的皇子，“眉宇俨图画，神秀射朝辉”，心中也流露出一丝欣慰。但是，皇子终于被废，最后，杜秋被遣返还乡，终于沦落为一个无依无靠、穷困潦倒的孤苦老妪。这一形象，作者写得特别细致：杜秋出宫之时，“回首尚迟迟”，似梦非梦，一片凄楚；她已经老了，面对衰颜，连潼关旧吏和吴江舟人也认不出当年美丽的她来；归到镇江住处，只见一片荒草，满目荒凉；冬天，她借邻居的织布机，才织出一匹白绢，为自己做御寒的衣服。那昔日少女的美丽风流和皇妃的雍容华贵，全都化为乌有，连做保姆也不可得，留下的只是无限悲苦和凄凉。读至此，我们不禁要为这一栩栩如生的妇女形象洒下一掬同情之泪。

值得回味的是，这一形象中绝不单单包含着杜秋一人的身世之叹，还有着十分丰富而深刻的内涵。作者把杜秋放在从元和二年（807）略前到大和七年（833）这“四朝三十载”的历史背景上，其中含有深意。这三十年，正是藩镇割据、宦官专权之时。杜秋正当妙年，被李锜占有并被籍入宫，就是由于李锜这个藩镇擅作威福和反叛作乱而

直接造成的，从此在思想上给杜秋投下了阴影。她在入宫以后，迭经变故：宪宗和敬宗先后被宦官害死，上台的穆宗和文宗也是被宦官拥立的；而皇子漳王李湊被废，也是由于宦官王守澄及其宾客郑注与宰相宋申锡争权，受到牵连而得罪的。此时，朝廷外有藩镇之乱，内有宦官之祸，国家经常动荡不安，人命危浅，朝不虑夕。杜秋从一个美丽的少女，几经挫折，沦为一个穷愁的老妪，正是藩镇和宦官以及黑暗政治的牺牲品。她也是这个时期千千万万善良人们的缩影。透过这个形象，我们看到了唐朝末期血淋淋的社会现实。作者对杜秋的同情，就是对当时腐败政治的深刻揭露，对藩镇和宦官的无情鞭挞。诗歌这一部分，在对人物形象的生动描写中，也隐含着作者慷慨悲愤的政治激情。

从"我昨金陵过"到末尾，是全诗的第二部分，着重抒写作者由杜秋生平而生发出来的感慨，但在抒慨中也有叙事。

这一部分，"变化安能推"一句是中心，作者从杜秋生平，从剧烈动荡的政局中，感到变化无定、幻灭无常，于是产生了人生无常的感叹。作者围绕这一中心，采用推衍的手法，一层一层地将感慨逐步扩大、加深。诗中先是由杜秋这个女子，引出了历史上的一群女子，她们是春秋时陈国的夏姬、越国的西施，汉朝时的薄姬、窦姬、唐姬，北朝时北齐的冯小怜，隋朝的萧皇后，这些女子虽然身世各各有别，但她们共同的一点是都被卷进了血腥的政治斗争旋涡之中，身不由己，或升或降，或浮或沉，受尽了煎熬和磨难。接着，作者由女子而联想到"士林"中的男子，他们不也是一样吗？例如周朝的吕望，春秋时的管仲，战国时的孔子、孟子、范雎，秦朝的李斯，汉朝的周勃、申屠嘉、金日磾（音低）、苏武、邓通等等，他们在政治舞台上也是冒险犯难，穷通难卜，只能听天由命，谁能事先料定自己的未来呢？然后，作者于伤感和迷惘之中，像屈原写《天问》那样，连珠炮般地提出了许多问题："地尽有何物？天外复何之？指何为而捉？足何为而驰？耳何为而听？目何为而窥？"从天地到自己的一身，这些是无法解答的问题。"己身不自晓，此外何思惟？"连自己的身体都不明究竟，身外之事，如个人一生的荣辱进退以及人间世道、政治斗争等等，又怎么能够考虑得清楚呢？正因为如比，所以才写了这首《杜秋娘诗》，寄寓自己的感慨，愁来时独自长咏，聊以自叹自慰。在这里，作者流露出了浓厚的人生无常的思想。这虽然是消极的，但这正是当时黑暗专制政治下人们的心理常态，作者反复对此抒发感慨，也表现出对唐末黑暗腐败政治的强烈憎恨。作者在这一部分中，由杜秋一人而推及历史上的许多人，最后又归结到自己一身，一方面点明了作诗的目的，同时也深深地寄寓着个人的身世命运之叹，情感深沉回荡，结构也十分圆满、谨严。

乍一看来，前后两部分似乎有些游离，但其实它们有着紧密的内在联系。前一部分是后一部分的形象基础，后一部分是形象的引申和发挥，没有后一部分，前一部分的形象就不可能那样丰满和内涵深刻，作者的沉痛心情也不会表达得如此强烈、充分。两部分相辅相成，不可或缺。这两部分中，作者在叙事、抒慨时，又作了精心的剪裁，详略极为适当。前一部分刻画杜秋，把笔墨重点花在对她的各个不同时期的形象的富有特征的描写上，其间几次重大政治斗争的转折，都只是轻轻一笔带过。例如李锜败亡，杜秋入京，只说“濞既自首叛，秋亦红泪滋。吴江落日渡，灞岸绿杨垂”；宪宗死亡，杜秋作保姆，也只说了“铜雀分香悲”、“画堂授傅姆”几句；至于漳王遭废、杜秋被放那样复杂的情事，作者也只说了四句：“一尺桐偶人，江充知自欺。王幽茅土削，秋放故乡归。”这样显得笔墨极为俭省，显然是作者有意为之，把作为背景的政治斗争交代得比较含蓄，让读者自去体味包蕴其中的深意，同时也是在有限的篇幅中腾出更多的笔墨来刻画杜秋这个中心人物的形象。通过这样的精心安排，虚实相生，疏密有致，在细心而集中的刻画中，杜秋这个形象血肉丰满、呼之欲出，成为我国历史上著名的文学故事人物。后一部分作者发抒感慨，也是详略得当。对于历史人物中的男男女女，作者通过运用典故，点到即止，而蕴藏其中的丰富内容，却让读者自己玩而得之。但在末尾写到自己的感慨时，却比较详细，重笔浓墨，极意挥洒，特别是疑问句的排比连用，更体现出作者难于抑遏的哀愤。这些都体现了作者驾驭长篇的能力和精妙构思的高度技巧。

在文字方面，诗精炼而又形象。例如“吴江落日渡，灞岸绿杨垂”二句，不仅对仗精切，而且形象鲜明，含义丰富。杜秋乘船离开镇江时，落日的余晖照在吴江的渡口上，无限的依依惜别之情见于言外；来到长安时，灞岸千万条柳丝正在春风中低垂荡漾，帝都的气派以及通过柳丝而暗喻的杜秋体态的袅娜也全都如在目前。仅仅十个字，南北千里的转换，鲜明如画的景物，主人公的内心世界，都交代得清清楚楚，堪称洗练精工。其他如“椒壁悬锦幕，镜奁蟠蛟螭”、“咸池升日庆，铜雀分香悲”以及“舡棱拂斗极，回首尚迟迟”、“归来四邻改，茂苑草菲菲”等等，无不如此。这使得全诗在清丽中显得骨气遒劲，表现出杜牧诗特有的风格。

秦妇吟

（唐）◎韦　庄

韦庄（836—910），字端己，京兆杜陵（今陕西长安）人。孤贫力学，曾长期流落江南。乾宁元年（894）始中进士，释褐为校书郎。天复中为西蜀王建掌书记，王建称帝后拜相。有《浣花集》，近人王国维辑《浣花词》。

中和癸卯春三月，洛阳城外花如雪。东西南北路人绝，绿杨悄悄香尘灭。路旁忽见如花人，独向绿杨阴下歇。凤侧鸾攲鬓脚斜，红攒翠敛眉心折。借问女郎何处来，含颦欲语声先咽。回头敛袂谢行人，丧乱漂沦何堪说。三年陷贼留秦地，依稀记得秦中事。君能为妾解征鞍，妾亦与君停玉趾。

前年庚子腊月五，正闭金笼教鹦鹉。斜开鸾镜懒梳头，闲凭雕栏慵不语。忽看门外起红尘，已见街中擂金鼓。居人走出半仓皇，朝士归来尚疑误。是时四面官军入，拟向潼关为警急。皆言博野自相持，尽道贼军来未及。须臾主父乘奔至，下马入门痴似醉。适逢紫盖去蒙尘，已见白旗来匝地。扶羸携幼竞相呼，上屋缘墙不知次。南邻走入北邻藏，东邻走向西邻避。北邻诸妇咸相凑，户外崩腾如走兽。轰轰崐崐乾坤动，万马雷声从地涌。火迸金星上九天，十二官街烟烘炯。日轮西下寒光白，上帝无言空脉脉。阴云晕气若重围，宦者流星如血色。紫气渐随帝座移，妖光暗射台星拆。家家流血如泉沸，处处冤声声动地。舞伎歌姬尽暗捐，婴儿稚女皆生弃。东邻有女眉新画，倾国倾城不知价。长戈拥得上戎车，回首香闺泪盈把。旋抽金线学缝旗，才上雕鞍教走马。有时马上见良人，不敢回眸空泪下。西邻有女真仙子，一寸横波剪秋水。妆成只对镜中春，年幼不知门外事。一夫跳跃上金阶，斜袒半肩欲相耻。牵衣不肯出朱门，红粉香脂刀下死。南邻有女不记姓，昨日良媒新纳聘。琉璃阶上不闻声，翡翠帘前空见影。忽看庭际刀刃鸣，身首支离在俄顷。仰天掩面哭一声，女弟女兄同入井。北邻少妇行相促，旋解云鬟拭眉绿。已闻击托坏高门，不觉攀援上重屋。须臾四面火光来，欲下回梯梯又摧。烟中大叫犹求救，梁上悬尸已作灰。妾身幸得全刀锯，不敢踟蹰久回顾。旋梳蝉鬓逐军行，强展蛾眉出门去。旧里从兹不得归，六亲自此无寻处。

一从陷贼经三载，终日惊忧心胆碎。夜卧千重剑戟围，朝餐一味人肝脍。鸳帏纵入岂成欢，宝货虽多非所爱。蓬头面垢眉犹赤，几转横波看不得。衣裳颠倒语言异，面上夸功雕作字。柏台多半是狐精，兰省诸郎皆鼠魅。还将短发戴华簪，不脱朝衣缠绣被。翻持象笏作三公，倒佩金鱼为两史。朝闻奏对入朝堂，暮见喧呼来酒市。一朝五鼓人惊起，呼啸喧争如窃语。夜来探马入皇城，昨日官军收赤水。赤水去城一百里，朝若来兮暮应至。凶徒马上暗吞声，女伴闺中潜色喜。皆言冤愤此时销，必谓妖徒今日死。逡巡走马传声急，又道军前全阵入。大彭小彭相顾忧，二郎四郎抱鞍泣。沉沉数日无消息，必谓军前已衔璧。簸旗掉枪却来归，又道官军悉败绩。四面从兹多厄束，一斗黄金一斗粟。尚让厨中食木皮，黄巢机上刲(kuī)人肉。东南断绝无粮道，沟壑渐平人渐少。六军门外倚僵尸，七架营中填饿殍。长安寂寂今何有，废市荒街麦苗秀。采樵斫尽杏园花，修寨诛残御沟柳。华轩绣毂皆销散，甲第朱门无一半。含元殿上狐兔行，花萼楼前荆棘满。昔时繁盛皆埋没，举目凄凉无故物。内库烧为锦绣灰，天街踏尽公卿骨。

来时晓出城东陌，城外风烟如塞色。路旁时见游奕军，坡下寂无迎送客。霸陵东望人烟绝，树锁骊山金翠灭。大道俱成棘子林，行人夜宿墙匡月。明朝晓至三峰路，百万人家无一户。破落田园但有蒿，摧残竹树皆无主。路旁试问金天神，金天无语愁于人。庙前古柏有残枿，殿上金炉生暗尘。一从狂寇陷中国，天地晦冥风雨黑。案前神水咒不成，壁上阴兵驱不得。闲日徒歆奠飨恩，危时不助神通力。我今愧恧拙为神，且向山中深避匿。寰中箫管不曾闻，筵上牺牲无处觅。旋教魇鬼傍乡村，诛剥生灵过朝夕。妾闻此语愁更愁，天遣时灾非自由。神在山中犹避难，何须责望东诸侯。前年又出杨震关，举头云际见荆山。如从地府到人间，顿觉时清天地闲。陕州主帅忠且贞，不动干戈唯守城。蒲津主帅能戢兵，千里晏然无戈声。朝携宝货无人问，暮插金钗唯独行。明朝又过新安东，路上乞浆逢一翁。苍苍面带苔藓色，隐隐身藏蓬荻中。问翁本是何乡曲，底事寒天霜露宿。老翁暂起欲陈词，却坐支颐仰天哭。乡园本贯东畿县，岁岁耕桑临近甸。岁种良田二百廛，年输户税三十万。小姑惯织褐绝袍，中妇能炊红黍饭。千间仓兮万斯箱，黄巢过后犹残半。自从洛下屯师旅，日夜巡兵入村坞。匣中秋水拔青蛇，旗上高风吹白虎。入门下马若旋风，罄室倾囊如卷土。家财既尽骨肉离，今日残年一身苦。一身苦兮何足嗟，山中更有千万家。朝饥山草寻蓬子，夜宿霜中卧荻花。妾闻此老伤心语，竟日阑干泪如雨。出门唯见乱枭鸣，更欲东奔何处所？仍闻汴路舟车绝，又道彭门自相杀。野色徒销战士魂，河津半是冤人血。

遥闻有客金陵至，见说江南风景异。自从大寇犯中原，戎马不曾生四鄙。诛锄窃盗若神功，惠爱生灵如赤子。城壕固护教金汤，赋税如云送军垒。奈何四海尽滔滔，湛然一镜平如砥。避难徒为阙下人，怀安却羡江南鬼。愿君举棹东复东，咏此长歌献相公。

《秦妇吟》无疑是我国诗史上极富才气的文人长篇叙事诗之一。长诗诞生的当时，民间就广有流传，并被制为幛子悬挂；作者则被呼为“秦妇吟秀才”，与白居易曾被称为“长恨歌主”并称佳话。其风靡一时，盛况可想而知。然而这首“不仅超出韦庄《浣花集》中所有的诗，在三唐歌行中亦为不二之作”（俞平伯）的《秦妇吟》，却厄运难逃。由于政治避讳的缘故，韦庄本人晚年即讳言此诗，“他日撰家戒，内不许垂《秦妇吟》幛子，以此止谤”（《北梦琐言》）。后来此诗不载于《浣花集》，显然出于作者割爱。致使宋元明清历代徒知其名，不见其诗。至近代，《秦妇吟》写本复出于敦煌石窟，也缘天幸。然而由于诗中颇见作者仇视农民起义的立场，所以建国以来文学史著作及古代文学作品选本对它仍旧持冷落与排斥态度。然而这种做法并不妥当。

从唐僖宗广明元年（880）冬到中和三年（883）春，即黄巢起义军进驻长安的两年多时间里，唐末农民起义发展到高潮，同时达到了转捩点。由于农民领袖战略失策和李唐王朝官军的疯狂镇压，斗争空前残酷，而人民蒙受着巨大的苦难和惨重的牺牲。韦庄本人即因应举羁留长安，乱中弟妹一度相失，又多日卧病，他便成为这场震撼神州大地的社会巨变的目击者。经过一段时间酝酿，在他离开长安的翌年，即中和三年，在东都洛阳创作了这篇堪称他平生之力作的史诗。在诗中，作者虚拟了一位身陷兵中复又逃离的长安妇女“秦妇”对邂逅的路人毕叙其亲身经历，从而展现了那一大动荡的艰难时世之面面观。《秦妇吟》既是一篇诗体小说，又具有纪实性质。全诗共分五大段。首段叙诗人与一位从长安东奔洛阳的妇人（即秦妇）于途中相遇，为全诗引子；二段为秦妇追忆黄巢起义军攻陷长安前后的情事；三段写秦妇在围城义军中三载怵目惊心的种种见闻；四段写秦妇东奔途中所见所闻所感；末段通过道听途说，对相对平定的江南寄予一线希望，为全诗结尾。

《秦妇吟》用了大量篇幅叙述了农民军初入长安引起的骚动。毫无疑问，在这里，作者完全站在李唐王朝的立场，是以十分仇视的心理看待农民革命的。由于戴了有色眼镜，即使是描述事实方面也不无偏颇，攻其一点而不及其余。根据封建时代正史（两唐书）记载，黄巢进京时引起坊市聚观，可见大体上做到秩序井然。义军头领尚让慰晓市人的话是：“黄王为生灵，不似李家不恤汝辈，但各安家。”而军众遇穷民于路，竟行施遗，唯憎官吏，黄巢称帝后又曾下令军中禁妄杀人。当然，既是革命，便难免混有污秽和血；加之队伍宠大，禁令或不尽行，像《新唐书·黄巢传》所记载“贼酋择甲第以处，争取人妻女乱之”的破坏纪律的行为总或不免。而韦庄却抓住这一端作了“放大镜”式的渲染：“适逢紫盖去蒙尘，已见白旗来匝地。扶羸携幼竞相呼，上屋缘墙不知次。南邻走入北邻藏，东邻走向西邻避。北邻诸妇咸相凑，户外崩腾如走兽。轰轰崐崐乾坤动，万马雷声从地涌。火迸金星上九天，十二官街烟烘焖。……家家流血如泉沸，处处冤声声动地。舞伎歌姬尽暗捐，婴儿稚女皆生弃……”

“秦妇”的东西南北邻里遭到烧杀掳掠，几无一幸免，仿佛世界末日到了，整个长安城就只有杀声与哭声。由于作者把当时的一些传闻集中夸大，也就不免失实。但是，就在这些描写中，仍有值得读者注意的所在。那就是在农民起义风暴席卷之下，长安的官吏财主们的惶惶不可终日的仇视恐惧心理，得到了相当生动的再现。在他们眼中，一切都“糟得很”，不仅起义军的“暴行”令人发指，就连他们的一举一动，包括沿袭封建朝廷之制度，也是令人作恶的：“衣裳颠倒语言异，面上夸功雕作字。柏台多半是狐精，兰省诸郎皆鼠魅。还将短发戴华簪，不脱朝衣缠绣被。翻持象笏作三公，倒佩金鱼为两史。”诗句于嘲骂中表现的敌对阶级对农民起义的仇视心理，可谓入木三分。这段迹近污蔑的文字，却从另一个角度，生动地反映出黄巢进入长安后的失策，写出农民领袖是怎样惑于帝王将相的错误观念，在反动统治阶级力量未曾肃清之际就忙于加官赏爵，作茧自缚，钻进怪圈，因而具有深刻的认识意义。由此我们发现诗中涉及这方面的内容相当丰富，它还写到了农民起义军是怎样常处三面包围之中，与官军进行拉锯战，虽经艰苦卓绝之奋斗而未能解围；他们又是怎样陷入危境，自顾不暇，也就无力解民于倒悬，致使关辅人民饿死沟壑、析骸而食；以及他们内部藏纳的异己分子是如何时时在祈愿他们的失败，盼望恢复失去的天堂。而这些生动形象的真实图景，是正史中不易看到的，它们体现出作者的才力。恰如列宁在介绍一位白卫作家小说时所说：“考察一下，切齿的仇恨怎样使这本极有才气的书，有的地方写得非常好，有的地方写得非常糟，是很有趣的。”我们也有趣地看到，韦庄笔下的农民军将士形象，有的地方写得非常糟，有的地方却写得非常好。

正如上文所说，《秦妇吟》是一个动乱时代之面面观，它的笔锋所及，又远不止于农民军一面，同时还涉及了封建统治者内部。韦庄在描写自己亲身体验、思考和感受过的社会生活时，违背了个人的政治同情和阶级偏见，将批判的锋芒指向了李唐王朝的官军和割据的军阀。诗人甚至痛心地指出，他们的罪恶有甚于“贼寇”黄巢。《秦妇吟》揭露的官军罪恶之一是抢掠民间财物不遗余力，如后世所谓“寇来如梳，兵来如篦”。诗中借由乱前纳税大户，乱后沦为乞丐的新安老翁之口控诉说：“千间仓兮万斯箱，黄巢过后犹残半。自从洛下屯师旅，日夜巡兵入村坞。匣中秋水拔青蛇，旗上高风吹白虎。入门下马如旋风，罄室倾囊如卷土。家财既尽骨肉离，今日残年一身苦。一身苦兮何足嗟，山中更有千万家……”

其二便是杀人甚至活卖人肉的勾当。这一层诗中写得较隐约，陈寅恪、俞平伯先生据有关史料与诗意互参，发明甚确，扼要介绍如次。据《旧唐书·黄巢传》，“时京畿百姓皆寨于山谷，累年废耕耘。贼坐空城，赋输无入，谷食腾踊。米斗三四千。官军皆执山寨百姓于贼，人获数十万”。《秦妇吟》则写道：“尚让厨中食木皮，黄巢机上刲人肉”、“夜卧千重剑戟围，朝餐一味人肝脍。”而这些人肉的来源呢？诗中借华岳山神的引咎自责来影射讽刺山东藩镇便透露了个中消息：“闲日徒歆奠飨恩，危时不助神通力。……寰中箫管不曾闻，筵上牺牲无处觅。旋教魇鬼傍乡村，诛剥生灵过朝夕。”俞平伯释云：“筵上牺牲”指三牲供品；“无处觅”就得去找；往哪里去找？“乡村”，史所谓“山寨百姓”是也。“诛剥”，杀也；“诛剥生灵过朝夕”，以人为牺牲也。直译为白话，就是靠吃人过日子。以上云云正与史实相符。黄巢破长安，珍珠双贝有的是——秦妇以被掳之身犹曰“宝货虽多非所爱”，其他可知——却是没得吃。反之，在官军一方，虽乏金银，“人”源不缺。“山中更有千万家”，新安如是，长安亦然。以其所有，易其所无，于是官军大得暴利。

凡此两端（抢掠与贩人），均揭露出封建官军及军阀与人民对立的本质，而韦庄晚年“北面亲事之主”王建及其僚属，亦在此诗指控之列。陈寅恪谓作者于《秦妇吟》之所以讳莫如深，乃缘“志希免祸”，是得其情实的。

韦庄能写出如此具有现实主义倾向的巨作，诚非偶然。他早岁即与老诗人白居易同寓下邽，可能受到白氏濡染；又心仪杜甫，寓蜀时重建草堂，且以“浣花”命集。《秦妇吟》一诗正体现了杜甫、白居易两大现实主义诗人对作者的影响，在艺术上亦有青出于蓝之处。

杜甫没有这种七言长篇史诗，唯白居易《长恨歌》可以譬之。但《长恨歌》浪漫主义倾向较显著，只集中表现两个主人公的悲欢离合。《秦妇吟》纯乎写实，其椽笔驰骛所及，时间跨度达两三年之久，空间范围兼及东、西两京，所写为历史的沧桑巨变。举凡乾坤之反覆，阶级之升降，人民之涂炭，靡不见于诗中。如此宏伟壮丽的画面，元、白亦不能有，唯杜甫（五言古体）有之。但杜诗长篇多政论，兼及抒情。《秦妇吟》则较近于纯小说的创作手法，诸如秦妇形象的塑造、农民军入城的铺陈描写、金天神的虚构、新安老翁的形容等，都是如此。比较杜甫叙事诗，这可以说是更进一步了。在具体细节的刻画上，诗人摹写现实的本领也是强有力的。如从“忽看门外红尘起”到“下马入门痴似醉”一节，通过街谈巷议的情景和一个官人的仓皇举止，将黄巢军入长安之迅雷不及掩耳之势和由此引起的社会震动，描绘得十分逼真。战争本身是残酷的，尤其在古代战争中，妇女往往被作为一种特殊战利品而遭到非人的待遇，所谓“马边悬男头，马后载妇女”（蔡琰）。《秦妇吟》不但直接通过一个妇女的遭遇来展示战乱风云，而且还用大量篇幅以秦妇声口毕述诸邻女伴的种种不幸，画出大乱中长安女子的群像，具有相当的认识价值。其中“旋抽金线学缝旗，才上雕鞍教走马”二句，通过贵家少妇的生活丕变，“路上乞浆逢一翁”一段，通过因破落而被骨肉遗弃的富家翁的遭遇，使人对当时动乱世情窥斑见豹。后文“还将短发戴华簪”数句虽属漫画笔墨，又足见农民将领迷恋富贵安乐，得意忘形，闹剧中有足悲者。从“昨日官军收赤水”到“又道官军悉败绩”十数句，既见农民军斗争之艰难顽强，又见其志气实力之日渐衰竭……凡此刻画处，皆力透纸背；描摹处，皆情态毕见。没有十分的艺术功力，焉足办此。《秦妇吟》还着重环境气氛的创造。从“长安寂寂今何有”到“天街踏尽公卿骨”十二句，写兵燹后的长安被破坏无遗的状况，从坊市到宫室，从树木到建筑，曲曲道来，纤毫毕见，其笔力似在《长恨歌》、《连昌宫词》描写安史之乱导致破坏的文字之上。尤其“内库烧为锦绣灰，天街踏尽公卿骨”，竟使时人垂讶，堪称警策之句。“长安寂寂今何有，废市荒街麦苗秀”，洛阳呢，“东西南北路人绝，绿杨悄悄香尘灭”，而一个妇人在茫茫宇宙中踽踽独行，“朝携宝货无人问，暮插金钗唯独行”。到处是死一般的沉寂，甚至比爆发还可怕。这些描写较之汉魏古诗“出门无所见，白骨蔽平原”一类诗句表现力更强，更细致成功地创造了一种恐怖气氛。

《秦妇吟》在思想内容上是复杂而丰富的，艺术上则有所开创，在古代叙事诗中堪称扛鼎之作。由于韦庄的写实精神在相当程度上克服了他的阶级偏见，从而使得此诗在杜甫“三吏三别”、白居易《长恨歌》之后，为唐代叙事诗树起了第三座丰碑。

汝坟贫女

（宋）◎ 梅尧臣

时再点弓手，老幼俱集。大雨甚寒，道死者百余人，自壤河至昆阳老牛陂，僵尸相继。

汝坟贫家女，行哭音凄怆。自言有老父，孤独无丁壮。郡吏来何暴！县官不敢抗。督遣勿稽留，龙钟去携杖。勤勤属四邻，幸愿相依傍。适闻闾里归，问讯疑犹强。果然寒雨中，僵死壤河上。弱质无以托，横尸无以葬！生女不如男，虽存何所当！拊膺呼苍天，生死将奈何？

梅尧臣（1002—1060），字圣俞，宣州宣城（今属安徽）人。少时应进士不第。历任州县官属。皇祐初赐进士出身，授国子监直讲，官至尚书都官员外郎。曾预修《唐书》。有《宛陵先生文集》。

《诗经·周南》有《汝坟》一篇，中用一位妇女口气写乱世。此诗即取《汝坟》旧题，代贫女鸣冤。

宋朝国势很弱，在与北方少数民族政权的对峙中常处劣势，战争的负担压在人民头上，十分沉重。仁宗康定元年，西夏犯边，朝廷因军力不足，乃下令征集乡兵为守城的后备力量。梅尧臣时知襄城县，适逢水灾，目击了百姓在天灾人祸交迫之下的悲惨遭遇。诗人同时所作《田家语》诗序写到点弓箭手一事云："庚辰诏书，凡民三丁籍一，立校与长，号弓箭手，用备不虞。主司欲以多媚上，急责郡吏；郡吏畏，不敢辨，遂以属县令。互搜民口，虽老幼不得免。"

一之谓甚，其可再乎。然而统治者不恤民情，又有“再点弓手”之举，后果也更其严重，人民未遭外患，先遇内殃。诗人于是作《汝坟贫女》。

由于第一次征集弓手，壮丁抽去不少，第二次征集，则“老幼俱集”。这些老人、小孩根本没有战斗力，像贫女之老父，就是扶病弱之躯，朝不保夕者。地方官何尝不知情，只是奈何上司命令不得，只好“睁只眼，闭只眼”，“督遣勿稽留，龙钟去携杖”。适逢天寒大雨，许多老弱者未及入伍，就死在路途上，僵尸相继，惨不忍睹。诗中贫女相依为命的老父，就死在途中。贫女失去唯一的亲人，痛不欲生。结果如何，诗人不忍再说，那是不堪设想的。

此诗写法相当质朴，是一篇纪实文学。其中不乏生动的细节，如贫女不得已送父出征时对四邻的拜托（“勤勤嘱四邻，幸愿相依傍”），邻人归来时她不祥的预感和尚存侥幸的心理（“问讯疑犹强”），均刻画入微。其中叙事夹杂抒情呼告语，贫女凄怆的哭声，读后如萦耳际。

有论者说：“诗中不敢抗拒凶暴的郡吏的县官，当然包括了梅尧臣自己在内，所以这（“县官不敢抗”）是一句充满内咎的话，虽然说得不显露。”这分析是极有见地的，诗人奋笔直书其事，内心深处之自恧，于此句可知。

食糟民

（宋）◎ 欧阳修

田家种糯官酿酒，榷利秋毫升与斗。酒沽得钱糟弃物，大屋经年堆与朽。酒醅瀺灂如沸汤，东风吹来酒瓮香。累累罂与瓶，惟恐不得尝。官沽味醲村酒薄，日饮官酒诚可乐。不见田中种糯人，釜无糜粥度冬春。还来就官买糟食，官吏散糟以为德。嗟彼官吏者，其职称长民。衣食不蚕耕，所学义与仁。仁当养人义适宜，言可闻达力可施。上不能宽国之利，下不能饱民之饥。我饮酒，尔食糟，尔虽不我责，我责何由逃！

欧阳修（1007—1072），字永叔，号醉翁，晚号六一居士，吉水（今属江西）人。“唐宋八大家”之一。天圣八年（1030）进士。曾任枢密副使、参知政事。因议新法与王安石不合，退居颍州。谥文忠。曾与宋祁合修《新唐书》，并独撰《新五代史》。有《欧阳文忠公集》、《六一词》等。

此诗约作于宋仁宗皇祐元年（1049）或二年（1050）。据《宋史·食货志》，当时酒由专卖，各州、乡设酒务，官方酿酒，酒价颇高。穷乡僻县或允许民酿，但须纳税。此诗写农民种糯供官家酿酒，非但与饮酒无缘，到头只落得以糟充饥的悲惨遭遇。诗从酒的专卖制度上，揭露了北宋王朝的经济措施加给人民的痛苦，也批评了执事官吏的自私伪善。

诗开宗明义，点出农民辛勤种糯、官家酿酒获利这一对立事实。官家酿酒原料来自于农民，却独专其利；农民交糯于官，但得不到多少好处。从“榷利秋毫升与斗”一句，可见官家算盘打得很精，为此，农民的裤带却须勒得更紧了。诗由“种糯”写到“酿酒”，以下又由“酒”引出“糟”。酒糟不过是酿酒的残余之物，既不值钱，又难于处理：“大屋经年堆欲朽。”这里，为后文“官吏散糟”一事作好了铺垫，可见“散糟”于官本是求之不得的事。

诗人暂时撇开“糟”的话题，写日饮官酒的快乐。先津津有味地描绘了酿酒从初醅到装瓶的全过程，写得酒香四溢，令人垂涎。然而能饮上官酒的都是谁呢？除了官吏和财主，无论如何是轮不到“田中种糯人”的。

于是诗笔一转写到“田中种糯人”的艰辛生活。特别是在冬春之交青黄不接的季节，锅里连一碗粥也没有，于是就出现了种糯交官者还来就官买糟吃的怪现象。官吏对此司空见惯，不但没有丝毫良心发现，反倒趁机脱手酒糟，而且还摆出一副布施积德的慈善面孔。实际上，他们既处理了酿酒弃物，又从中牟利，还盗取了慈善之名，这是一石三鸟的绝招。诗人的讽刺是够辛辣的。

最后诗人从仁政爱民的立场出发，对前述事件作了批评，对官吏作了规劝。诗人认为，处在劳心者治人且食于人(“衣食不蚕耕”)的官吏，应该履行相应的义务，使下情上达，且造福于民。如果既不能有利于国家，又不能救民于饥寒，而安于“我饮酒，尔食糟”的现状，那么，即使用权人民不予追究，也终有自食其果之虞。

由于阶级局限性，诗人无法对种糯食糟这一社会现象的本质作更深的剖析，诗中仅仅归咎于执事的官吏，不免使它鞭挞现实的力量遭到削弱。虽然如此，诗人站在正直的士大夫立场揭示出这种社会疮痍，并希望引起疗救的注意，仍不失其进步意义。

此诗取材现实，语言质朴流畅。其采用叙事议论相结合，先叙故事，卒章显志的写法，显然受到唐代白居易等人《新乐府》诗的影响。

梦蝗

（宋）◎王　令

王令（1032—1059），字逢原，广陵（今江苏扬州）人。以教书为生，为王安石所推重。有《广陵先生文集》等。

至和改元之一年，有蝗不知自何来。朝飞蔽天不见日，若以万布筛尘灰；暮飞啮地赤千里，积叠数尺交相埋。树皮竹颠尽剥秸，况又草谷之根荄。一蝗百儿月两孕，渐恐高厚塞九垓。嘉禾美草不敢惜，欲恐压地陷入海，万生未死饥饿间，肢赅遂转蛟龙醢。

群农聚哭天，血滴地烂皮，苍苍冥冥远复远，天闻不闻不可知。我时为之悲，堕泪注两目，发为疾蝗诗，愤扫百笔秃。一吟青天白日昏，两诵九原万鬼哭，私心直冀天耳闻，半夜起立三千读。

上天未闻间，忽作遇蝗梦。梦蝗千万来我前，口似嚅嗫色似冤；初时吻角犹唧嗾，终遂大论如人然。问我“子何愚，乃有疾我诗？我尔各生不相预，子何诗我盍陈之？”我时愤且惊，噪舌生条枝，谓此腐秽余，敢来为人饥！“尔虽族党多，我谋久已就，方将诉天公，借我巨灵手。尽拔东南竹柏松，屈铁缠缚都为帚，扫尔纳海压以山，使尔万噍同一朽。尚敢托人言，议我诗可否？”

群蝗顾我嗟，“不谓相望多！我欲为子言，幸子未易呵。我虽身为蝗，心颇通尔人。尔人相召呼，饮啜为主宾。宾饮啜嚼百豆爵，主不加诟翻欢欣。此竟果有否？子盍来我陈。”余应之曰“然，此固人间礼，傧价迎召来，饮食固可喜。”

蝗曰“子言‘然’,余食何愧哉?我岂能自生,人自召我来。啜食借使我过甚,从而加诟尔亦乖。尝闻尔人中,贵贱等第殊。雍雍材能官,雅雅仁义儒,脱剥虎豹皮,假借尧舜趋,齿牙隐针锥,腹肠包虫蛆;开口有福威,颐指转赏诛,四海应呼吸,千里随卷舒;割剥赤子身,饮血肥皮肤,噬啖善人党,嚼口不肯吐。连床列竽笙,别屋闲嫔姝,一身万椽家,一口千仓储,儿童袭公卿,奴婢连簪裾,犬豢羡膏粱,马厩余绣涂。其次尔人间,兵倡释老徒,子不父而父,妻不夫而夫,臣不君尔事,民不家尔居。目不识牛桑,手不亲犁锄,平时不把兵,皮革包矛殳。开口坐待食,万廪倾所须;家世不藏机,绘绣锦衣襦;高堂倾美酒,脔肉脍百鱼;良材琢梓楠,重屋擎空虚。贫者无室庐,父子一席居;贱者饿无食,妻子相对吁。贵贱虽云异,其类同一初。此固人食人,尔责反舍且!我类蝗自名,所食况有余。吴饥可食越,齐饥食鲁邾;吾害尚可逃,尔害死不除。而作疾我诗,子言得无迂?”

这是一篇寓言体诗。

诗的前一部分记述了宋仁宗至和元年(1054)发生的一起特大虫灾。蝗虫铺天盖地而来，不但糟蹋庄稼，连树皮竹颠亦尽为所食。农民呼天叫地，奈何不得，境况十分悲惨。诗人对民生疾苦十分同情，并希望通过“疾蝗诗”的诅咒，达到驱蝗的目的。

倘若仅仅记录这样一场自然灾害，固然也有其认识价值，却不具有深刻的社会意义。但诗人作诗意图并不仅在此。

诗从“上天未闻间，忽作遇蝗梦”以下，诗才进入主要部分。诗人异想天开地写到蝗虫投梦，与人展开一场论辩，从而显示出诗人的真正意图。梦中之蝗并不讳言它们造成的危害，然而认为那不过是为害之轻者，“我类蝗自名，所食况有余。吴饥可食越，齐饥食鲁邾。”但人间害甚于蝗的寄生虫比比皆是，“目不识牛桑，手不亲犁锄”、“一身万椽家，一口千仓储”、“割剥赤子身，饮血肥皮肤”，如此“人食人”的现象，岂不比蝗虫厉害！诗人让蝗虫对其为害自供不讳，也就同时坐实了它们对人间寄生虫的指控。

于是诗人借此寓言表明这样的思想，即社会弊病较之自然灾害为祸更烈，更须疗救。天灾的根据实在于人祸，即梦蝗所谓“我岂能自生，人自召我来”是也。这些思想在当时来说，无疑是深刻的。

此诗五七言错综，语言夸张奔放，感情色彩强烈，情节富于浪漫气息。诗风近于唐代韩愈、卢仝一派诗人，不仅想象奇特相近，某些构思也有承继关系，“疾蝗诗”之作，就与韩愈《祭鳄鱼文》差近。大量议论入诗，又使它具有散文化的特点。

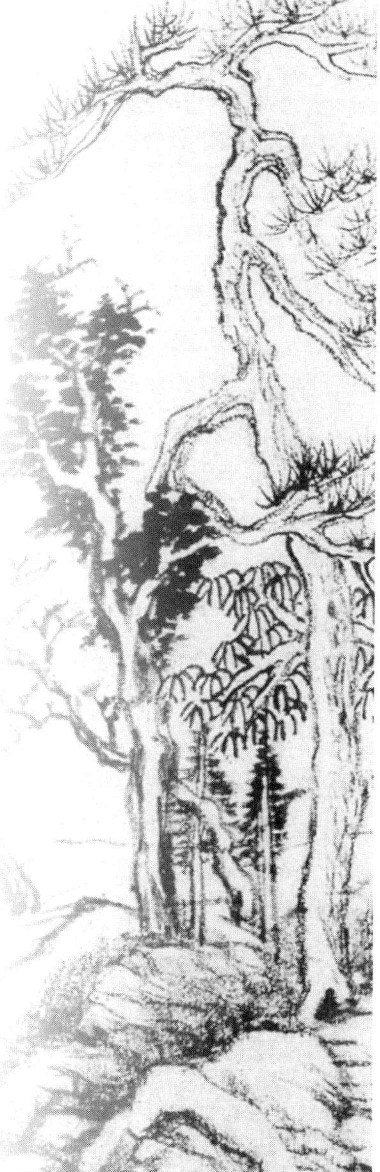

瑞龙吟

（宋）◎ 周邦彦

周邦彦（1056—1121），字美成，号清真居士，钱塘（今浙江杭州）人。元丰初，为太学生，以献《汴都赋》为神宗所赏识，命为太学正。后任庐州（今安徽合肥）教授、溧水县令。徽宗时，提举大晟府。有《清真居士集》，已佚，今存《片玉词》。

章台路，还见褪粉梅梢，试花桃树。愔愔坊陌人家，定巢燕子，归来旧处。　　黯凝伫，因念个人痴小，乍窥门户。侵晨浅约宫黄，障风映袖，盈盈笑语。　　前度刘郎重到，访邻寻里，同时歌舞，唯有旧家秋娘，声价如故。吟笺赋笔，犹记燕台句。知谁伴，名园露饮，东城闲步？事与孤鸿去，探春尽是，伤离意绪。官柳低金缕。归骑晚、纤纤池塘飞雨。断肠院落，一帘风絮。

此调为《清真集》开卷第一篇，是词人自度三叠词，前两段各三仄韵，形式完全相同，称“双曳头”，后一段九仄韵。词当作于绍圣四年（1097），作者溧水任满后回到京师，至此阔别汴京已达十年之久。词写寻访旧日相好，而名花另有归属的怅惋情事。事类崔护《题都城南庄》，主题词为“伤离意绪”四字。

一叠先叙故地重游。“章台”、“坊陌”指京城大街和歌楼聚集的里巷，点明作者所怀是汴京城内的一位歌妓。梅花刚谢，桃花才开，是春初景色。“褪粉”、“试花”造语，各有拟人之妙，“粉”谓花粉，双关粉面，“梅梢”、“桃树”在句中后置，因协律而饶韵味。燕归旧处，是眼前景，兼喻人的旧地重游；而“定巢”二字，反形人的漂泊无定。“愔愔”字表明其境冷清，不似从前；“还见”、“归来”等字，则勾起下段回忆。

二叠追叙过去。除“黯凝伫”三字传思念之神，其余皆写对相好歌妓的回忆。旧时歌妓有在门边招徕客人的习惯，“个人痴小，乍窥门户”当是初见情形，如郑生之见李娃，而词中“个人”还保留着少女的天真，不甚谙于风尘。“浅约宫黄”言施妆很淡，“障风映袖”指以袖挡风、犹露半面的样子，加上笑语盈盈，就把人物写活了。至于男女间情投意合、卿卿我我之事，大抵相同，没有必要再写下去。

三叠再回到本题上来。“前度刘郎”句语出刘禹锡《再游玄都观》绝句，而实用刘晨天台遇仙故事，一连五句写访旧不遇，使故事内容得到发展。唐代名妓叫“秋娘”的颇多，如白居易《琵琶行》提到一个，杜牧《杜秋娘》提到另一个，其中杜秋娘是金陵女，十五岁为镇海军节度使李锜妾。此与下文用“燕台诗”故事中的柳枝为东方诸侯所娶，其事相类，词即用之——“旧家秋娘”即指前段“个人”。这几句写在当地居民中打听，知道旧日情人声价，超过同辈中人。“唯有……声价如故”云云，暗示其人处境已有变化，就像杜秋娘和柳枝那样，已是名花有主了。“吟笺赋笔”两句即借李商隐与柳枝的一段浪漫故事自喻——柳枝是一位洛阳商贾之女，精于吹弹，因偶然听到李的从兄让山吟咏李的爱情之作《燕台诗》，遂生爱慕之心。因让山得与李相见，并约三日后在水边相会。不巧一位约好同去长安的好友拿着李的行李先走了，致使诗人未能如约。不久柳枝就被东边的一位方镇娶走，造成诗人终生遗憾，事见李商隐《柳枝诗》序。词人用这个故事，一则表明自己的经历与此相类，是郎才女貌式的——才子佳人之恋前已屡见于唐诗与传奇，后来在元明清戏曲小说中司空见惯，而实已成这一传统文学主题，表现了我们民族传统所具的崇尚人文的性质；二则表明对方另有归属，而且是侯门一入深似海。

此段所写故事，是打听伊人消息，消息打听到了，但线却断了，彼此无法联系。“事与孤鸿去”用杜牧诗句收束往事，“探春尽是”二句为一篇结穴。煞尾“归骑晚”四句，另开一笔，写徒然踏上归途，回到孤馆深院，冷冷清清的情景，流露出深深的失望。

此词演说的爱情故事，与《都城南庄》并不完全相同，内容似较丰富。其插叙手法近于小说，周济所谓“层层脱换，笔笔往复”，即有见于此。词中虽有故事，但并不具言挑明，而是通过写景使事来代言，如“章台”、“乍窥门户”、“刘郎重到”、“旧家秋娘”、“燕台句” 等，凡所用崔护、刘晨、柳枝等故事，均属伤离怨别之事——而其本事，则需读者通过这些借喻去联想、体认。即此而言，它到底仍是歌词，并非小说。

风流子

仆散汝弼，字良弼，元代诗人。

（元）◎ 仆散汝弼

三郎年少客，风流梦、绣岭蛊瑶环。看浴酒发春，海棠睡暖；笑波生媚，荔子浆寒。况此际，曲江人不见，偃月事无端。羯鼓数声，打开蜀道；霓裳一曲，舞破潼关。　　马嵬西去路，愁来无会处，但泪满关山。赖有紫囊来进，锦袜传看。叹玉笛声沉，楼头月下；金钗信杳，天上人间。几度秋风渭水，落叶长安。

唐玄宗李隆基是中国历史上有名的“风流天子”。仆散汝弼过骊山，题《风流子》词于壁，咏李隆基事，一时四方传诵。金哀宗正大三年(1226)，承务郎、主簿幕蔺为之刻石，见录于杨慎《词品》。本篇在思想内容方面虽然并未超出一般咏史怀古诗词的范畴，大抵兼有引古鉴今与沧海桑田的感讽、感慨，但在写法上却是别有特色，读来耳目一新，发人深思。

其特色主要表现在大量运用隐括手法，融入了较多典故及唐人诗句。本来前人诗作及野史中对唐玄宗、杨贵妃故事的记载、吟咏就很多，词人对于这些语言材料，有的是点化运用，有的是统摄其意、另铸新辞，这就大大增加了词的容量，显得充实而又凝炼，用极为俭省的笔墨写出了一场重大的历史事变，给人以回味无尽的感觉。

上片一开始，词人就借用了《唐诗纪事》里郑嵎《津阳门》诗“三郎紫笛弄烟月”中对李隆基的称呼，将玄宗叫作“三郎”。这不仅因为玄宗是睿宗的第三子，宫中呼为“三郎”，而且与以下的“年少客”、“风流梦”等字面相吻合。其实，据《杨太真外传》，开元二十八年(740)十月，玄宗幸温泉宫，使高力士取杨氏女于寿邸，度为女道士，号太真，住内太真宫，此时玄宗已经五十五岁，到天宝四载(745)七月正式册封杨氏为贵妃时已经六十岁，早就不是“年少客”了。这里之所以这样写，是暗含讽刺，意谓玄宗本该勤于政事，但却老发少狂，在东、西绣岭簇拥着的华清宫中，沉迷女色，醉而不醒，做着一场风流之梦。这里的“瑶环”二字，泛指女子，特指杨贵妃，因杨贵妃小字玉环。这三句乍看起来，字面似乎显得轻俏，但仔细咀嚼，却意蕴深沉，感慨无穷，十分委婉含蓄地揭露了唐玄宗沉湎酒色的荒淫和迷色误国的昏庸，寄寓着强烈的慨叹之意。特别是一个“梦”字，暗含着人世无常、往事皆空的感叹，为本词奠定了悲剧基调，有着统摄全词的纲领性作用。

紧接着，作者用“看”字领起四句，写出了杨贵妃的娇媚和玄宗对她的极端宠爱。“浴酒发春，海棠睡暖”，使用了《长恨歌传》和《杨太真外传》中的故事。陈鸿《长恨歌传》载玄宗在华清宫得到杨玉环后，即“别疏汤泉，诏赐藻莹，既出水，体弱力微，若不胜罗绮，光彩焕发，转动照人，上甚悦”。此为“浴”字所本。据《冷斋夜话》云：“上皇登沉香亭，诏太真妃子。妃子时卯醉未醒，命力士从侍儿扶掖而至。妃子醉颜残妆，鬓乱钗横，不能再拜。上皇笑曰：‘岂是妃子醉，直海棠睡未足耳。’”此是“酒”字与“海棠睡暖”的由来。“笑波生媚”，是点化白居易《长恨歌》“回眸一笑百媚生，六宫粉黛无颜色”而来。“荔子浆寒”，又用了《新唐书》中杨贵妃喜食荔枝的记载，并且包含着杜牧《过华清宫》诗“一骑红尘妃子笑，无人知是荔枝来”之意。作者或使事用典，或点化成句，都恰到好处，不着痕迹，把玄宗和杨贵妃醉生梦死、寻欢作乐、荒淫无度的情态，写得淋漓尽致。

“况此际”之后，词意又推进了一层。“曲江人不见，偃月事无端”，是说贤相张九龄已经远谪外地，而口蜜腹剑的李林甫趁机欺上专权。据《新唐书·张九龄传》，张是广东韶州曲江人，人称张曲江。他在任职宰相期间，已经清楚地看出安禄山怀有反意，说：“禄山狼子野心，有逆相，宜即事诛之，以绝后患。”但玄宗执意不从，姑息养奸。后听信谗言，罢去了张九龄的宰相，李林甫取而代之，自专大权。据《新唐书·李林甫传》，他家有堂似偃月形，号“月堂”，常常在此阴谋策划陷害人，若喜而出，受害者一定要全家遭殃，不少人因此无缘无故地横遭灾祸。“自是朝廷之士，皆容身保位，无复直言”(《资治通鉴》语)。此时，玄宗和杨贵妃更加放心地恣情享乐，毫无顾忌，使得国事日见危殆。因此，上片最后四句就以互文见义的手法，写出了李、杨纵情声色的直接后果。据《杨太真外传》，玄宗好打羯鼓。《霓裳》即《霓裳羽衣曲》，杨贵妃善舞此曲。他们一面翩翩起舞，一面击鼓助兴，真是好不热闹，好不快活。然而，正如杜牧所说：“《霓裳》一曲千峰上，舞破中原始下来。”(《过华清宫》)就在他们纵情欢乐之际，安禄山于天宝十四载(755)在范阳起兵反叛，次年攻破长安的东路要塞潼关，直逼京城，玄宗仓皇西走，逃窜巴蜀。从“浴酒发春”到“舞破潼关”，这是多么翻天覆地的巨变，中间有着多少起伏曲折，然而，作者有选择地借用典故，将复杂的重大历史事件写得清清楚楚，有条不紊，既精炼又形象，既简明又曲折。作者手中之笔，真有举重若轻的作用。

过片以“马嵬西去路”一句，虚写或带过了杨贵妃之死，只是点出了她被缢和埋葬的地点马嵬驿，十分简约而明了。以下落实到玄宗的悲伤悼念，《长恨歌》有“君王掩面救不得，回看血泪相和流”、“行宫见月伤心色，夜雨闻铃肠断声”等描写，极为细腻；此词则云

“愁来无会处，但泪满关山”，转作简劲，是师其意不师其辞。据《杨太真外传》，“妃子死日，马嵬媪得锦袜一只，相传过客一玩百钱，前后获钱无数”。故云：“赖有紫囊来进，锦袜传看。”“赖有”二字，辞若慰藉，实有深悲，故紧接以“叹”字领起“玉笛声沉，楼头月下；金钗信杳，天上人间”。玄宗素善吹笛，据《杨太真外传》说，玄宗回长安后，“夜阑，登勤政楼，凭栏南望，烟月满目”，与杨贵妃的侍者红桃歌贵妃所作的《凉州词》，“上亲御玉笛，为之倚曲，曲罢相视，无不掩泣”。在无穷无尽的思念之中，玄宗命方士到海上仙山去寻找杨贵妃的魂魄和他们当初定情时的“金钗钿合”，然而这一切都只是传说，都在“虚无缥缈”之中，天上人间，终难相会，只落得“此恨绵绵无绝期”（事见《长恨歌》和《长恨歌传》）。到此，一片凄凉悲痛之意，充溢字里行间。

“他生未卜此生休”（李商隐诗），当初极度的声色之乐，恍如昨日之梦，到哪里寻觅？而昏庸误国的惨痛，已经铸成了眼前的严酷事实，真是追悔莫及了！这里，作者寄慨遥深，对“安史之乱”的历史经验作了高度的概括和总结。

在诗词中，大量使用典故和前人诗句，很可能造成堆垛和“掉书袋”的毛病，但是读者读此词时，却并没有这种“獭祭鱼”式的感觉，只觉得一气流转，浑然天成。它成功的重要原因，就是以李、杨关系为一条线索，将有关的典故、诗句认真剪裁，次第贯穿起来，显得井然有序，不枝不蔓。另外在词句的衔接上，用了一些领字和虚词，使得转接自然，天衣无缝。这样，就把用典与抒情融为一片，丝毫不露雕琢的痕迹。特别值得一提的是，末尾归结到“几度秋风渭水，落叶长安”，扫空前事，与篇首“风流梦”遥遥呼应，大有物是人非、千古如斯的迷惘与感慨。这两句本出贾岛《忆江上吴处士》“秋风生渭水，落叶满长安”，与玄宗、杨妃故事了无关涉，但词中用作结尾，以景结情，却增添了许多萧瑟凄凉之意，造成一种深远迷茫的境界，将玄宗重色误国的哀痛与宇宙人世的变迁结合起来，感喟最为深沉，可称创用。这首词称之“绝唱”，或许有些过誉，但为后人一时传诵，却是颇有缘由的。

记 事

（元）◎ 萨都剌

当年铁马游沙漠，万里归来会二龙。周氏君臣空守信，汉家兄弟不相容。只知奉玺传三让，岂料游魂隔九重。天上武皇亦洒泪，世间骨肉可相逢？

萨都剌（1272—？），亦作萨都拉，字天锡，号直斋，回族人。其祖父、父以世勋镇守云、代，遂居雁门（今山西代县）。曾远游吴、楚。泰定四年（1327）进士及第。授镇江录事司达鲁花赤（掌印正官）。后任翰林国史院应奉文字。晚年寓居武林（今广西向都）。后入方国珍幕府，终年八十余。有《雁门集》三卷，《集外诗》一卷。

此诗本事见于《元诗纪事》引《归田诗话》："泰定帝崩于上都，文宗自江陵入据大都，而兄周王远在沙漠，乃权摄位而遣使迎之，下诏四方云：'谨俟大兄之至，以遂固让之心。'及周王至，迎见于上都欢宴，一夕暴卒。复下诏曰：'夫何相见之顷，宫车弗驾。加谥明宗。'文宗遂即真。"为争夺皇权而手足相残之事，几乎历代都有。汉代就有童谣讽文帝逼死淮南王事："一尺布，尚可缝；一斗粟，尚可舂；兄弟二人不相容。"元文宗谋位杀兄，还想掩天下耳目。诗人萨都剌以古代良史之勇气，写下了这首《记事》记录下他的罪名。

"当年铁马游沙漠，万里归来会二龙"两句写泰定帝崩后，文宗抢班摄政，而遣使迎归其兄周王的情事。"会二龙"三字就暗示了一场权力之争的不可避免。天无二日，民无二主，是极权主义的信条。这场双龙会中，一真一假，而假者先入，真者敛手如宾，正是"假作真时真亦假"。于是周王在欢宴中不明不白地暴死，演出了一个轻信者的悲剧。汉时民谣所唱过的"兄弟二人不相容"的故事，又有了新的翻版。"周氏君臣空守信，汉家兄弟不相容"，妙在以"周"对"汉"，十分妥帖自然，而又融入民谣成句，故语似拙而实工。

"只知奉玺传三让，岂料游魂隔九重"，文宗事先诏告天下，说是待大兄之至，必以位固让。国人都以为泰伯"三以天下让"（《论语·泰伯》）的至德又将出现人间；殊不知周王一到就丧命，只落下帝王谥号的名义。这真是一大讽刺。于是天下人皆有一种受了愚弄的感觉。"只知"、"岂料"的勾勒字，写出了诗人的愤慨。他想到文宗与周王同是武宗之子，本来同气连枝，孰知反不如民间兄弟的手足之情。皇权能泯灭人性也若此！"天上武皇亦洒泪，世间骨肉可相逢"，这"世间骨肉"，有所特指，正如"兄弟二人不相容"有所特指一样。"可相逢"是反诘语气，意谓骨肉成仇矣，岂可相逢哉（俗话有"狭路相逢"、"仇人见面，分外眼红"，今于兄弟见之，可悲）！

元文宗篡位杀兄一事，为正史所不载，赖此诗得以揭发，诗人的勇气值得肯定。

早发黄河即事

（元）◎ 萨都剌

晨发大河上，曙光满船头。依依树林出，惨惨烟雾收。村虚杂鸡犬，门巷出羊牛。炊烟绕茅屋，秋稻上垅丘。尝新未及试，官租急征求。两河水平堤，夜有盗贼忧。长安里中儿，生长不识愁。朝驰五花马，暮脱千金裘。斗鸡五坊市，酣歌最高楼。绣被夜中酒，玉人坐更筹。岂知农家子，力穑望有秋。裋褐常不完，粝食常不周。丑妇有子女，鸣机事耕畴。上以充国税，下以祀松楸。去年筑河防，驱夫如驱囚。人家废耕织，嗷嗷齐东州。饥饿半欲死，驱之长河流。河源天上来，趋下性所由。古人有善备，鄙夫无良谋。我歌两河曲，庶达公与侯。凄风振枯槁，短发凉飕飕。

元顺帝至正四年（1344），黄河白茅堤、金堤（今河南兰考东北）决堤，沿河州郡水患、瘟疫成灾。至正九年（1349）诏修黄河金堤。

这首诗作于元顺帝至正十年（1350）丞相脱脱与贾鲁治理黄河时。诗中用贫富对比的手法，对百姓所受苦难表示了深切的同情，对治理黄河提出了自己的看法。

从“晨发大河上”至“夜有盗贼忧”十二句，写作者早发黄河看到的农家景色，以及由此引起的悯农之情，是全诗的舒缓的引入。东方霞光照亮河上，两岸烟雾渐散，次第出现了村落、羊牛、鸡犬之声……这似乎是古人笔下的田园生活图画。然而诗人是了解民情的，所以他无法赞叹“真是农家乐啊”。紧接着倒写出了田舍忧：“尝新未及试，官租急征救。两河水平堤，夜有盗贼忧。”租税、水患、盗贼……农家如此之苦，哪还有田园乐呢？

从“长安里中儿”到“玉人坐更筹”八句，诗人暂时撇开民情不表，转写都市富贵子弟骄奢淫逸的生活，是全诗的反衬之笔。这里以“长安”代指豪华都市，诗中长安少年实指当时蒙古贵族子弟。“五花马”、“千金裘”、“斗鸡五坊市”等等，都从唐诗借字面，其目的不外稍隐其批判现实的锋芒而已。这帮纨绔子弟，过着醉生梦死的生活，围绕着他们的是名马、美酒、玉人……他们能体察百姓的疾苦吗？

从“岂知农家子”到“驱之长河流”十四句，诗人着重写当时民间疾苦，尤其是两河百姓的疾苦。又分两层，前八句是写一般农民的疾苦，以“岂知”领起，文气紧接上段，形成鲜明对照。富家子弟是“朝驰五花马，暮脱千金裘”；他们则是“裋褐常不完，粝食常不周”。富家子弟拥尽美女，从不识愁；他们则只能与“丑妇”织作，共输国课。富家子弟成日斗鸡酣歌；他们则天天力穑望成。后六句则专写黄河流域百姓遭受的徭役之苦。因为水患缘故，他们被官家征集筑防，受到非人待遇（“驱夫如驱囚”），荒废了农业生产，还不免于饥饿，还要浚河筑堤。《元史·顺帝纪》载：九年“三月丁酉，坝河浅涩，以军士、民夫各一万浚之。……五月，诏修黄河金堤。”诗中“去年”云云，叙述的便是此事。

最后六句是诗人的感慨和自叙作诗目的。“河源天上来，趋下性所由”系针对丞相脱脱设想开凿新河道，诗人怀疑这样做违背了流水的自然趋势，他希望能吸取古人治黄防备的经验，反用“肉食者鄙，未能远谋”的话委婉地批评当事者，不赞成劳民伤财。他自叙作歌目的是希望民情得以上闻，但歌罢他并不能轻松，而是久久地沉浸在忧思之中，但觉悲风振响林木，头皮一阵阵发冷。“凄风振枯槁，短发凉飕飕”二句，凸现出一个忧国忧民的诗人自我形象。顺便说一下，诗写成的次年（1351），贾鲁为总治河防使，发沿河州郡近二十万人开凿新河道通淮，直接引发了元末红巾军起义。

这首五古是现实主义的诗作，它上承国风、汉乐府的传统，真实地描绘当时的民情，为的是“明乎得失之迹，伤人伦之废，哀刑政之苛，吟咏情性，以风其上”（《毛诗序》），就其“辞质而径”、“言直而切”、“事核而实”而言，与唐人新乐府毫无二致。

马致远，生卒年不详，元曲作家，号东篱，元大都（今北京市）人。曾任江浙省务提举。元贞间尝与京师才人合撰杂剧，有《破幽梦孤雁汉宫秋》等杂剧十六种，尚存七本。

破幽梦孤雁汉宫秋（节选）

（元）◎ 马致远

第三折

[梅花酒]呀，俺向着这迥野悲凉。草已添黄，兔早迎霜。犬褪得毛苍，人搠起缨枪，马负着行装，车运着糇粮，打猎起围场。他、他、他，伤心辞汉主；我、我、我，携手上河梁。他部从入穷荒，我銮舆返咸阳。返咸阳，过宫墙。过宫墙，绕回廊。绕回廊，近椒房。近椒房，月昏黄。月昏黄，夜生凉。夜生凉，泣寒螿。泣寒螿，绿纱窗。绿纱窗，不思量！

[收江南]呀，不思量，除是铁心肠。铁心肠，也愁泪滴千行。美人图今夜挂昭阳，我那里供养，便是我高烧银烛照红妆。

[鸳鸯煞]我煞大臣行说一个推辞谎，又只怕那伙编修讲。不见她花朵儿精神，怎趁那草地里风光？唱道伫立多时，徘徊半晌，猛听的塞雁南翔，呀呀的声嘹亮，却原来满目牛羊，是兀那载离恨的毡车半坡里响。

《破幽梦孤雁汉宫秋》是以昭君出塞为内容的历史剧，末本（由男主人公汉元帝主唱）。杂剧的主要关目是：匈奴呼韩邪单于控甲十万，欲向汉朝请公主为妻。汉元帝嫌后宫寂寞，中大夫毛延寿趁机取旨广选天下美女，并趁选美之机大受贿赂。入选秀女王嫱拒绝毛延寿勒索，被毛点破图形，发入冷宫，寂寞中弹琴自娱，邂逅汉元帝，汉元帝下令捉拿毛延寿。毛延寿畏罪逃往匈奴，向番王献昭君图。匈奴大军压境，派使臣索求王嫱。汉廷众臣贪生怕死，请元帝割爱。王嫱为息刀兵，自请和番。汉元帝为王嫱送行，二人依依惜别。后来王嫱行至番汉交界处，投水而死。

本折剧历来脍炙人口，其艺术魅力主要表现在唱词的抒情性和意境美。马致远以诗笔写剧，昭君下场后、汉元帝下场前的几段唱词尤为出色，完全可比美《长恨歌》相关的段落。[梅花酒]、[收江南]两曲，展开了王嫱“部从入穷荒”、元帝“銮舆返咸阳”两幅迥然不同的画面，一样凄凉寂寞的心境。在元帝的想象中，那深秋的塞外原野是如此悲凉，草枯而兔肥，是狩猎的季节，那褪了毛的狗儿，扛着红缨枪的猎户，慢腾腾负载着行装、干粮的车马，围猎的场面，这一切与从事农业耕作的中原景象是多么的不同！王嫱这一路将感何如之？紧接着用一组对句“他、他、他，伤心辞汉主；我、我、我，携手上河梁”，完成了空间的转换（画面的切换）。元帝在尚书的不断催促下，又想象自己返回汉宫，经咸阳，宫墙、回廊、椒房，处处人去楼空，不胜凄凉之感。

这一段全由三字短句组成，从“返咸阳，过宫墙”起，一连八个三字联，都是用每一联的下个分句，做下一联的上个分句，上下勾连，回肠荡气，音节既急促（这是由三字句群造成的）又舒缓（这是由顶真辞格拉长的）；通过空间的转换，同时表现时间的推移（由天色晚到月昏黄、到夜生凉等等），同时又有环境气氛的渲染（如“泣寒蛩”、“绿纱窗”等，颇有唐人诗意），总是恰如其分地表现了汉元帝痛定思痛之情。当明妃去后，他有足够的时间去反刍自己的寂寞、凄凉、哀怨和悔恨。此外，“返”、“过”、“绕”、“近”等动词的选用，十分生动地表现了人物心理上的细腻感受和不同建筑物自身的特点。此段最是本剧的绝妙好辞，可比美《长恨歌》中“归来池苑皆依归，太液芙蓉未央柳”一大段描写。

[鸳鸯煞]写元帝从想象中清醒过来，原来“伫立多时，徘徊半晌”，只听得南飞的北雁叫声嘹亮，只看到一片放牧的牛羊，还仿佛听得到载着王嫱而去的毡车在半坡里响。

此三曲一气呵成，声情并茂，情景交融，意境悲壮高远，情思缠绵悱恻，突出而成功地采用了顶真和反复的修辞手法，将主人公的情感抒发得淋漓尽致，体现了元杂剧的诗剧本质。

般涉调·耍孩儿·借马

（元）◎ 马致远

近来时买得匹蒲梢骑，气命儿般看承爱惜。逐宵上草料数十番，喂饲得膘息胖肥。但有些秽污却早忙刷洗，微有些辛勤便下骑。有那等无知辈，出言要借，对面难推。

［七煞］懒设设牵下槽，意迟迟背后随，气忿忿懒把鞍来备。我沉吟了半晌语不语？不晓事颓人知不知？他又不是不精细，道不得“他人弓莫挽，他人马休骑”。

［六煞］不骑呵西棚下凉处拴，骑时节拣地皮平处骑。将青青嫩草频频的喂。歇时节肚带松松放，怕坐的困尻包儿款款移。勤觑着鞍和辔，牢踏着宝镫，前口儿休提。

［五煞］饥时节喂些草，渴时节饮些水。着皮肤休使粗毡屈，三山骨休使鞭来打，砖瓦上休教稳着蹄。有口话你明明的记：饱时休走，饮了休驰。

［四煞］抛粪时教干处抛，尿绰时教净处尿。拴时节拣个牢固桩橛上系。路途上休要踏砖块，过水处不教践起泥。这马知人义，似云长赤兔，如益德乌骓。

［三煞］有汗时休去檐下拴，渲时休教侵着颓。软煮料草铡的细。上坡时款把身来耸，下坡时休教走得疾。休道人忒寒碎。休教鞭飐着马眼，休教鞭擦损毛衣。

［二煞］不借时恶了弟兄，不借时反了面皮。马儿行嘱咐叮咛记：鞍心马户将伊打，刷子去刀莫作疑。只叹的一声长吁气，哀哀怨怨，切切悲悲。

［一煞］早晨间借与他，日平西盼望你，倚门专等来家内。柔肠寸寸因他断，侧耳频频听你嘶。道一声好去，早两泪双垂。

［尾］没道理，没道理，忒下的，忒下的。恰才说来的话君专记，一口气不违借与了你。

元曲套数常以代言的口吻叙事，颇类戏曲唱段，其语言多富于谐趣，产生了一些讽刺杰作。马致远[般涉调·耍孩儿·借马]即抓住一个普通生活事件，塑造了一种典型性格，可以说是一出精彩的独角喜剧。

首曲交代事件缘起。可以看出主人买马筹备了很久，“近来时买得匹蒲梢骑”。买马不易，就特别爱惜；马是新买，就加倍爱惜；马是好马(“蒲梢”是大宛名马)，更是“气命儿般看承爱惜”。具体表现在“逐宵上草料数十番，喂饲得膘息胖肥。但有些污秽却早忙刷洗，微有些辛勤便下骑”。夸张吗?有一点。过分吗? 一点也不。它完全符合一个梦想了很久终于实现了买马愿望的人的情形。更重要的是，这里作者为“借马”这一事件安排了一个特定环境。把人物性格摆在特定环境下，就容易突出。

借马的人不设身处地为马主人想想，就“出言要借”，难怪马主人要暗骂他是“无知辈”了。这里“无知”二字等于说不自觉、不自爱。而偏偏这人又是马主人的熟人，马是不得不借了。干脆借或干脆不借，都没有“戏”，唯独在借与不借之间，想推而“对面难推”的尴尬境地，“戏”就出来了。

既已牵马下槽，可见同意借了，却又是“懒设设牵下槽，意迟迟背后随，气忿忿懒把鞍来备”，又见内心极不情愿，存在着与目的的不协调构成幽默的契机。“我沉吟了半晌语不语?不晓事颓人知不知?”这两句暗含的意思即下文“他人弓莫挽，他人马休骑”——这一私有社会的道德信条。虽则马主人明知对方“不是不精细”，本不用多嘱咐，却仍有“语不语”之踌躇，而且终于“语”之，便令读者发噱。

马主人对借马人的叮咛，占了套曲的大半篇幅，归纳而言无非是要求对马在生活上悉心照料，要求注意马的清洁卫生，使用要顾惜，不得鞭打伤害。这番话非常唠叨，非常琐碎，还多有重复。既说

了“将青青嫩草频频的喂”，又说“饥时节喂些草”、“软煮料草铡的细”；既说了“砖瓦上休教稳着蹄”，又说“路途上休教踏砖块”；既说了“三山骨休使鞭来打”，又说“休教鞭颩着马眼，休教鞭擦损毛衣”。有的话多余，如勤觑鞍辔、踏牢脚蹬、拣平处骑、马要拴牢等等。有的话苛刻，如马拉屎拉尿都有规矩。有的话难听……事实上如此拉杂的嘱咐记也记不过来，莫说照办。而马主人还说“休道人忒寒碎”，岂不可笑。这里的语言妙在戏剧化、性格化。读者切莫以传统诗词的眼光看元曲，切莫把人物语言当作剧作家的语言，去责备它不精练。这些寒碎语言，恰到好处地表现出此人性格之小气。

叮咛了许多的话，马主人并不放心。他还要赌咒，虽然是咒骂，却只能用“拆白道字”，只能对“马儿行”说，还不等于“吹了灯瞪他两眼”。这动机与效果之不协调，又构成了谐趣。马主人终于下定决心交马过手，他一方面嘀咕着“没道理，没道理，忒下的，忒下的”，很不痛快，很不干脆；一方面说“一口气不违（不换）借与了你”，自觉很痛快、很干脆。马还未走，已在盼归。这结尾再一次构成强烈的谐趣，真使读者忍俊不禁了。

一般认为“借马”讽刺的是个吝啬鬼。也有人持反对意见，认为作者所写是人情之常，不能以“吝啬”目之，何况马主人经过一番思想斗争，毕竟将马借出去了。的确，马致远笔下这个马主人，与中外文学名著中的吝啬鬼典型如严监生、阿巴贡、葛朗台、布苪可南等很不相同，他并非吝啬到一毛不拔。但他毕竟有吝啬的心理，作者把这心理解剖来给人看，就是一种揭短。深知讽刺三昧的鲁迅说：“讽刺的生命在于真实”，“真实地或略带夸张地写出某些人的缺点，被写的人便称这是讽刺。”严监生、葛朗台等集中了一切吝啬人的特点，夸张多一些，唯其如此，一般人读来有一种安全感；而“借马”的主人公却更近生活真实，也更能反映私有制下一般人尤其小私有者的自私心理。诚如朱光潜所说：“尽善尽美的人不能成为谐的对象，穷凶极恶也不能成为谐的对象。引起谐趣的大半介乎二者之间，多少有些缺陷而这种缺陷又不致引起深恶痛疾。”“借马”的主人公正是如此，他虽“吝啬”但还不成其为“鬼”。

讽刺使人于笑声中反省自身，而马致远的高明处在于他引人笑不靠插科打诨，也不靠脱皮露骨的讥嘲，他靠的是一种远为深刻的东西即喜剧性。“喜剧必须有声有色地绘出存在（现象）与目的（本质）之间的不协调”（别林斯基）。马致远着力刻画的是借马的慷慨之举与不情愿借马的自私心理之冲突，正因为如此，他才能使“诙谐之极的局面，而出之以严肃不拘的笔墨，这乃是最高的喜剧”（郑振铎）。这里需要指出，在传统诗词领域，还不曾有过这样的作品；而在元曲之中能达到同样境界的杰作，也是不可多得的。

传舍吏

（元）◎ 杨维桢

传舍吏，当封侯，晋鄙救兵邺中留。邯郸急击危缀旒，传舍吏儿当国忧："散君帑藏大飨士，编君妻妾列兵俦。"传舍吏儿率死士，跣跔赤手科鳌头。救兵至，邯郸危复瘳，传舍儿死父封侯。

杨维桢（1296—1370），字廉夫，号铁崖，别号东维子、铁笛道人。元诸暨（今属浙江）人。泰定年间进士。初授到台尹。官至建德路总管府推官，江西等地儒学提举。入明未仕，晚居松江。诗歌风格奇诡，时号"铁崖体"。有《铁崖古乐府》十卷，《复古诗集》六卷。

"我们从古以来，就有埋头苦干的人，有拼命硬干的人，有为民请命的人，有舍身求法的人……虽是为帝王将相作家谱的所谓'正史'，也往往掩不住他们的光耀，这就是中国的脊梁。"（鲁迅）本篇所歌颂的传舍吏之子，就是这样一个为民请命而又拼命硬干的英雄。他的事迹，见于《史记·平原君列传》："秦急围邯郸，邯郸急且降，平原君甚患之。邯郸传舍吏子李同说平原君曰：'邯郸之民，炊骨易子而食，可谓急矣，而君之后宫以百数。婢妾被绮縠，余粱肉，而民褐衣不完，糟糠不厌。民困兵尽，或剡木为矛矢，而君器物钟磬自若。使秦破赵，君安得有此？使赵得全，君何患无有？今君诚能令夫人以下编于士卒之间，分功而作。家之所有，尽散以饷士，士方其危苦之时，易德耳。'于是平原君从之，得敢死之士三千人，李同遂与三千人赴秦军，秦军为之却三十里。亦会楚魏救至，秦兵遂罢，邯郸复存。李同战死，封其父为李侯。"

"传舍"即旅舍。"传舍吏"是古代的驿站长，职位相当卑微，如果没有奇迹发生，任这种职位的人和封侯根本不可能发生关系。诗句一开始就是"传舍吏，当封侯”，足以令人惊诧莫名。然后再叙事，便有吸引读者的效果。秦军侵赵，邯郸告急之初，魏安僖王曾使晋鄙将十万兵救赵。因受秦胁迫，“魏王恐，使人止晋鄙，留军壁邺，名为救赵，实持两端以观望”(《史记·信陵君列传》)。“晋鄙救兵邺中留”，则邯郸之急，危如累卵矣。“缀旒”系冠上垂珠，摇摇欲坠，故形其危。这时，传舍吏之子李同挺身而出，直说平原君以救急之策。“传舍吏儿当国忧”，实有“肉食者鄙，未能远谋”，匹夫忧国，当仁不让的气魄。“散君帑藏(国库)大飨士，编君妻妾列兵俦”二句，概括吏传中李同说辞，斩钉截铁，直如耳提面命，虽是为平原君划策，却也是为邯郸围城人民着想。至于传舍吏子自己，早已置生死于度外：“传舍吏儿率死士，跿跔(跳跃)赤手科鍪头(指不戴头盔入敌)。”终于使秦军退兵三十里，邯郸旋亦围解。“救兵至，邯郸危复瘳”。然而，传舍吏子李同却永别了邯郸人，后代读者需感谢司马迁记下了他的英名。英雄的父亲受到了奖赏，传舍吏受封李侯，烈士李同可以含笑九泉了。

诗人几乎是用朴拙的笔墨，十分概略地复述了太史公书中的一个故事。诗人的出众之处首先表现在他的眼力，他从史传发现了这个不甚为人注意的人物及其事迹，从中看到了闪光处。正史中充斥着帝王将相，然而他们丝毫掩不住这位布衣之士的光芒。李同的事迹，足以与侯嬴、朱亥相辉映，而本篇也可以与王维《夷门歌》相媲美。诗中不书李同的名字，而反反复复强调“传舍吏儿”的身份，便是这理直气壮地宣称：“贱者虽自贱，重之若千钧。”

醉樵歌

(明)◎张　简

东吴市中逢醉樵，铁冠欹侧发飘萧。两肩矻矻何所负？青松一枝悬酒瓢。自言华盖峰头住，足迹踏遍人间路。学剑学书总不成，唯有饮酒得真趣。管乐本是王霸才，松乔自有烟霞具。手持昆冈白玉斧，曾向月里斫桂树。月里仙人不我嗔，特令下饮洞庭春。兴来一吸海水尽，却把珊瑚樵作薪。醒时邂逅逢王质，石上看棋黄鹄立。斧柯烂尽不成仙，不如一醉三千日。于今老去名空在，处处题诗偿酒债。淋漓醉墨落人间，夜夜风雷起光怪。

张简，生卒年不详，字仲简，明吴县人。自称云丘道人、白羊山樵。元季兵乱，以母老归养。洪武初召修元史。有《云丘道人集》。

饶介字介之，江西临川人，“分守吴中，自号醉樵。延诸文士作歌，仲简诗擅场，居首坐，高季迪次之，杨孟载又次之”(《明诗别裁集》)。张简的这首诗之所以擅场一时，就在于他并不拘泥于描摹写实，而是借“醉樵”这个别号和题面，充分发挥浪漫想象，从而塑造了一个超凡脱俗、自由不羁的人物形象，闪耀着理想主义的光辉。

诗一开始就用大写意的笔墨，勾勒了一个自称“醉樵”者的外貌轮廓。“铁冠”本为御史所戴的法冠，因以铁做帽骨得名。全诗除“铁冠欹侧”(斜戴铁冠)四字略点饶介身份之外，基本上是按照作者想象塑造的一个隐逸江湖的才士形象。诗人先用设幻之笔，以目击者的赞叹语气，叙相逢“醉樵”于“东吴市中”，尽管斜戴铁冠，却不像官场中人。看他披散着头发，两肩吃力地扛着什么，原来是“青松一枝悬酒瓢”。只这一句，“醉”、“樵”两字都有了。既然生计在“樵”，就不是仕宦之人；“樵”而能“醉”，则又不是一般的樵子，因为这个“醉”字实际显示出一种文化风貌。

“自言华盖峰头住，足迹踏遍人间路”，前句见其潇洒出尘(饶介又号华盖山樵)，后句则见其隐不绝俗，浪迹江湖，又暗扣“樵”字(即上山打柴市上卖)。“学剑学书总不成，唯有饮酒得真趣”二句又照应“醉”字，表面上似乎在写其自谦“文也文不得，武也武不得”，其实非常自负。“学书不成，去，学剑又不成”(《史记·项羽本纪》)本是楚霸王少年故事：“书，足以记名姓而已；剑，一人敌，不足学，学万人敌！”可见这个“醉樵”也是个莫测高深的人物。

大略勾勒了人物风貌之后，诗人便发挥奇特想象，运用传奇般的笔墨，凭空虚构了几个“醉樵”的神话。管仲、乐毅为春秋战国时代的政治家和军事家，赤松子、王子乔则是两位羽化而登仙的人物，“管乐本是王霸才，松乔自有烟霞具”似乎对举两类不同人物，则“醉樵”自近于后者。其实二者之间并无不可逾越的鸿沟，胜于雄辩的例证便是张良的经历。所以这两句其实都是写“醉樵”的，言其既揣有王霸大略，而又怀有出世的理想。以下即化用吴刚的传说，言其“手持昆冈（传说中产玉的山冈）白玉斧，曾向月里斫桂树”。这是关于“醉樵”的第一个神话，妙在“斫桂树”之事即见“樵”者本分。以下四句戛戛独造：“月里仙人不我嗔，特令下饮洞庭春。兴来一吸海水尽，却把珊瑚樵作薪。”读者应画一路密圈，并为之投笔击节！

“洞庭春”是美酒名（苏轼《洞庭春色诗序》“安定郡王以黄柑酿酒，谓之洞庭春色”），诗人在想象中将洞庭湖水化为醇醪。以下又因湖及海，气魄极大，而将海水作酒吸尽后，又砍伐珊瑚作薪，大是“醉”意，又妙扣“樵”字。这是关于“醉樵”的第二个神话。紧接又化用《云笈七签》中的故事，言有名王质者入山砍柴，见几个童子下棋，棋看完了，斧柄都烂了，人间早已换世。今浙江尚有烂柯山。诗中说“醉樵”当年是和王质同往看棋的人。这是第三个神话。“柯烂”又是樵夫典故，诗人在这里又通过王质还“醉樵”以世人身份：“斧柯烂尽不成仙，不如一醉三千日。”

最后四句是余墨作波，言“醉樵”能诗，“题诗偿酒债”云云，犹如写黄庭换新鹅一样，大是韵事。“淋漓醉墨落人间，夜夜风雷起光怪”，暗用杜甫赞美李白“昔年有狂客，号尔谪仙人。笔落惊风雨，诗成泣鬼神”诗意，以“醉樵”比酒仙兼诗仙的李白，言其诗成后可以感天动地，使夜间风雷大作，生出种种灵异的现象。

诗中所写的人物形象，确是由“醉樵”二字着想，但不必即饶介之其人。诗人的想象力十分丰富，他运用了一些现成神话材料，裁以己意，引申发挥，自铸新辞，成功地刻画了一个惹人喜爱、弃绝庸俗的“醉樵”。

明皇秉烛夜游图

（明）◎高　启

花萼楼头日初堕，紫衣催上宫门锁。大家今夕宴西园，高爇银盘百枝火。海棠欲睡不得成，红妆照见殊分明。满庭紫焰作春雾，不知有月空中行。新谱霓裳试初按，内使频呼烧烛换。知更宫女报铜签，歌舞休催夜方半。共言醉饮终此宵，明日且免群臣朝。只愁风露渐欲冷，妃子衣薄愁成娇。琵琶羯鼓相追逐，白日君心欢不足。此时何暇化光明，去照逃亡小家屋。姑苏台上长夜歌，江都宫里飞萤多。一般行乐未知极，烽火忽至将如何？可怜蜀道归来客，南内凄凉头尽白。孤灯不照返魂人，梧桐夜雨秋萧瑟。

高启（1336—1374），明代诗人。字季迪，长洲（今苏州）人。吴中四杰之一。其诗多为个人述志感怀、游山玩景及酬答友人之作。有《高太史大全集》。

这首叙事诗系观图有感的咏史怀古之作。

诗人从《长恨歌》“春宵苦短日高起，从此君王不早朝。承欢侍宴无闲暇，春从春游夜专夜”数句中翻出一段新的文章，对唐明皇、杨贵妃的故事不作纵向的叙述，而侧重从一个横断面展开描写，这似乎正是受到做为空间艺术的绘画启发的结果。由此便具新意。

诗开篇便写红日西沉，宫中夜幕降临，然而宴乐并没有暂告结束，有消息传来——“大家（皇上）今夕宴西园”，于是红烛高烧，一时火树银花，将宫中照得通明，形同不夜。这就点出题面的“秉烛夜游”之意。古人秉烛夜游，意在及时行乐，而唐明皇晚年意志消磨，沉湎酒色，在得杨贵妃之后，更是享乐无度。《冷斋夜话》引《太真外传》记叙道：“上皇（即明皇）登沉香亭，诏太真妃子。妃子时卯醉未醒，命力士从侍儿扶掖而至。妃子醉颜残妆，鬓乱钗横，不能再拜。上皇笑曰：‘岂是妃子醉，直海棠睡未足耳。’”诗中即根据小说家言，写出“海棠欲睡不得成，红妆照见殊分明”之句，以形唐明皇游兴之高，以至贵妃从睡中被唤起，开始排演明皇新谱的《霓裳羽衣曲》。时光在流逝，只闻“内使频呼烧烛换”、“知更宫女报铜签”，可行乐的人还觉其时未晚：“歌舞休催夜方半。”所有与会者都通宵达旦地醉饮，于是明皇决定“明日且免群臣朝”。这一情节的根据是《长恨歌》的“春宵苦短日高起，从此君王不早朝”，然而已补充了不少原作中没有的内容。“琵琶羯鼓相追逐，白日君心欢不足”则本“缓歌虽舞凝丝竹，尽日君王看不足”，既写出明皇的纵欲无度，又暗示其废政召乱的必然性。

在这里，诗人由“秉烛”字面联想翻用了唐代聂夷中《田家》“我愿君王心，化作光明烛。不照绮罗筵，唯照逃亡屋”诗句，讽刺道：与诗人愿望相反，君王的光明只照在绮罗筵上，何暇顾及逃亡的人民呢。这种情况，就和历史上荒淫无道的吴王夫差和隋炀帝差不多。姑苏台故址在苏州城外姑苏山上，为吴王夫差与西施宴乐所在。李白《乌栖曲》云：“姑苏台上乌栖时，吴王宫里醉西施。吴歌楚舞欢未毕，青山欲衔半边日。”江都宫是隋代宫殿，在江都郡江阳县，隋炀帝曾征集萤火虫数斛，在此夜游放飞取乐。李商隐《隋宫》云：“于今腐草无萤火，终古垂杨有暮鸦。地下若逢陈后主，岂宜重问后庭花？”而高启则合此两朝亡国君主之事，与唐明皇秉烛夜游的行径并论：“姑苏台上长夜歌，江都宫里飞萤多。一般行乐未知极，烽火忽至将如何？”这就有力地暗示了唐明皇不能以古为镜，遂陷入前车之覆辙，从而予以批判。

至于安史大乱唐室的具体过程，皆非诗人着眼所在，故一概从略。结尾诗笔一跳，仅简要地写出明皇在乱定归京后的凄凉境况，这是秉烛夜游图上看不到，却又与此因果相关的一幅“画图”，前后形成鲜明对照。这里已不见“银盘百枝火”，唯有一盏挑不尽的“孤灯”（此辞也从《长恨歌》来）；这里已不闻琵琶、羯鼓的欢快声音，唯有秋夜滴不尽的梧桐夜雨，像是愁人流不完的眼泪。明眸皓齿的杨贵妃，则早已埋葬在马嵬坡下冰冷的泥土中，室迩人远，乃至“悠悠生死别经年，魂魄不曾来入梦来”。总之，这个超出图画本身的结尾描写，是“超以象外，得其圜中”的，具有悲凉的余韵，表明了诗人的情感态度即全诗的命意所在。它形象地告诉读者，物极必反，“成由勤俭败由奢”乃是封建王朝兴亡的一条普遍规律。

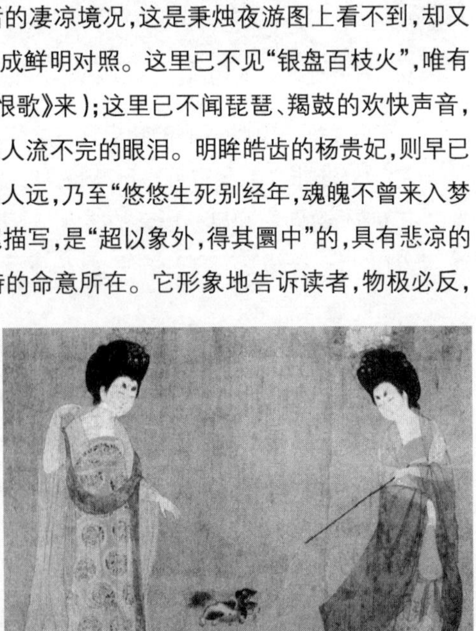

诗叙事集中，妙于剪裁；横向铺写，具备画意；议论少而精要，结尾紧扣主题。诗中多处化用唐人诗意及小说材料，大大丰富了诗句的内涵。

津市打鱼歌

（明）◎ 何景明

大船峨峨系江岸，鲇鲂鲅鲅收百万。小船取速不取多，往来抛网如掷梭。野人无船住水浒，织竹为梁数如罟。夜来水长没沙背，津市家家有鱼卖。江边酒楼燕估客，割鳍斫鲙不论百。楚姬玉手挥霜刀，雪花错落金盘高。邻家思妇清晨起，买得兰江一双鲤。莼莼红尾三尺长，操刀具案不忍伤。呼童放鲤潎波去，寄我素书向郎处。

何景明（1483—1521），字仲默，号大复山人，信阳（今属河南）人。弘治十五年（1502）进士。官至陕西提学副使。与李梦阳等倡言复古，号称“前七子”。有《大复集》。

“津市”位于湖南北部，乃河网密布的鱼米之乡。本篇六句一层，以江上捕鱼、江楼宴饮、思妇寄书三个场面，再现渔乡生活，以民歌的天然韵致和清秀通俗的语言，描绘出一幅广阔细致、丰富多彩的渔乡风情图。

“大船峨峨系江岸”六句细腻地描写江上捕鱼的场景如画——大船落帆收网，满载而归，系缆江边，满舱银鳞闪跃，鱼儿不时跃起，发出“鲅鲅”之声。小船轻快灵活，漂荡在江中穿行如梭，频频撒网。连以耕种为业的农夫也因久居水边，学会了用竹子编成各种捕鱼工具，准备捕鱼。这里的虚（农夫设网）实（大船、小船捕鱼）、动（小船如梭）静（大船系缆）、声（鲅鲅）色（碧波、白帆、银鳞、红日）都配合得非常得体。虽然未点明时间，但从“系江岸”和下文中的“夜来”推断，当在黄昏之际。

“夜来水长没沙背”两句承前（捕鱼）启后（宴饮）——夜来江水暴涨，鱼儿连翩涌来，次日渔乡到处响起了叫卖鲜鱼的声音。“江边酒楼燕估客”四句描绘江边酒楼宴饮的奢华场面，“燕估客”指来自都城燕京的客商，他们轻掷百钱，尽情享用鱼肉做成的各种美味佳肴。“楚姬”指酒楼上的南方女子，她们在厨下熟练地操作，“玉手”、“霜刀”、“雪花”，一片银光闪烁，为江楼宴饮的场面增添了一种明快的色泽。

“邻家思妇清晨起”六句，化用了“客从远方来，遗我双鲤鱼。呼儿烹鲤鱼，中有尺素书”（汉乐府《饮马长城窟行》）诗意，写津市的思妇寄书，着重刻画其心理活动。思妇置鲤鱼于刀俎之际，忽而踌躇，终于刀下留命，放生了鲤鱼，托其给远方的丈夫捎书。“兰江”在今浙江省中部，是钱塘江自兰溪至建德梅城段的别称，其间盛产鲤鱼。其地与津市相距甚远，可能是思妇之夫客居之地。然而鱼雁无凭，托鱼捎书，全是思妇自作宽解，维以不永伤也。由于前面先写了京城客商江楼饮宴，令人联想到他们家中，未尝没有望眼欲穿的楼头思妇，因此，“邻家思妇”的一笔就更加耐人寻味。

小车行

（明）◎ 陈子龙

陈子龙（1608—1647），字卧子，号大樽。华亭（今上海松江）人。崇祯进士。南明弘光帝时任兵科给事中，见朝廷政治腐败，辞职归家。清兵南下，在松江一带起兵抗清，后在苏州被捕，乘隙投水而死。有《陈忠裕公全集》。

小车班班黄尘晚，夫为推，妇为挽。出门茫然何所之？青青者榆疗我饥，愿得乐土共哺糜。风吹黄蒿，望见垣堵，中有主人当饲汝。叩门无人室无釜，踯躅空巷泪如雨！

“崇祯十年六月，两畿大旱，山东蝗，是时先生铨选出都，目击饥民流离之状”（《陈忠裕公全集》按语）。《小车行》即为此而作。

薄暮时分，黄尘纷扬（久旱不雨之象）的路上，独轮车杂沓而来，“班班”叙小车之多，可知流离者非止一家也。其中一辆的推车人是一对疲惫不堪的夫妇，女的在前拉扶车把，男的在后勉力推行（车上不外是些锅瓢碗盏、铺盖棉絮之类，也许还有一二面呈菜色的小儿女）。寥寥三句写饥民流亡景象如在目前。

这对流离中的夫妇，将要逃往何处？不知道。“出门茫然何所之”——这是他们凄苦心境的写照。一路上，他们只能采食榆叶充饥——榆叶椭圆而小，耐旱，《词源》称其叶果“可食”。“愿得乐土共哺糜”，这句的语汇有两个出处，“乐土”一词出《诗经·魏风·硕鼠》“逝将去女（汝），适彼乐土”，指理想中没有残酷剥削、可得温饱之地。“哺糜”一词出汉乐府《东门行》“他家但愿富贵，贱妻与君共哺糜”，“糜”即粥也。这个愿望非常之低，说穿了就只是但求生存而已。

接下来写一个幻觉，与前述愿望相关——“风吹黄蒿，望见垣堵，中有主人当饲汝”。在一片荒芜中，居然看到了高墙大院，定非等闲人家。“风吹”二句一本作“风吹黄蒿见垣堵”，施蛰存先生以为“有一‘望’字较佳”，以其无意中见之，心生窃喜，冀其悯而见留也——“中有主人当饲汝”，换作第二人称写法，表明这是一种假想，一种惴惴不安的期冀。

接下来的一句“叩门无人室无釜”，则由惴惴不安变为希望完全落空。这里应该伴有一连串戏剧性的动作：夫妇奔到垣前，怯生生地叩门，却无人答应；随手一推，门竟没有上栓，吱呀一声开了；进门一看，四壁空空，连一个举炊做饭的釜锅也不存——原来这家主人也逃亡了。这结局似出意料，又在意中，可见当时“饥民流离”状况有多普遍！

这首叙事诗篇制短小，却别具匠心，大刀阔斧删去背景，也不交代来龙去脉，只截取其中最重要的一个片断或一幕场景，以传神的人物对话和细节刻画，表现惊心动魄的社会情态。在简略的情节发展中，也有所展开甚至转折，在短制中翻出了波澜。诗虽小，寄慨深沉矣！

圆圆曲

（清）◎ 吴伟业

鼎湖当日弃人间，破敌收京下玉关。恸哭六军俱缟素，冲冠一怒为红颜。红颜流落非吾恋，逆贼天亡自荒宴。电扫黄巾定黑山，哭罢君亲再相见。

相见初经田窦家，侯门歌舞出如花。许将戚里箜篌伎，等取将军油壁车。家本姑苏浣花里，圆圆小字娇罗绮。梦向夫差苑里游，宫娥拥入君王起。前身合是采莲人，门前一片横塘水。横塘双桨去如飞，何处豪家强载归。此际岂知非薄命，此时只有泪沾衣。薰天意气连宫掖，明眸皓齿无人惜。夺归永巷闭良家，教就新声倾坐客。坐客飞觞红日暮，一曲哀弦向谁诉？白皙通侯最少年，拣取花枝屡回顾。早携娇鸟出樊笼，待得银河几时渡。恨杀军书抵死催，苦留后约将人误。相约恩深相见难，一朝蚁贼满长安。可怜思妇楼头柳，认作天边粉絮看。遍索绿珠围内第，强呼绛树出雕栏。若非壮士全师胜，争得蛾眉匹马还？蛾眉马上传呼进，云鬟不整惊魂定。蜡炬迎来在战场，啼妆满面残红印。专征箫鼓向秦川，金牛道上车千乘。斜谷云深起画楼，散关月落开妆镜。

传来消息满江乡，乌桕红经十度霜。教曲妓师怜尚在，浣纱女伴忆同行。旧巢本是衔泥燕，飞上枝头变凤凰。长向尊前悲老大，有人夫婿擅侯王。当时只受声名累，贵戚名豪竞延至。一斛明珠万斛愁，关山漂泊腰肢细。错怨狂风扬落花，无边春色来天地。

尝闻倾国与倾城，翻使周郎受重名。妻子岂应关大计，英雄无奈是多情。全家白骨成灰土，一代红妆照汗青。君不见馆娃初起鸳鸯宿，越女如花看不足。香径尘生鸟自啼，屧廊人去苔空绿。换羽移宫万里愁，珠歌翠舞古梁州。为君别唱吴宫曲，汉水东南日夜流。

吴伟业（1609—1672），字骏公，号梅村。江苏太仓人。明崇祯四年（1631）进士，官左庶子。南明时，任少詹事，乞归。入清后，官国子祭酒，因母丧乞归。有《梅村集》。

历史的永恒魅力，便在于它充满无限生动丰富的偶然性，而不只有无可移易的客观规律。据说欧洲历史上著名的特洛伊战争的爆发，便是因为无与伦比的希腊美人海伦被夺的缘故。中国明清易代之际的苏州名妓陈圆圆，也属于为数不多的影响过历史进程的女性行列。她的富于传奇色彩的一生，本来就是歌行体诗的绝好材料，而恰恰遇上吴伟业这样的出色之才加以润色，遂成就了《圆圆曲》这一篇可以媲美《长恨歌》的旷代杰作。全诗自始至终就陈圆圆的遭际作如怨如慕、淋漓尽致的歌咏，亦借陈圆圆与吴三桂的离合之情寄托兴亡之感。对吴三桂假托复明，实为一己私怨，引清军入关的行径，则据事直书。“‘冲冠一怒为红颜’，盖实录也。三桂尝重币求去本篇，吴勿许。梅村非诗史之董狐也哉！”（陆次云）

陈圆圆本姓邢名沅，字畹芬。诗中说她曾入宫，后又放出，为贵妃之父田宏遇所获，后被明末辽东总兵吴三桂纳为妾。李自成起义军攻下北京，圆圆被刘宗敏所掠。义军曾以吴三桂父吴襄为人质招降三桂，三桂欣然受命，后闻圆圆被掠，一怒之下乞降于清并引兵入关，成为有清功臣。圆圆亦复为三桂所得，从入云南。陆次云《圆圆传》及钮琇《觚剩》所记略同。本篇当作于清顺治八年（1651）八月以前三桂屯兵汉中之时（钱仲联说）。

《圆圆曲》章法奇幻。诗从吴三桂引清军入关与圆圆重逢切入，再追忆到吴陈初逢为第一段，采用倒叙手法。《史记·封禅书》说黄帝铸鼎于荆山，鼎成骑龙上天。诗一开篇就借“鼎湖当日弃人间”代指崇祯之死，然后就写吴三桂打败李自成：“破敌收京下玉关。”极斩截利落。兴兵的名义是为崇祯报仇，然而骨子里却另有怀恨。“恸哭六军俱缟素，冲冠一怒为红颜”二句之妙，一在于对仗精整，以众形独，以素形红；二在于下句“立片言以据要，乃一篇之警策”。它比苏轼《荔枝叹》“宫中美人一破颜，惊尘溅血流千载”那样的名句更精警，因为它不是靠夸张取胜，而是一针见血以事实胜雄辩，“冲冠一怒为红颜”这一事实是吴三桂本人也不

敢正视的。为一己私情牺牲民族大节，其行径比较《史记》中为护璧冲冠一怒的蔺相如和将行刺秦王“怒发上指冠”的荆轲，毕竟太卑微。

出以三桂口吻的“红颜流落非吾恋”，辩解显得无力，“哭罢君亲再相见”的举止于是显得做作虚伪。而最妙的还在于诗人叙事时的不动声色，“电扫黄巾定黑山”的夹说，还似乎在为他夸功呢。一切都恰到好处，“再相见”的具体情况暂时按下不表，留待下文细细渲染，紧接便用蝉联句法用作倒叙，写到吴陈初次见面：“相见初经田窦家（西汉外戚田蚡、窦婴，代指田宏遇），侯门歌舞出如花。许将戚里箜篌伎，等取将军油壁车。”当初吴三桂在田家宴会上对色艺双绝的陈圆圆一见钟情，田宏遇便顺水推舟，为他们牵线搭桥，定下这一段姻缘。

以上一段乃是以三桂为中心，对吴陈离合情事初陈梗概。写法是直书其事，大刀阔斧。以下从“家本姑苏浣花里”到“散关月落开妆镜”，则言归正传，以陈圆圆为本位，干脆从头说起，将圆圆一生的波澜起伏来一个铺陈终始。写法上则援用西施故事陪衬渲染，精雕细刻，反反复复，淋漓尽致。这才是全诗叙事的中心段落。而前一段就像是变奏的过门或说唱的引子，有概括勾勒之妙，无重复冗赘之嫌。

陈圆圆原籍苏州，而“浣花里”本是唐代蜀中名妓薛涛居处，诗中借用作“家本姑苏浣花里”，则有点染之妙，同时，也容易使人与西子浣纱发生某种联想。以下虚拟一梦，说圆圆合是西施后身，最是闲中生色的笔墨。“梦向夫差苑里游，宫娥拥入君王起”二句大得《长恨歌》“侍儿扶起娇无力，此是新承恩泽时”之神韵。“采莲人”指西施，又与苏州的“横塘水”搭成联想，使人想见娇小的圆圆有过天真无邪的童年。以下四句仍用蝉联格起，转说圆圆长成，被豪门强载（一说为田宏遇，一说为周奎）。“塞翁失马，焉知非福”，但圆圆当时只是担惊受怕，又哪能预测未来。“此际岂知非薄命”已遥起后文“错怨狂风扬落花”，针线极为密致。“侯门一入深如海”，在权势通天的外戚之家，圆圆又一度被作为贡品献入宫中，但未获

选。从此作为豪门女乐，精习弹唱，歌笑向客，用佐清欢。使陈圆圆绝处逢生、脱离苦海的契机终于到了，她遇到了少年得志的吴三桂，一拍即合。《圆圆传》载："圆圆至席，吴语曰：'卿乐甚！'圆圆小语曰："红拂尚不乐越公，矧不逮越公者耶！'吴颔之。"彼此真是目成心许了。此即上段所谓"相见初经田窦家"一节，这里便接过此线展开动情的唱叹："坐客飞觞红日暮，一曲哀弦向谁诉？"正在山重水复，忽然一径暗通："白皙通侯最少年，拣取花枝屡回顾。"相见恨晚："早携娇鸟出樊笼，待得银河几时渡。"

然而好事多磨，这时三桂又奉旨出关抵御清兵："恨杀军书抵死催，苦留后约将人误。"这一节两句一转，一波三折，摇曳生姿。以下又以蝉联格另起，写三桂去后，圆圆在一场社会巨变之中跌进命运的深渊。农民起义军入城，吴陈双方音讯隔绝，诗人兼用王昌龄《闺怨》（"春日凝妆上翠楼，忽见陌头杨柳色"）、沈佺期《杂诗》（"可怜闺里月，长在汉家营"）语意，写道："可怜思妇楼头柳，认作天边粉絮看。"更难堪的是她受声名之累，成为享乐思想滋长了的义军头领的猎物："遍索绿珠围内第，强呼绛树出雕栏。"绿珠是西晋石崇家妓，为孙秀所夺，不屈而死；绛树是魏时名妓：皆借指圆圆。二典偏重于绿珠事，意谓有人恃强夺三桂所好，而圆圆心实难从。"绛树"用来与"绿珠"对仗，工妙在于虚色辉映。再度沦落的经历不宜多写，诗人点到为止，即以迅雷不及掩耳之势，回到"电扫黄巾"的话头："若非壮士全师胜，争得蛾眉匹马还？"圆圆重新回到三桂怀抱，全凭爱情的神力。是悲是喜？是扬是抑？"壮士"之誉，属正属反？恐怕梅村也说不清楚。伟大的情人，渺小的国士！这才是诗人给吴三桂的定性。直到现在，诗人的彩笔还主要用在烘托爱情至上的一面。

相传三桂迎归圆圆，在营中结五彩楼，列旌旗、箫鼓三十里。而诗人的创造在于他出人意表地把两情重圆的无限温柔旖旎的场面，端端安排在杀声甫定的战场上，而且是在夜晚，打着火把找到似的，为情节增添了几分戏剧性。这里读者又看到逼肖《长恨歌》"闻道汉家天子使，九华帐内梦魂惊"、"玉颜寂寞泪阑干，梨花一枝春带雨"那样的妙笔："蛾眉马上传呼进，云鬟不整惊魂定。蜡炬迎来在战场，啼妆满面残红印。"到底是三桂救了圆圆，还是圆圆成就了三桂呢？从此吴三桂青云直上，持专征（不待天子之命即可自决征伐）特权，移镇汉中。夫贵妻荣，圆圆也一直做到王妃。"斜谷云深起画楼，散关月落开妆镜"，诗人不写平西王府的豪华，偏偏取川陕道途之荒僻山川为背景，写圆圆的舒心如意，正是因难见巧极为别致的奇笔。你看彩云为之起楼，明月为之掌镜，"时来风送滕王阁"，似乎天地一切都是为圆圆而存在，这种心情本来就应该安排在吴陈重逢不久的一段时间。道途中感觉尚如此良好，遑论其余。

从“传来消息满江乡”到“无边春色来天地”是紧接上文作咏叹，诗人撇下了叙事，而凿空设想苏州故里的乡亲女伴听到圆圆飞黄腾达的消息所起的哄动、议论、妒嫉以及对人生无常的感慨。温庭筠《西洲曲》“门前乌桕树，惨淡天将曙”写的是离别情景，圆圆自崇祯十五年(1642)春被豪家载去至顺治八年(1651)，恰为十年，故云“乌桕红经十度霜”。教曲伎师，浣纱女伴，都亲眼看到过圆圆的往昔不过尔尔，没想到时来运转，飞上高枝，叫人眼热：“旧巢本是衔泥燕，飞上枝头变凤凰。长向尊前悲老大，有人夫婿擅侯王。”这里实际暗用王维《西施咏》“艳色天下重，西施宁久微。朝为越溪女，暮作吴宫妃。贱日岂殊众？贵来方悟稀。……当时浣纱伴，莫得同车归”语意。而陈圆圆的遭遇之曲折，又远逾西施，更令人感慨。

“当时只受声名累，贵戚名豪竞延致。一斛珠连万斛愁，关山漂泊腰肢细”，巧妙地回应了前文“横塘双桨去如飞，何处豪家强载归。此际岂知非薄命，此时唯有泪沾衣”及“坐客飞觞红日暮，一曲哀弦向谁诉”等语，如画家设色，反复渲染，所补之笔唯增厚重之感，而不厌其重复。《梅妃传》谓玄宗曾赠珠梅妃，妃作诗，帝度曲名《一斛珠》，此借用言圆圆当日身价虽高，但也饱受风尘之苦，腰肢瘦损，自伤薄命。殊不知已作落花即将沾地成尘之际，又遇好风吹送，直上青云，令人羡艳。作者兴会到时，左右逢源，王建、杜甫于笔底奔命不暇：“错怨狂风扬落花，无边春色来天地。”——上句语出王建《宫词》“错教人恨五更风”，下句语出杜甫《登楼》“锦江春色来天地”，一经化用，意味全新。

以上的嗟叹，本来已可以收场，而大诗人吴梅村却余兴未尽，嗟叹不足，复为咏歌。以下不再假他人变相抒慨，而是直抒诗人的感想。这一段又作两叠重唱，一叠以“尝闻倾国与倾城，翻使周郎受重名”起，借小说家言中曹操起铜雀台扬言要夺东吴二乔，使周瑜奋起抗曹，大获全胜于赤壁的故事，比方吴三桂“冲冠一怒为红颜”，歪打正着，为清朝立了大功。说这里有讽刺，当然确凿无疑。但讽刺只是冲着明代总兵吴三桂的，至于陈圆圆和陈吴爱情又当别论。应该指出，梅村的思想感情上也有困惑，也有矛盾，他也遇到了白居易作《长恨歌》的老问题：是歌咏爱情，还是政治讽刺？爱情的力量太强大了，它可以成就一个人，也足以毁灭一个人。但吴三桂是成功了，还是毁灭了？他赢得了爱情和显赫的地位，却毁了灵魂和后世之名。梅村从理智上要批判他，但从感情上又不免为之缓颊。“妻子岂应关大计”，江山重要；“英雄无奈是多情”，美人可恋，所谓“英雄难过美人关”。吴三桂便以“无君无父”的高昂代价，使陈圆圆成为历史人物：“全家白骨成灰土，一代红妆照汗青。”

《圆圆曲》的深刻与非凡，就在于它写下了一出团圆的悲剧，与《长恨歌》殊途同归，正是“天长地久有时尽，此恨绵绵无绝期。”二叠即以“君不见馆娃初起鸳鸯宿，越女如花看不足”起，仍回到西施与夫差的譬喻上来。这一譬喻贯穿全篇，“所以然者，不徒二女同属吴娃，亦缘三桂姓氏得借吴宫点出”（程千帆），同时夫差也是一个在“美人”问题上没有过关的历史人物。他为西施建馆娃宫，宫中有采香径、响屧廊，春睡未足，早已是人去楼空，风流云散。现在“换羽移宫”，轮到又一代风流人物在古梁州所在地的汉中享受荣华富贵，看来“吴宫曲”也要翻新了。《圆圆曲》在艺术上的成功之一，便是诗人始终没有作理性的说明和逻辑的判断，而是以形象作纯情的歌吟，备极吞吐抑扬之致。“换羽移宫万里愁，珠歌翠舞古梁州。为君别唱吴宫曲，汉水东南日夜流”，诗人似乎是说，万事休咎，我都无从判断；千秋功罪，且待后人评说。真是余音绕梁，三日不绝。

吴梅村身处明清易代之际，饱阅沧桑，故善取重大题材入诗，如《圆圆曲》、《楚两生行》等数十篇，取易传之事，为绝妙之辞，“感怆时事，俯仰身世，缠绵凄惋，情余于文”（赵翼），故能传世不朽。而在《圆圆曲》之前，已有白居易《长恨歌》那样的绝作，真好比一张如来手心，梅村能否翻过，足令人为之捏汗。然而他却翻得如此漂亮。这一方面是因为他濡染唐诗甚深，得其绝活。如在节奏音律上，显然继承了“四杰体”，此体具有一气贯注而又回环往复的韵度，其特征是基本上四句一韵，平仄韵交替；多用律句对仗，大开声色，“恸哭六军俱缟素，冲冠一怒为红颜”、“遍索绿珠围内第，强呼绛树出雕栏”、“斜谷云深起画楼，散关月落开妆镜”、“全家白骨成灰土，一代红妆照汗青”等，无不语工意新，深宜讽咏；段落之间，多用自相蝉联之格（即顶真），使意转辞联，转折而无痕迹，如“相见”、“横塘”、“坐客”、“相约”、“马上”皆是。在烘托气氛、细腻刻画人物外貌心理、借历史人物以比衬上，均得力于《长恨歌》。其善写儿女之情，千娇百媚、妖艳动人处，则又来自香奁体。

另一方面，他的继承又不徒袭唐人之貌，而自有戛戛独造者在。其最值得称道的是全诗章法的造奇。回顾古典长篇叙事诗如《焦仲卿妻》、《木兰诗》、“三吏三别”、《长恨歌》基本上都是顺叙和单线发展的结构，《秦妇吟》作大段插叙，也基本取单线发展结构，就好比传统绘画的线描平搽。而《圆圆曲》则别辟蹊径，叙述方式是倒叙再倒叙，有遥接，有补笔，技法变化莫测，结构则呈复线交织，多角度描述情事，好比现代绘画中注重明暗表现和色彩重置。第一段的叙事，虽然在第二段也有，但前者是从男方角度作大刀阔斧的速写，后者则从女方角度作工笔重彩的描绘，彼此互形，骨肉匀停。第三、四段是两重变奏的咏叹，而第四段又作两部轮唱，反反复复，曲尽其致，较之前代叙事名篇有更强的抒情性，几令读者魂摇意夺，莫可究诘，不觉手之舞之、足之蹈之。在叙事与抒情结合，思想性与艺术性的统一上，《圆圆曲》都有后来居上的成就。在清代诗歌中，《圆圆曲》是产生较早的杰作，为其后的诗人在继承唐诗而能推陈出新方面，作出了成功的范例。

楚两生行

（清）◎ 吴伟业

黄鹄矶头楚两生，征南上客擅纵横。将军已没时世换，绝调空随流水声。一生拄颊高谈妙，君卿唇舌淳于笑。痛哭常因感旧恩，谈嘲尚足陪年少。途穷重走伏波军，短衣缚裤非吾好。抵掌聊分幕府金，褰裳自把江村钓。一生嚼徵与含商，笑杀江南古调亡。洗出元音倾老辈，叠成研唱待君王。一丝萦曳珠盘转，半黍分明玉尺量。最是大堤西去曲，累人肠断杜当阳。

忆昔将军正全盛，江楼高会夸名胜。生来索酒便长歌，中天明月军声静。将军听罢据胡床，抚髀百战今衰病。一朝身死竖降幡，貔貅散尽无横阵。祁连高冢泣西风，射堂宾客嗟蓬鬓。羁栖孤馆伴斜曛，野哭天边几处闻。草满独寻江令宅，花开闲吊杜秋坟。鹍弦屡换尊前舞，鼍鼓谁开江上军？楚客只怜归未得，吴儿肯道不如君？我念邗江头白叟，滑稽幸色君知否？失路徒贻妻子忧，脱身莫落诸侯手。坎壈由来为盛名，见君寥落思君友。老去年来消息稀，寄尔新诗同一首。隐语藏名化客嘲，姑苏台畔东风柳。

“楚两生”谓明末清初两位艺人——苏昆生与柳敬亭，两人皆生于楚地。苏擅唱曲，柳擅说书，二人曾同在左良玉的武昌军幕中作上客。弘光元年(1645)，左良玉率兵东下讨伐马士英，舟至九江，吐血而死，大军崩溃。柳敬亭事先东下，苏昆生削发为僧。此诗为苏昆生而作，兼寄柳敬亭，有长序云：

“蔡州苏昆生，维扬柳敬亭，其地皆楚分也，而又客于楚。左宁南(左良玉福王时为宁南侯)驻武昌，柳以谈，苏以歌，为幸舍重客。宁南没于九江舟中，百万众皆奔溃，柳已先期东下。苏生痛哭，削发入九华山。久之，出从武林汪然明。然明亡，之吴中。吴中以善歌名海内，然不过阐缓柔曼为新声。苏生则于阴阳抗坠，分寸比度，如昆刀之切玉，叩之栗然，非时世所为工也。尝遇虎丘广场大集，生睨其旁笑曰：'某郎于某字不合律。'有识之者曰：'彼伧楚乃窃言是非！'思有以挫之。间请一发声，不觉屈服。顾少年耳剽日久，终不肯轻自贬下，就苏生问所长。生亦落落难合，到海滨，寓吾里萧寺风雪中。以余与柳生有雅故，为立小传，援之以请曰：'吾浪迹三十年，为通侯所知。今失路憔悴而来过此，惟愿公一言，与柳生并传足矣！'柳生近客于去间帅，识其必败，苦无以自脱；浮湛敖弄，在军政一无所关，其祸也幸以免。苏生将渡江，余作楚两生行以送之。以之寓柳生，俾知余与苏生游，且为柳生危之也。"

"黄鹄矶头楚两生"八句，写两人在左良玉幕中颇受器重，敬亭并为良玉作说客，出计策，善用权谋，排患解纷(见《柳敬亭传》)，故曰"擅纵横"。良玉既卒，旧部由其子梦庚统率，昆生感念旧恩，便似汉代能言善辩的楼护(字君卿)，战国时滑稽机智的淳于髡那样陪伴过年轻的梦庚。

"途穷重走伏波军"十二句，写柳敬亭于落魄时曾依附松江提督马逢知，时已年高，对"短衣缚裤"的军营生活不感兴趣，只是借说书以度穷途。因为音调高古，所以能倾动知音的先辈，甚至可供帝王欣赏。"半黍"句用阮咸校正荀勖乐曲典故(见《世说新语·术解》)，谓苏昆生音调准确。"大堤"即今湖北宜城，指马士英、阮大铖发兵西上以拒左良玉；"杜当阳"指晋当阳侯杜预，他于平吴时都督荆州诸军事，陈兵江陵，这里指左良玉。这些典故，用切楚地，并点明良玉的身死、敬亭的流落，皆因马、阮用兵之故。

"忆昔将军正全盛"十二句，回忆良玉于聆曲后自伤衰病，死后左梦庚即率部降清，隐讽良玉拥兵自恣。下面以霍去病之墓高耸如祁连山，指良玉既死之后，苏

昆生身处孤馆，甚为落拓，而江淮之间，仍是用兵频频，时闻野哭。

“草满独寻江令宅”六句，以陈后主的狎客尚书令江总，比喻在南京的马、阮之辈，以唐代名妓杜秋娘，比喻秦淮一些名妓，有的也已死去。江南的歌舞之地已经易主，江上的左良玉余部也已降清。苏昆生自怜不能再归楚地，吴中的一些青年艺人却侮弄昆生，自以为技艺不在他之下，即序中说的“顾少年耳剽日久，终不肯轻自贬下，就苏生问所长”。

“我念邗江头白叟”十六句，又转入柳敬亭。敬亭曾依附马逢知，但逢知骄暴专横，后因事下获死，敬亭幸而未被牵连。但两句中的“君”皆指苏昆生，以此提醒他，不要依附权贵、空图盛名，以增妻儿之忧，同时寄语敬亭。一诗双赠，末句即隐藏两人姓氏。

旧时说书唱曲的艺人，本为社会轻视，士大夫虽与他们交游，还是含有偏见，虽有称誉，仍目为不入流的俳优；左良玉在明遗民心目中，评价亦不高。吴伟业等所以对苏、柳特别器重，主要由于沧桑之际，两人对良玉之死“痛哭常因感旧恩”，即是对故主的眷念；其次是他们高傲的性格和明亡后之遭遇。伟业的《口占赠苏昆生》，就把苏昆生看作安史之乱后流落江南的李龟年，黄宗羲《柳敬亭传》中说“每发一声，使人闻之，或如刀剑铁骑，飒然浮空；或如风号雨泣，鸟悲兽骇。亡国之恨顿生，檀板之声无色”便是归结为“亡国之恨”这一点。张岱《陶庵梦忆》中的《柳敬亭说书》，是晚明小品中的隽品，文中写柳敬亭说武松打虎故事，“蓦地一吼，店中空缸空甓皆瓮瓮有声”，至今犹觉声在人间，也因为这类为民除害的义侠举动，最能在丧乱之世激发悲歌慷慨之感。苏、柳所以能使当时士大夫称扬者，就因人以技传，技以人传（金性尧语）。

浮萍兔丝篇

（清）◎ 施闰章

施闰章（1618—1683），字尚白，号愚山，安徽宣城人。顺治六年（1649）进士，官江西参议。康熙十八年举博学鸿词科，授翰林侍读。与宋琬齐名。有《学余诗集》。

李将军言，部曲尝掠人妻，即数年，携之南征。值其故夫，一见恸绝，问其夫，已纳新妇，则兵之故妻也。四人皆大哭，各反其妻而去，予为作《浮萍兔丝篇》。

浮萍寄洪波，飘飘东复西；兔丝罥乔柯，袅袅复离披。兔丝断有日，浮萍合有时。浮萍语兔丝，离合安可知？健儿东南征，马上倾城姿：轻罗作障面，顾盼生光仪。故夫从旁窥，拭目惊且疑。长跪问健儿，毋乃贱子妻？贱子分已断，买妇商山陲。但愿一相见，永诀从此辞。相见肝肠绝，健儿心乍悲。自言亦有妇，商山生别离。我戍十余载，不知从阿谁？尔妇既我乡，便可会路歧。宁知商山妇，复向健儿啼：本执君箕帚，弃我忽如遗。黄雀从乌飞，比翼长参差。雄飞占新巢，雌伏思旧枝。两雄相顾诧，各自还其雌。雌雄一时合，双泪沾裳衣。

此诗作于顺治八年（1669）底，记述的是一个离奇而真实的故事：一个清兵掠夺了别人的妻子，南征时却碰到了女人原来的丈夫；二人相叙后，又知道女人“故夫”所纳“新妇”却是那位清兵的“故妻”，于是两对夫妻重新改组，各各从其原配。这个悲欢离合的故事有点儿喜剧，有点儿荒诞，有点儿无巧不成书。然而，个案之中有典型，偶然之中有必然，从一个侧面反映了清初战乱中的世相，是一篇诗体的浮世绘。

此诗一头一尾，分别以比兴手法，吟咏这个战乱时夫妻悲欢离合的故事。中间部分则是采用赋体纪实，此乃全诗的主体。这段叙事很简劲，从“健儿东南征”说起，征人马上带着一个美貌出众的女子——“轻罗作障面，顾盼生光仪”，于是引起一个路人的注目。原来他发现马上女子乃是自己的“故妻”，于是上前陈情，“买妇商山陲”一语为后文伏笔，然后提出一个不高的要求——“但愿一相见，永诀从此绝”。当兵的居然也就允了。殊不知这一允，却使事情发生了戏剧性的变化。“相见肝肠绝，健儿心乍悲”，当兵的动了恻隐之心，情不自禁地讲起自己的心酸事，不料他的这番话中也提到“商山”——他与妻子的离散地，引起路遇男子的一个大胆揣想，于是牵出其“新妇”——却正是当兵的离散的妻子，这就引出另一番戏剧性对话——“宁知商山妇，复向健儿啼：本执君箕帚，弃我忽如遗”。兵荒马乱，世事莫测，命运乱点鸳鸯谱，令人啼笑皆非，正是：淫人妇者人亦淫其妇，归人妻者人亦归其妻。值得欣慰者，事情终于出现转机。

沈德潜说：“状古来未有情事，以比兴体出之，作汉人乐府读可也。”（《清诗别裁集》卷三）对比汉乐府《孔雀东南飞》以“孔雀”起兴，以“梧桐”、“鸳鸯”收尾。此诗以“浮萍”、“兔丝”起兴，以“雌雄”、“黄雀”结束，比兴手法，正自相同。叶矫然谓“奇事奇情，古意翩跹，当与《孔雀东南飞》并传千古”（《龙性堂诗话·初集》），应是针对这一点而言的。但作品的审美趣味和分量，还是不可同日而语的。

铁尚书歌

(清)◎汪 楫

汪楫(1622—1689),字舟次,号梅斋。江苏江都人。康熙十八年(1679)应博学鸿词科,授检讨,纂修明史。充册封流球使。后为河南知府、福建布政使。有《悔斋集》、《观海集》。

铁尚书,铁不如!东昌城门朝大开,齐呼万岁声如雷。燕王跃马及门限,霹雳飞空下悬板。不断王头断马头,鼠窜猱惊箭满眼。王怒发炮城摧崩,健儿急把蝥弧登。炼石丸泥难作计,一纸公然出埤堄,万夫辟易不敢前,大书太祖高皇帝。黑夜斫营日坚守,能使英雄还北走。呜呼神器天所与,一木只手能龃龉。铮铮谁比铁尚书,呜呼尚书铁不如。

此诗涉及"明朝那些事儿",撮述如次:明太祖朱元璋晚年,四子燕王(朱棣)不仅在军事实力上,而且在家族尊序上都成为诸王之首。朱元璋薨,继位的建文帝朱允炆实行削藩,朱棣遂于建文元年(1399)发动靖难之役,四年六月攻入南京,夺取皇位,次年改元永乐。朱棣发难攻东昌(今山东聊城)时,曾遇到守官铁铉(1366—1402)的坚决抵抗,铁铉在朱棣即帝位后被杀。铁铉生前官至兵部尚书,故称铁尚书。

"铁尚书,铁不如",开篇六字掷地有声,统摄全诗,定下赞美的基调。"东昌城门朝大开"六句,写铁铉诈降,诱朱棣入城之经过。"齐呼万岁声如雷",写出了燕军中计后的轻狂之态。"燕王跃马及门限"四句写出了朱棣中计后仓皇逃窜之状,极为生动。

“王怒发炮城摧崩”六句写朱棣恼羞成怒，以炮摧城。“蝥弧”，旗名，指燕王旗。铁铉在城将失守、万分危急之际，急中生智，捧出明太祖朱元璋的牌位——“一纸公然出埤堄（城墙上的小墙），大书太祖高皇帝”，惊退燕军。铁铉临危不惧，足智多谋，可见一斑。“黑夜斫营日坚守”二句，写铁弦白天坚守城池，夜晚偷袭敌营。如此这般，坚守了三月有余，终于使朱棣北归。诗以“英雄”称朱棣，有反讽意。

东昌之战是以铁铉的胜利告终的，“铁尚书”忠勇形象跃然纸上。紧接一个跳跃，诗人补叙了一个恪守臣节的硬汉铁铉的悲惨结局。“呜呼神器（政权）天所与，一木只手能龃龉”，后句言铁氏独木难支，孤掌难鸣，胳膊扭不过大腿——朱棣最终还是夺取了政权，成了皇帝。一朝天子一朝臣，铁铉因东昌之役挫败朱棣，按封建时代的伦理道德，本来是天经地义，无可厚非的，却被窃位者无辜杀害，可见那伦理道德的虚伪。

悲剧是什么？悲剧是人类自尊意识的表现，纵然真压倒善，道德的力量、人格的力量却是不可摧毁的。铁铉虽死犹荣，值得标榜。诗中巧妙地运用传主的姓字——一个“铁”字，正是其人刚直忠勇秉性的体现。结尾二句“铮铮谁比铁尚书，呜呼尚书铁不如”与篇首照应，显得笔力集中，金声玉振。

养马行

（清）◎ 梁佩兰

梁佩兰（1629—1705），字芝五，号药亭。广东南海（今广州）人。康熙二十七年（1688）进士，官翰林院庶吉士。旋告假归，结社兰湖。与陈恭尹、屈大均号称“岭南三大家”。有《六莹堂集》。

庚寅冬，秋耿、尚二王入粤，广州城居民流离窜徙于乡，城内外三十里所有庐舍坟墓，悉令官军筑厩养马，梁子见而哀焉，作《养马行》。

贤王爱马如爱人，人与马并分王仁。王乐养马忘苦辛，供给王马王之民。马日龁水草百斤，大麦小麦十斗匀，小豆大豆驿递频。马夜龁豆仍数巡。马肥王喜王不嗔，马瘦王怒王扑人。东山教场地广阔，筑厩养马凡千群。北城马厩先鬼坟，马厩养马王官军。城南马厩近大海，马爱饮水海水清。西关马厩在城下，城下放马马散行。城下空地多草生，马头食草马尾横。王谕“养马要得马性情，马来自边塞马不轻。人有齿马，服以上刑。”白马王络以珠勒，黑马王络以紫缨，紫骝马以桃花名。斑马缀玉缫，红马缀金铃。王日数马，点养马丁。一马不见，王心不宁。百姓乞为王马，王不应。

布封说：“在所有的动物当中，马身材高大，而身体各部分配合匀称”，“它一抬头仿佛就要超出四足兽的地位，而与人面对面地站立。”（《动物素描》）车尔尼雪夫斯基也有类似的描写。可知人的爱马，是有一定道理的。

此诗入手擒题，第一句“贤王爱马如爱人”，就可圈可点。“爱人”一词，《论语》屡见，孟子亦曰：“仁者爱人。”从诗中看，所谓“贤王”者——序曰“耿尚二王”，即清初广州的征服者靖南王（耿精忠）和平南王（尚可喜）——其爱马真的达到了“仁”的程度，所以说他“爱马如爱人”，所以说马与人“并分王仁”。

看看“二王”是如何爱马吧，那真说得上无微不至。首先从草料上看得出来，全是精饲料，水草而外，是大麦小麦、大豆小豆，这些都是战乱中人也求之不可得的五谷杂粮；其次是遍筑马厩，诗中提到的就有“北城马厩”、“城南马厩”、“西关马厩”……养马达“千群”（不是千匹）之多，偌大广州，简直成了马的乐园——“城下空地多草生，马头食草马尾横”；再次是马的装饰，因为装饰是一种奢侈，可以看出马主人爱马的程度，竟然根据毛色的不同进行了搭配，或“络以珠勒”，或“络以紫缨”，或“缀玉缫”，或“缀金铃”——好讲究哟，好尽心哟，好舍得哟。

此外，“二王”还直接告谕——“养马要得马性情”，多么知疼着热，多么富于人情味,“马来自边塞马不轻”,多么语重心长,多么体贴入微。还有一细节——“王日数马,点养马丁。一马不见,王心不宁”,直如看钱奴数钱,如收藏家检点藏品,达到了“爱家”的水平。凡此种种,都是此诗的精彩笔墨,都是此诗的不同凡响之处,都是此诗的创新点——包括铸句、铺排、韵调(节奏的多变,或上四下三,或上三下四,或突破七言,全是跟着感觉走),无怪沈德潜说:“此种诗前无所承,后无所继,应是独开生面之作。”

爱马,无可非议,甚至值得提倡。马与人“并分王仁”,也无可厚非。然兹事须以“爱人”为前提,问题恰恰就出在这里。“爱马”代价转嫁于下人——“供给王马王之民”,是一不“爱人”;“马肥王喜王不嗔,马瘦王怒王扑人”,是二不“爱人”;“人有齿马,服以上刑”(典出《礼记·曲礼》,“齿马”谓计算国君马匹的年齿,其罪当诛),是三不“爱人”。更有甚者,“二王”之入广州也,先“屠城七日”——事在顺治七年(1650),详方恒泰《像坪诗话》——市民得免诛戮者仅七人,空城内外,“二王”悉令筑厩养马。岂是不“爱人”,简直是残民以逞。这些冷酷的事实,便将“并分王仁”一说彻底推翻了。

《孟子·梁惠王上》曾诘问王:“今恩足以及禽兽,而功不至于百姓者,独何欤!”王者失语。孟子指出这是不推恩,即不让人与牛“并分王仁”。孟子还说:“推恩足以保四海,不推恩无以保妻子。”还说:“贼仁者,谓之贼!”诗人没有孟子那样激烈那样直白,他很委婉、很谲讽,因为这是写诗不是作文,因为摆事实不措议论,明褒暗贬,讽刺效果更好。难怪沈德潜说他“别开生面”,张维屏则说:“药亭古诗,以《养马行》一篇为最。”(《谈艺灵》)

哀江南·北新水令

（清）◎ 孔尚任

孔尚任（1648—1718），字聘之，一字季重，号东塘，又号云亭山人，山东曲阜人。因御前讲经而受康熙赏识，授国子博士。官至户部员外郎。曾奉命赴淮阳疏浚黄河口，遍游东南胜地。后因作《桃花扇》被削职。有《湖海集》。

[哀江南·北新水令]山松野草带花挑，猛抬头秣陵重到。残军留废垒，瘦马卧空壕。村郭萧条，城对着夕阳道。

[驻马听]野火频烧，护墓长楸多半焦。山羊群跑，守陵阿监几时逃。鸽翎蝠粪满堂抛，枯枝败叶当阶罩。谁祭扫，牧儿打碎龙碑帽。

[沉醉东风]横白玉八根柱倒，堕红泥半堵墙高，碎琉璃瓦片多，烂翡翠窗棂少，舞丹墀燕雀常朝，直入宫门一路蒿，住几个乞儿饿殍。

[折桂令]问秦淮旧日窗寮，破纸迎风，坏槛当潮，目断魂消。当年粉黛，何处笙箫？罢灯船端阳不闹，收酒旗重九无聊。白鸟飘飘，绿水滔滔，嫩黄花有些蝶飞，新红叶无个人瞧。

[沽美酒]你记得跨青溪半里桥，旧红板没一条。秋水长天人过少，冷清清的落照，剩一树柳弯腰。

[太平令]行到那旧院门，何用轻敲，也不怕小犬哰哰。无非是枯井颓巢，不过些砖苔砌草。手种的花条柳梢，尽意儿采樵，这黑灰是谁家厨灶？

[离亭宴带歇拍煞]俺曾见金陵玉殿莺啼晓，秦淮水榭花开早，谁知道容易冰消。眼看他起朱楼，眼看他宴宾客，眼看他楼塌了。这青苔碧瓦堆，俺曾睡风流觉，将五十年兴亡看饱。那乌衣巷不姓王，莫愁湖鬼夜哭，凤凰台栖枭鸟。残山梦最真，旧境丢难掉，不信这舆图换稿。诌一套《哀江南》，放悲声唱到老。

本篇录自《桃花扇·余韵》。《桃花扇》是一出写南明亡国的历史剧，是孔尚任历时十年而成的杰作，全剧以复社文人侯方域同秦淮名妓李香君的悲欢离合为线索，而用意在于借离合之情写兴亡之感，并试图总结明朝兴亡的历史经验，为当代提供借鉴。全剧共四十出，《余韵》是最后的一出，通过苏昆生、柳敬亭和老赞礼在龙潭江畔的感慨悲歌，对南明的覆灭作沉痛的历史回顾，感伤之至，强调了剧本的主题。苏、柳二人原是阮大铖的门客，后从复社文人《留都防乱揭》得知阮是魏阉党羽，即拂衣而去。明亡后，他们宁肯归隐渔樵，也不愿做清朝的顺民，是正义感很强、颇具民族气节的下层人物。

由苏昆生唱的《哀江南》一套共七曲，是《余韵》着力之所在。曲写苏昆生在阔别南京三年后，忽然高兴，进城卖柴，发现故都面目全非，到处是兵燹痕迹，战争创伤。回思往事，如昨梦前尘，不禁长歌当哭。曲以弋阳腔演唱，慷慨苍凉，发无穷沧桑之感。

[北新水令]写重到南京第一印象，夕阳下山，村郭萧条。“秣陵”是南京旧称，战国时楚威王埋金其地称“金陵”，秦时改称“秣陵”。“残军留废垒，瘦马卧空壕”，把南京城外景色，写得沙场般凄凉，战争留下的工事尚未拆除，而一二瘦马躺卧其间，使人联想到古乐府中“骁骑战斗死，驽马徘徊鸣”的悲凉场面。

[驻马听]写明孝陵遭到破坏的情况。明孝陵是明朝开国皇帝朱元璋的陵寝，坐落在南京紫金山南麓，是块风水宝地。这里已不见了昔日守陵的太监，庄严肃穆的气氛荡然无存。苏昆生眼中看到的情景是：护墓的树木有的居然被野火烧焦，墓地居然成了放羊的牧场，享殿檐角长草，堂上满是鸽翎蝠粪、枯枝败叶，最不像话的，是御制的碑上那雕有龙纹的碑额也被牧儿打碎了。这一切告诉人们，眼下已经改朝换代了，前朝的痕迹正在迅速消失。

[沉醉东风]写明代故宫墙倒宫塌的情景。“白玉”、“红泥”、“琉璃”、“翡翠”、“丹墀”这些富丽华美的名物，与“横”、“堕”、“烂”等破坏性动词组合，对比强烈，令人触目惊心，感慨无端。尤其是“直入宫门一路蒿，住几个乞儿饿殍”，蒿莱、乞儿与“宫门”搭界，更让人感到不相伦类，读来不是个滋味儿。

[折桂头]写秦淮河的变迁，无非今昔之慨。秦淮河过去灯红酒绿，是个销金

窝，其“旧日窗寮”装修之华美不言可知，而眼前是“破纸迎风，坏槛当潮”，令人“目断魂消”。“当年粉黛”二句互文，是说当年秦淮河歌妓成阵，处处笙箫，而今歌妓又在何处？笙箫又在何处？端阳节的龙舟赛事早已停了，重阳节登高的风气也待恢复，人事的萧条使得多少家酒店关闭啊。一个朝代消失了，一个朝代刚刚兴起，这时最容易感到世事的沧桑。

[沽美酒]、[太平令]二曲写苏、柳等人当年熟游的长桥戏院，竟认不出过去的面目。长桥已无片板，旧院剩下一堆瓦砾。长桥的荒芜，是因为少有人过，旧日红板恐怕已和作者手种的花条柳梢一样，作了附近人家的柴火。旧院的破败，是因为无人居住，当然进去也不用敲门，更不用提防有狗而轻轻敲门——然而多么希望能听到狗叫几声啊，可惜一片寂静。只有冷清清的落照，笼罩着这旧院长桥。

最后[离亭宴带歇拍煞]是总吊明朝的覆灭。先承上回忆明故宫和秦淮河极盛之时，以“莺啼晓”、“花开早”一派春晓光景，象征着国家的繁荣昌盛，继以“谁知道容易冰消”一句抹倒。紧接三排句又是两句写盛，一句写衰，反复唱叹，三个“眼看他”，意味着从盛到衰之快，正是“其兴也勃焉，其亡也忽焉”。这些感慨结合着角色自身经历，变得更加真切，更加感人——“这青苔碧瓦堆，俺曾睡风流觉（谓狎妓），将五十年兴亡看饱”。紧接一组鼎足对——“乌衣巷不姓王，莫愁湖鬼夜哭，凤凰台栖枭鸟”，将今昔盛衰之意说够。正是人生如梦，而过去的一切，偏偏又记忆犹新，叫人不相信舆图真的改变了颜色，江山真的改换了主人，自己真的成了遗民，然而又不得不相信。所以最后只得长歌当哭，隐逸山林，了此残生。

本套七曲写明代遗民的黍离麦秀之悲，从明孝陵、明故宫、秦淮河、旧行院等几个角度，前分后总，反反复复，多用铺陈排比的句法，将家国兴亡的沉痛感伤，倾吐得淋漓尽致。[余韵]有一首由柳敬亭唱的[秣陵秋]，以弹词形式，采用七言流水句，对导致国家覆亡的原因作了一番反思——如云“院院宫妆金翠镜，朝朝楚梦雨云床（此刺福王）”、“指马（此刺马士英）谁攻秦相诈，入林都畏阮生（指阮大铖）狂”等等，偏重理性的批判；此套不更重复，乃集中笔力，专写亡国之痛和幻灭之感，故更为纯情，也更为动人，作为全剧的尾声，是饶有“余韵”的。

老翁卖牛行

（清）◎ 袁承福

老翁卖牛手持饼，持饼食牛抱牛颈。念牛力作多年功，洒泪别牛心不忍。今年有牛无田耕，明年有田无牛耕。今年牛贱人皆卖，明年牛贵人皆争。此牛卖去田难种，恨不与牛同死生。洪水滔滔四宇逼，人兮牛兮两无食。劝翁努力活荒年，卖儿卖女尤堪惜。回首视牛牛眼红，吐饼不食心恋翁。买牛人自鞭牛去，老翁泪湿东西路。

袁承福（1759—1818），字成之，江苏东台人。诸生。

本篇写在严重自然灾害肆虐之下，一位老农被迫卖牛的悲痛情事，通过一个典型事例，反映了民生凋敝的社会现实。

耕牛是农民从事生产活动的最重要的生产资料，同时又是农民的亲密伴侣，遇到严重的自然灾害，如诗中所写的“洪水滔滔四宇逼”，农民无法从事正常的生产活动，为了维持生计，苟全性命，往往不得不“医得眼前疮，剜却心头肉”，将心爱的耕牛贱卖给牛贩子，甚至屠户。至于明年的春耕生产如何进行，他们是顾不上了。

也许由于耕牛的减少，明春的牛价将十分昂贵，到时也许不得不再设法买或租用，眼下牛价虽贱，可是还有人急于脱手。这就是无情的社会现实。没有对社会生活的深入了解，对民情的深入洞察，写不出如此深刻有力的现实悲剧：“今年有牛无田耕，明年有田无牛耕。今年牛贱人皆卖，明年牛贵人皆争。”这绝不是一般

的拨弄文字生情，或笔墨游戏，而是揭露生活中一种怪圈、可悲的恶性循环的最简妙传神的语言文字。在封建时代，在小农经济为主的时代，这种挖肉补疮的悲剧无法避免。

诗人抓住荒年卖牛这一典型事件予以解剖的同时，还借旁人宽解的口气涉及更多更悲惨的社会现实。他说，像诗中这位有牛可卖的老翁还算不坏的呢，因为当时“卖儿卖女”的事也层出不穷，到处可见。通过这种侧面微挑的手法，大大增加了这首诗的含蕴，使之深厚有余，耐人寻味。

诗以叙事为主，却兼有议论，而且时时伴随着抒情。诗用较大篇幅刻画老翁与牛难分难舍的依恋之情，“念牛力作多年功，今欲卖牛心不忍”。诗人通过老翁在卖牛出手时最后一次用饼喂牛，抱持牛颈而止不住泪流的细节，形象地显示了人与牛的感情是多么深厚，也可见老翁对牛一向爱惜。无怪他目送“买牛人自鞭牛去”时伤心欲绝，痛哭失声。尤为感人的是，这里双管齐下，还写了牛对老翁的恋旧之情，它居然也“吐饼不食”，与老翁泪眼相看，使人感到人间生别，亦不过如此。

本篇在修辞上的显著特点，是重复的运用。最突出的是“牛”字，出现达十五次之多，有时一句中竟出现两个“牛”字，造成一种反复唱叹的韵味，强调了老翁卖牛的违心与不忍，其摇头叹气、喁喁自语之态，纸上如见。而本篇以老翁持饼饲牛开端，而以牛的吐饼不食、人牛分手结尾，前后照应，在结构上裁缝密合，滴水不漏。

圈虎行

（清）◎ 黄景仁

都门岁首陈百技，鱼龙怪兽罕不备。何物市上游手儿，役使山君作儿戏。初舁虎圈来广场，倾城观者如堵墙。四围立栅牵虎出，毛拳耳戢气不扬。先撩虎须虎犹帖，以棒卓地虎人立。人呼虎吼声如雷，牙爪丛中奋身入。虎口呀开大如斗，人转从容探以手。更脱头颅抵虎口，以头饲虎虎不受，虎舌舐人如舐彀(gòu)。忽按虎脊叱使行，虎便逡巡绕阑走。翻身踞地蹴冻尘，浑身抖开花锦茵。盘回舞势学胡旋，似张虎威实媚人。少焉仰卧若佯死，投之以肉霍然起。观者一笑争醵钱，人既得钱虎摇尾。仍驱入圈负以趋，此间乐亦忘山居。依人虎任人颐使，伴虎人皆虎唾余。我观此状气消沮，嗟尔斑奴亦何苦。不能决蹯尔不智，不能破槛尔不武。此曹一生衣食汝，彼岂有力如中黄，复似梁鸯能喜怒。汝得残餐究奚补，伥鬼羞颜亦更主。旧山同伴倘相逢，笑尔行藏不如鼠。

黄景仁(1749—1783)，字汉镛，一字仲则，号鹿非子，江苏武进人，早孤家贫。曾游安徽学政朱筠幕。乾隆三十年（1765）秀才。清高宗南巡召试名列二等，以武英殿书签，例得主簿。后授县丞，未到任而卒。有《两当轩全集》。

作于乾隆四十五年(1780)，诗人时年三十二岁，深深领略了功名蹭蹬、浮沉下僚的窘穷辛酸的况味。本篇即通过当时京师的驯虎之戏，抒发了嫉世、讽世之情。

首四句交代背景，作者当时在北京，逢乾隆盛世，正当新年，街市上鱼龙曼衍，百戏杂陈，还保留着春节的节日气氛。驯虎是百戏中最招揽观众的一种。“何物”二字，表现出一种惊诧莫名的语气——“山君”(犹言山大王)与“游手儿”，在尊卑与主从关系上颠倒而构成反差，故使人诧异。

“初舁虎圈”四句交代戏场和观众，以及老虎出场时的狼狈相。俗话把干危险的事比为“捋虎须”，而“先撩”二句写驯虎的游手儿却敢于撩虎须，而老虎还十分服贴，不敢将本性发作；驯虎人把木棒直立，它也就学着人立起来，完全听命于人的指使。“人呼”二句写观众喝彩（“人呼”或是驯虎人吆喝），虎也略示威风，吼声如雷；而驯虎人却敢奋身近虎，令人悬心吊胆。

“虎口”六句，写表演中最刺激最惊险的场面：老虎张开血盆大口，而耍戏者却不慌不忙，把手从容探入虎口；进而更把头颅伸进虎口，虎不但不敢咬，反作爱抚状，舐人头如舐乳虎。观众的心都提到嗓子眼了，驯虎人却按住虎背，一声令下，老虎便规规矩矩地绕栏巡回走动，紧张场面才缓解下来。“翻身”四句写老虎翻身蹲伏在冰雪地上（“冻尘”），虎爪向后掀刨，掀起冰花雪末，然后抖动斑斓如锦毛毯般的虎皮，旋转起舞如胡旋，看似抖威风，其实是向人献媚。

“少焉”四句写老虎卧地装死，驯虎人投给它一块肉，它马上跃起，引得满场哄笑，观众纷纷掏钱，这时老虎也不断摇动尾巴，似向观众道谢致意。“仍驱”四句写虎安于圈，习以性成。暗用了刘禅“此间乐，不思蜀”的话头，然而老虎毕竟不是刘禅，它本可吃人，结果反成了人的奴隶（“依人虎任人颐使，伴虎人皆虎唾余”，第二句或解为虎吃人之唾余——犯复下文“当得残餐究奚补”，或解为人吃虎之唾余——犯复下文“此曹一生衣食汝”，皆非诗意，诗明说人皆虎之唾余），对老虎忘记山居、泯灭虎性表示惋叹。

“我观”以下为作者议论感慨，分三层。一层责虎，谓其被捕时不能决蹯而逃，可谓不智；被关时又不能冲出牢笼，可谓不武；二层羞虎，谓驯虎人亦不肖，既非古代中黄伯那种力能伏虎的勇士，又非周代梁鸯那种通于鸟言兽语的驯兽师，这些人一辈子靠虎养活，虎却反过来吃其残余饮食，又是何苦？三层设想，谓圈虎行藏如鼠，如果被伥鬼或同类知道，亦当羞与为伍。

本篇不纯写驯兽表演，实含以虎喻人之兴寄。可以说是一幅社会不公、英雄失路、忍气吞声、受制于人的形象写照，颇具批判讽刺意义与认识价值。本篇用较多篇幅描写虎戏，抓住表演中的生动细节，予以白描——如犹帖忽吼、似威而媚、佯死霍起等等，笔势腾挪变化，矫健有力。本篇后幅抒发议论，不复换韵，多用否定、反诘句式，意内言外，语语有力。全诗以仄韵为主，以表现英雄气短的情感内容，可谓声情契合。

三元里

（清）◎ 张维屏

三元里前声若雷，千众万众同时来。因义生愤愤生勇，乡民合力强徒摧。家家田庐须保卫，不待鼓声群作气。妇女齐心亦健儿，犁锄在手皆兵器。乡分远近旗斑斓，什队百队沿溪山。众夷相视忽变色，黑旗死仗难生还。夷兵所恃唯枪炮，人心合处天心到。晴空骤雨忽倾盆，凶夷无所施其暴。岂特火器无所施，夷足不惯行滑泥。下者田塍苦踯躅，高者冈阜愁颠挤。中有夷酋貌尤丑，象皮作甲裹身厚。一戈已舂长狄喉，十日犹悬郅支首。纷然欲遁无双翅，歼厥渠魁真易事。不解何由巨网开，枯鱼竟得悠然逝。魏绛和戎且解忧，风人慷慨赋同仇。如何全盛金瓯日，却类金缯岁币谋？

张维屏（1780—1859），字子树，一字南山，号松心子，广东番禺（今广州）人。道光二年（1822）进士。历任黄梅、广济等县知县，迁同知，权署南康府知府。与林则徐、龚自珍、魏源等组织“宣南诗坛”。晚居故里，闭门著述。有《张南山集》。

在中国近代史上，三元里人民的抗英斗争是光辉的一页。1841 年 5 月，正当清廷代表奕山向英军求降，签订了丧权辱国的《广州和约》，议定七日内向英方缴纳六百万元赎城费时，广州城北郊三元里附近一百零三乡人民自发组织平英团，奋起给侵略军以沉重打击，揭开了近代史上人民群众大规模武装反抗外来侵略斗争的序幕。本篇即纪其事。

前十二句写牛栏冈之战——这是一次有准备、有统一部署的战斗。前此英军曾到三元里一带骚扰，激起民愤，附近一百零三乡的人民随即联合组团，共同拟定了复仇计划。1841 年 5 月 30 日，数百名英军在三元里村外的牛栏冈被愤怒的村民围住，平英团从四面八方潮水般涌来，分进合击，以歼英军。作者在叙述中注意选取最能说明问题的角度，即举弱以示其强的写法。一曰“不待鼓声群作气”——按古代打仗进军时，擂鼓为号兼鼓舞士气，此却反其意而谓不待鼓声，更见民众斗志之高昂。二曰“妇女齐心亦健儿”，则健儿如何，可以推知。三曰“犁锄在手皆兵器”，不及大刀长矛，可见乡民本皆从事生产的和平居民，是使用落后的武器与携带现代化武器的英军搏斗，可见是被迫反抗，当具有何等巨大的勇气。

诗人原注：“夷打死仗则用黑旗。适有执神庙七星旗者，夷惊曰‘打死仗者（即敢死队）至矣。’”旗乃平英团头领从村北三元古庙（北帝庙）中取来作令旗的三星旗——旗为三角形，黑底白边，三星相连。当时即约定“旗进人进，旗退人退，打死无怨”。以上描写有全景，有细节，简明扼要，绘声绘色。

紧接八句写作战借助了有利的天气条件。当日下午一时左右，晴朗的天空忽然乌云密布，雷电交加，下起倾盆大雨。英军的枪炮全部湿透，不能施放，完全丧失战斗力。而牛栏冈一带全是水田，又是丘陵地带，下雨后遍地泥泞，英军寸步难行。平英团天时、地利、人和兼备，大获全胜。

以下四句写英军少校毕霞被击毙，“擒贼先擒王”，此以典型事例概括辉煌战果。英人高鼻深目，乡民呼为鬼子。据传在战斗中，平英团战士颜浩长奋勇向前，用长矛把毕霞刺死，斩其首级。《左传·文公十一年》载鲁国武士富父终甥以戈刺杀长狄首领侨如，《汉书·陈汤传》载陈汤等攻入康居国，杀死匈奴郅支单于，悬首长安十日以示众。此处并用二事，信手拈来，十分贴切。

最后八句写战果之断送。牛栏冈被围英军被歼，而逃回四方炮台的英军，包括英军司令卧乌古与英驻华全权代表义律，也被随后赶到的义军团团围住。翌日，卧乌古遣人威胁广州知府余保纯，余怕和议破产，遂带人到阵前，用恐吓欺骗等手段，软硬兼施，将乡民解散，网开一面，为侵略军解了围。诗人不禁回顾历史上解决民族危机，向有和战两种方略，前者如春秋晋大夫魏绛力主允许山戎求和，于晋国有利；后者如秦国军歌《无衣》高扬万众一心之士气，以打败敌人。作者认为，当时天下统一，民心向战，与魏绛和戎时晋国的情况不同，然而清廷代表却放弃打击侵略者的有利时机，在抗英战斗获胜的情况下，反而向敌人示弱。同时作者对清廷像孱弱的宋室一样，与敌人签订屈辱的《广州和约》，一并表示愤慨。

本篇如实记载、热情歌颂了三元里人民自发抗英的爱国行动，与此同时，对清廷奉行的投降政策进行了无情的批判。正反比照，意蕴极为丰富。在写作上一是妙于剪裁，采用了详略结合的铺叙手法，在总揽全局的基础上注意典型细节的描写，着墨不多而给人印象深刻。二是运用对比手法，民众的无畏与清廷的怯懦，爱国与卖国，形成鲜明对照，突出了歌颂与批判的双重主题。

傲奴

（清）◎ 曾国藩

君不见萧郎老仆如家鸡，十年笞楚心不携。君不见卓氏雄资冠西蜀，颐使千人百人伏。今我何为独不然？胸中无学手无钱。平生意气自许颇，谁知傲奴乃过我。昨者一语天地睽，公然对面相勃奚。傲奴诽我未贤圣，我坐傲奴小不敬。拂衣一去何翩翩，可怜傲骨撑青天，噫嘻乎，安得好风吹汝朱门权要地，看汝仓皇换骨生百媚。

曾国藩（1811—1872），字伯涵，号涤生。湖南湘乡人。道光十八年（1838）进士，授检讨，累官兵部侍郎。以办团练，扩为湘军，任两江总督，镇压太平天国起义有功，封毅勇侯。卒谥文正。有《曾文正公全集》。

奴颜与媚骨原是紧紧相连的，奴而能“傲”，这立题就新鲜。从诗中所写境况看，当是曾国藩早年的作品，径取生活中偶发事件入诗，题材不落窠臼，先就赢得几分。

萧颖士是唐开元进士，对策第一。有老仆事之十年，捶楚严惨，或劝其去，答云：“非不能去，爱其才也。”西汉临邛（今四川邛崃）巨富卓王孙，家中奴仆甚众，无不服。本篇写傲奴，先就从这两个关于奴仆的故事说起，不特有反衬的作用，而且可以引发读者联想，产生兴趣，妙在以书卷气使诗境增厚。“君不见萧郎老仆如家鸡，十年笞楚心不携（没有离心）。君不见卓氏雄资冠西蜀，颐使千人百人伏”。这种长句排比开篇的格局，得法于唐代李、杜，能收到先声夺人的效果，增加歌行的气势感。

以下言归正传：“今我何为独不然？胸中无学手无钱。”无学，则不如萧郎，这是牢骚话；无钱，则不如卓氏，这才是大实话。综上四句，已大有“今生何事更如人”（江湜）之感慨，令人色惨。以下紧接一句“平生意气自许颇（颇自许）”，驳上句“无学”。不因穷困而志短，大丈夫当如此也。又接一句“谁知傲奴乃过我”，又驳上句“自许”。以奴傲主，以下凌上，是何道理？以上一句驳一句，语未了便转，最有跌宕奇突之致。“傲奴”二字点题，以下才进入叙事。

“昨者一语天地睽，公然对面相勃奚”，原来昨天主奴两个闹翻了脸。“天地睽”本指天高地卑，上下悬隔。《易·睽》：“天地睽而其事同也。”用在这里有翻了天的意味。“公然对面相勃奚（争斗）”一句从杜甫《茅屋为秋风所破歌》“忍能对面为盗贼，公然抱茅入竹去”化得字面，形态毕露地写出不意遭到自下而来的欺凌之羞愧。奴才受了主子的气，背后嘀咕已属不敬，何况对面抢白！太叫人受不了。

“傲奴诽我未贤圣，我坐傲奴小不敬”，是据实直书口角交锋，也是极其生动诙谐的速写笔墨。须知主人自许颇高而尚未宦达，被傲奴当面骂为“未贤圣”，实

在是戳到伤疤，十分难堪。这样的奴仆，实在是大不敬，而诗人只责他“小不敬”，先已气短，这也反面见出傲奴气焰之高，实过于我。从这番勃奚，读者不难推测，这主奴两个积怨已非一日。平素纵然不曾如此大干，至少也有所摩擦或腹诽。爆发是迟早要来的，只差一根导火索。一旦爆发，主奴情分也就断绝。主人固然不肯再用打翻天印的奴才，而傲奴也不屑再服侍穷要面子的主人。

看傲奴，“拂衣一去何翩翩，可怜傲骨撑青天”，正是合则留，不合则去，哪里有半点奴气！这当然是反语。主人愤愤然想到：你这样欺我无钱无势，算得什么！要欺你去欺那有钱有势的主子去！诗的结语甚为精彩：“噫嘻乎，安得好风吹汝朱门权要地，看汝仓皇换骨生百媚！”“换骨”二字画龙点睛，即脱胎换骨，即换傲骨为媚骨。

本篇以不长的篇幅活画出生活中两种人物。诗中的“傲奴”之“傲”，并非“安能摧眉折腰事权贵”（李白）式的傲，而是“墙倒众人推”，对穷困中的主子打翻天印，连分手也没个好声气，亦可谓绝情了。这种“傲”与谄上而骄下的“傲”，倒是一脉相通的，“势利”二字足以尽之。世上有弟子出卖老师者，有儿子出卖生父者，有亲信投井下石者，多类此。故这个形象堪称典型。

在诗中，“我”受下人之气，无可如何，报以反讽，聊以解嘲，也是人间常有的情态。主奴二人，相映成趣。奴性本媚，而以“傲”名篇，本已耐味；而写到拂袖而去，兀傲之极处，忽又跌出那个“媚”字，揭示出这看似相反的两种现象本质上的一致。由生活中偶发事件而揭示出世态炎凉、人情势利之一般，这就使本篇具有典型性。全诗行文既挥斥又简劲，颇具阳刚之美。

双鸩篇

（清）◎姚　燮

姚燮（1805—1864），字梅伯，号复庄，浙江镇海人。道光十四年（1834）举人。通戏曲，好音乐。有《大梅山馆集》。

郎心爱妾千黄金，妾身事郎无二心。郎年十七妾十六，圆转朱轮得华毂。与郎生小闾门里，与郎结褵在燕市。阿爷爱妾娘爱郎，但看郎欢为妾喜。与郎同水为一池，与郎同木为一枝，与郎为带同一结，与郎为茧同一丝。郎命妾所依，妾命郎所与。不愿与郎分，但愿与郎聚。郎为飞雁妾作云，郎作垂杨妾为雨。妾身金缕衣，比郎光与辉；妾腕玉条脱，比郎颜与色；妾佩明月珰，比郎不断宛转肠。妾妆郎共肩，芙容出渌摇晚妍；妾眠郎共枕，鸳鸯回波落春影。东邻窈窕女，对郎盈盈眉欲语；西邻轻薄儿，对妾依依神为驰。郎但知有妾，妾但知有郎；明镜不掩帏灯光，牡丹不夺兰草香。郎心与妾相始终，妾心与郎相终始。不必同日生，但愿同日死；不必同日死，但愿郎生妾先死，不愿郎死遗妾生。妾为影，郎为形；妾如珠，郎手擎，妾为郎妇身分明。妾为郎妇天鉴之，为郎之妇千人知。郎饮妾共饱，郎饥妾共饥，一饥一饱与郎共，山崩川竭无更移。

阿爷日久嫌郎贫，日日要郎离妾门。阿娘恨郎不赚钱，要郎远客三城边。三城何嶓崒！三城何岧峣！三城溪水深，水毒溪无桥。三城黑沙黑，黑沙同鸣鶅。三城多劫贼，动力贼凶咆哮；劫城杀人如杀獒，白骨堆积城门高。三城多白杨，白杨风萧萧，萧萧飒飒啼怪鸮，其下有穴狐狸嗥。老客停马不敢过，年轻出门郎奈何！摘妾胸前玑，为郎换棉衣；脱妾足下履，为郎易食米;典妾金缠臂,为郎市鞍辔;卖妾珊瑚翘,为郎置宝刀。思郎光与辉,妾身尚有金缕衣;念郎颜与色,妾腕尚有玉条脱;忆郎不断宛转肠,妾佩尚有明月珰。出门七月期,初六是良吉,置得一杯酒,与郎作离别。杯中一滴酒,心中一滴血。不饮愁郎饥,饮之恐郎咽。秋烟在镜芙蓉凋,秋风在衾鸳鸯影。秋云不行雁影独,秋雨不雨杨枝憔。阿爷向郎訾:"不得千金弗还里!"阿娘从郎嗤:"千金不得毋来归!"妾手掩面啼声低,妾手不敢牵郎衣;向郎不语心依依,欲语又恐爷娘疑。见郎屈一指,似郎为妾经年期。十月开梅花,二月开桃李,六月菱荷香,青青出蒲苇,但愿郎得千金归,先向爷娘买欢喜。卸妾玉条脱,何有颜色强!何有辉与光,解妾明月珰!脱妾金缕衣,为郎折叠空竹箱,譬如生不嫁郎,见之徒令心悲伤。视妾双眉蛾,归来记取青不多;记郎领中扣,归来与郎验肥瘦。为郎不下堂,为郎不出房;为郎安慰爷,为郎安慰娘;为郎日焚香,焚香祝告天苍苍。正月梅花残,三月桃李红,七月出菱荷,蒲苇青茸茸。日高听铃马,铃马辚辚过楼下;日落闻行车,行车却向东南驰。半年得一信,一年不得郎边书。有客三城来,闻之欲语还嗫嚅。三城多白杨,三城多劫贼,三城溪水深,三城黑沙黑,老客停马不敢过,年轻出门那归得!

阿爷从妾言:"负汝青春年!"阿娘向妾语:"是汝命生苦。怜汝命生苦,为汝重剪红罗襦,紫为绣凤青天吴。复帐六尺八,菡萏四角垂流苏。画簟六尺三,缘以鸾锦椒泥涂。东家郎,好光辉,劝汝弗爱金缕衣;劝汝弗爱玉条脱,西家郎,好颜色。东家西家郎,手中累累千金黄,心中不断宛转肠,汝还弗爱明月珰。"稽首爷娘前:"爷娘听妾语:爷娘之爱何敢逾!妾心区区当鉴取。妾心区区天可盟,妾为郎妇身分明,不能郎生妾先死,忍因郎死偷妾生!"与郎不终始,妾身何俟?不得郎骨归,妾心犹狐疑。沉沉白日鸺鹠啼,暗暗夜色蝙蝠飞。梦郎向妾笑,如郎同居时;梦郎向妾哭,如忧出门无还期。梦郎三城归,黄金百笏青骈骊;梦郎流落不得归,面目黧黑无完衣。阿爷逼妾嫁,朝呵暮骂相摧靡;阿娘逼妾嫁,长荆短棘来鞭笞。爷呵骂,岂不恫!娘鞭笞,岂不痛!思郎生死犹未明,妾不轻生为郎重。

前门鸣乌鸦,后门鹊声喜,乌鸦何悲鹊何喜?十月开梅花,二月开桃李,今年六月无菱荷,蒲韦凋残北风起。见郎入门来,见郎如梦里。视囊不得米,视衣衣无襟;马死弃鞍辔,茧足徒步如炮烙。顾彼腰下刀,霁无光彩生愁雾。郎归不止黄金千,那愿郎得千黄金!记妾领中扣,与郎量肥瘦;记妾双眉蛾,为郎憔悴青不多。郎真死矣还如何!望郎减光辉,光辉不如金缕衣。望郎苦颜色,颜色不如玉条脱。幸郎不断宛转肠,佩之还似明月珰。爷娘怨郎身手穷,囚妾不使郎衾同。生不同衾死同穴!妾虽无言妾已决。含笑语爷娘:"妾有玉条脱,亦有明月珰。簇新金缕衣,折叠空竹箱。为郎市卖赎郎罪,抵郎归有千金装。"阿爷笑语妾:"还你鸳鸯飞。看你连理芙蓉枝。"阿娘笑语妾:"鸳鸯遭网罗,安能到头白!"芙蓉轻狂飙,狂飙摧之

易狼藉。朱绳三尺垂，不得高挂梧桐枝；下有千丈池，可惜池水多淤泥。为郎置鸩酒，鸩酒甘如饴；但得生死常追随，此酒不减同心杯。妾饮琉璃杯，郎饮白玉盏。以斧斧木木不离，以刀断水水不断；同茧之丝不可剪，同结之带两头绾，稽首谢阿爷：不必悲咨嗟。稽首辞阿娘：阿娘不必中心伤。有婿长贫贱，有女不遂爷娘愿。但愿爷娘寿考同百年。郎死不值千黄金，妾死不值黄金千。

西邻来看妾，密纫条条罗袴褶；东邻来看郎，仪容皎皎明月光。东邻西邻长叹息："虾蟆抱桂光彩蚀，朽绠龙渊黝谁测！"东邻西邻语我前，要我制作双鸩篇。天缺不得女娲补，海缺不得精卫填。闻我歌者当涕涟。郎年二十妾十九，郎姓黄，妾姓柳，郎掮畚，妾箕帚。双芙蓉，何恻恻；双鸳鸯，地下守。朝打孔雀夜逐狗，孔雀维雄狗牝牡，天上所无陌路有，陌路何能避梃杻。闻我歌者泪一斗，不谱吴筝谱燕缶。

这是一首长篇抒情叙事诗，是一曲婉转动人的爱情悲剧。它记叙了一对青年男女在只重金钱的父母的逼迫下，始而分离，继而双双服饮鸩酒而自杀的悲惨故事，歌颂了他们坚贞不渝的爱情和宁死不屈的反抗精神，揭露了专制礼教和世俗观念的罪恶，在一定程度上反映了当时的社会现实。诗歌作于道光十六年丙申(1836)，作者三十二岁，当时正在北京参加会试。

全诗以这对青年男女的爱情悲剧的发展变化为线索，有着首尾完具的故事情节和鲜明生动的人物形象，作者以饱含深情的弦索，弹唱出了他们的欢乐和悲哀。诗歌大致可以分为五段。第一段从开头“郎心爱妾千黄金”到“山崩川竭无更移”，记叙他们结婚之初的情形和誓同生死的恩爱。这一段写得欢快活泼，充满喜悦的气氛，为以下的悲剧作了有力的反衬。第二段从“阿爷日久嫌郎贫”到“年轻出门那归得”，诗歌陡直波澜，写黄郎、柳女的被迫分离和柳女对黄郎的无限思念。这是整个悲剧的开始，揭示出了悲剧的原因，纯真的爱情像一朵娇嫩的鲜花，在金钱无情的亵渎和摧残下，受到严重威胁，开始衰萎。第三段从“阿爷从妾言”到“妾不轻生为郎重”，诗歌的情节进一步发展，再起变故，写狠心的阿爷、阿娘见黄郎久久不归，于是逼迫柳女改嫁。悲剧在发展中产生曲折变化，把情节步步推向高潮。第四段从“前门呜乌鸦”到“妾死不值黄金千”，是整个悲剧的高潮和结局。在柳女急切的期待中，黄郎终于从远地归来，这对饱尝离别之苦的夫妻，本来可以团圆了。然而出人意料的是，黄郎经商不成，回来时囊空如洗，这招来了贪恋金钱的父母对柳女与黄郎的爱情的粗暴干涉，先是囚禁柳女，不许黄、柳夫妻团聚。最后，这对夫妻在冷酷的催逼下，走投无路，知道已经无法实现偕老到白头的夙愿，于是，双双饮下鸩酒，以死殉情，来实践他们早已立下的同生共死的誓言。第五段从“西邻来看妾”到最后“不谱吴筝谱燕缶”，是全诗的结尾，是作者对悲剧结束后的补叙，记叙了人们对这一爱情悲剧的叹惋，也说明了自己写作此诗的原因，更表明了自己对纯真爱情的赞美，唱出了激愤悲恸的不平之声。全诗扣紧爱情悲剧的发展线索，在波澜起伏中，把各种矛盾的冲突与人物性格的刻画交织在一起，从而自然地推动了情节的发展，深刻地揭示了人物的内心世界，诗歌充满了感天动地的巨大力量，从思想内容到艺术形式，都具有新的特点。

首先，这首诗具有明显的时代特色。在中国古典诗歌中，长篇叙事诗不是没有，例如在爱情方面汉代有《古诗为焦仲卿妻作》(即《孔雀东南飞》)，明代有《梁山伯歌》等，但并不多见。但是到了清代，文人创作的长篇大作忽然多了起来。其中一个重要原因，是受了当时颇为流行的说唱艺术中“鼓词”和“子弟书”的影响。“鼓词”又名“鼓儿词”，“子弟书”又叫“清音子弟书”，都是民间演唱的通俗艺术形式，取材于小说、戏曲和社会生活，以韵文为主，边说边唱，明白易懂，一般都有故事情节，篇幅较长，有的甚至是长达几十回的长篇。就韵文方面说，以五、七言为主，很近于诗歌。这种民间文学形式，对于当时写作诗歌的文人来说，极富新鲜感和吸引力，不少文人都有学习模仿之作。“鼓词”和“子弟书”在清代都流行于北方，特别是北京更为流行。这首《双鸩篇》，正是作者从南方到北京后所作，显然是在听“鼓词”和“子弟书”的演唱后，受到了形式上的启发（诗中有“不谱吴筝谱燕缶”之句，包含这个意思），因而使全诗在形式上颇有“鼓词”和“子弟书”的新特点。从内容上看，这首诗与《古诗为焦仲卿妻作》和《梁山伯歌》相比，也有不同。后二者的主题是反对专制礼教，追求婚姻自由，而这首诗除了有反对专制礼教的内容外，主要的还在于表现金钱对人性的扭曲。由于父母贪恋钱财，做着经商赚钱的美梦，于是残忍地拆散鸳鸯，最终逼得女儿、女婿饮鸩而死，导致了一出悲剧。当时，由于清朝中期的长期安定，生产有了恢复，商品生产也有了一定程度的发展，随之而来的商业贸易也逐渐发达起来，不仅南方的苏、杭，北方的北京，就是地处西南边陲的打箭炉（今四川康定）等地，也成了商业贸易的重要集散地，这自然引起了人们对于金钱利益的追逐。像《双鸩篇》中这样的事情，为了获取金钱而不顾一切，在当时显然不只是个别的偶然现象，而是包含着一种普遍的人情世态。这首诗表现了当时的社会现实，同时也批判了只顾金钱、不要爱情的世俗思想，这和《古诗为焦仲卿妻作》、《梁山伯歌》等相比，都有了新的时代意义。

其次，由于这首诗采用了“鼓词”和“子弟书”的写法，因而在描写时，不仅语言通俗易懂，明白晓畅，而且剪裁得当，详略合宜，不少地方描写得十分细腻。诗中的略处，主要是省去了那些读者可以意会的过程，例如：写结婚前后的情况只有两句，“与郎生小闾门里，与郎结褵在燕市”；写阿爷、阿娘日久嫌贫，要郎远出经商的巨大变化，也只有四句：“阿爷日久嫌郎贫，日日要郎离妾门。阿娘恨郎不赚钱，要郎远客三城边”；写黄郎经商失败归来，也只有“见郎入门来，见郎如梦里”等几句。这就大大压缩了时间和空间，给读者留下了想象的余地，增加了诗歌的内涵，显得笔墨简洁利落。更重要的是，通过省去过程，可以腾出笔来对人物的内心世界作细腻描写，这就使人物形象更为生动、丰满，也使诗歌的主题发掘得更加深刻。例如第一段写结婚时双方的恩爱情形，就细致地分了四个主要层次：一是写“阿爷爱妾娘爱郎，但看郎欢为妾喜”，用父母的爱怜来衬托“燕尔新婚，如胶似漆”（《诗经》句）的情形；二是写柳女对黄郎的依恋，“郎命妾所依，妾命郎所与。不愿与郎分，但愿与郎聚”，正面写出双方的恩爱；三是写“东邻窈窕女”对黄郎、“西邻轻薄儿”对柳女的挑逗，然而夫妻双方坚不为动，只知互有对立，表现出对于爱情的极其专一；四是写生死不渝、形影不离之志。通过这样细致描写，新婚的幸福和双方的深情厚爱，表达得十分深刻，给人以无比真挚之感，对整个悲剧也衬托得更加有力。又如第二段写柳女为黄郎远客“三城”送别，极为悱恻动人，更为细致地分为五个层次：一是先想象“三城”环境的险恶，写了“三城”的溪水、黑沙、劫贼、白骨、狐狸等，造成十分恐怖的印象；二是写为黄郎“换棉衣”、“易食米”、“市鞍辔”、“置宝刀”，对不得已而远行的丈夫体贴入微；三是写“置得一杯酒，与郎作离别”，临行前对酒伤怀，痛楚欲绝；四是插写阿爷、阿娘的催逼、骂詈，为送别增加了紧张而又悲苦的气氛；特别是第五层六句，“妾手掩面啼声低，妾手不敢牵郎衣；向郎不语心依依，欲语又恐爷娘疑。见郎屈一指，似郎为妾经年期”，把双方的动作、心理以及人物之间的微妙而又复杂的关系，都表现得细致深微，入木三分，真可谓一字一泪，悲剧气氛充溢字里行间，使人不忍卒读。像

这样细腻的描写，在很大程度上超过了清代以前的一些叙事诗，有了在清代勃兴的“鼓词”和“子弟书”的显著特点。

再次，为了深入地表现人物内心，诗歌还采用了故意重复的手法，造成一种回环往复、反复咏叹之势，增强了缠绵悱恻的感染力。第一段中的“妾身金缕衣（金线织成的衣服），比郎光与辉；妾腕玉条脱（玉制的手镯），比郎颜与色；妾佩明月珰，比郎不断宛转肠”，这是用吉婚时身上的穿戴，来表示柳女要永远记住值得珍视的爱情，同时也暗示自己要像身上的“金缕衣”、“玉条脱”、“明月珰”那样，与黄郎长相厮守，永不分离。这是整首诗的“主旋律”，它在以后各段中反复出现了五次，每出现一次，在“旋律线”（故事情节）的发展变化中都使感情得到了深化，其悲哀伤痛处，直欲催人泪下。在夫妻双方分离而又终于相会的痛苦过程中，作者用“十月开梅花，二月开桃李，六月菱荷香，青青出蒲苇”来暗示时间的推移，同时也表现柳女在等待中焦灼的心情，在诗中既有叙事的作用，也有烘托气氛和情绪的作用。这几句在诗中也反复变化，出现了三次，有力地加强了诗情的表现。像这样反复咏唱的诗句，诗中还有不少例子，这就使全诗造成了一种回环往复的气势，给人以回肠荡气之感。

另外，诗中的女主人公是“妾”（即柳女），也就是第一人称的“我”。作者之所以要选择第一人称的叙述方式，其目的一方面是为了增强诗歌的亲切感，在叙事中加强抒情的意味，由悲剧中的不幸者来自道身世，更具有打动人心的力量；另一方面，也是为了更好地揭示人物内心，塑造女主人公的形象，表现出女主人公始终一贯的铮铮硬骨。在中间各个段落中，女主人公的自诉采用了内心独白、大段铺叙排比的手法。例如从第四句开始，就用“与郎”二字领起作排比句式，稍作跳跃后，一路直下，显得气势流贯。又如第二段“三城何嶵崒（cuì zù，险峻貌）”以下数句，又以“三城”二字领起作排比，气势极为浩荡。诸如此类的铺叙排比，诗中比比皆是，并且变化多端，整饬与散行相间，滔滔乎其来，真有江河奔泻之势，显出极为豪迈的气魄，充分表现出女主人公柳女那种热烈、豪爽、坚强的性格。读了这首诗，掩卷默想，一位年轻，热情，善良，对爱情坚贞执著，宁死不向金钱屈服的女子形象，浮现在我们眼前，唤起了人们无尽的同情，也引起了大家新的深思。诗歌的形式与内容做到了高度的统一，在长篇抒情叙事诗的创作中，开启了新的门径。

围城纪事·盟夷

（清）◎金　和

城头野风吹白旗，十丈大书中堂伊。天潢宫保飞马至，奉旨金陵勾当事。总督太牢喑不鸣，吴淞车债原余生。九拜夷舟十不耻，黄侯自分已身死。十万居民空献芹，香花迎跽诸将军。将军掩泪默无语，周自请盟郑不许。声言架炮钟山巅，严城顷刻灰飞烟；不则尽决后湖水，灌入青溪六十里。最后许以七马头，浙江更有羁縻州。白金二千一百万，三年分偿先削券。券书首请帝玺丹，大臣同署全权官。冒死入奏得帝命，江水汪汪和议定。

金和（1818—1885），字亏叔，号亚匏。江苏南京人。邑诸生。太平天国军攻克南京后，曾密谋配合清军作内应，事不成。其诗中有不少诬蔑太平军之作，但对清军的腐败也有揭露。有《秋蟪纷馆诗钞》。

道光二十二年（1842）八月，英国侵略军在攻陷吴淞、镇江后，直逼南京，列舰八十余艘于下关江面，并运大炮置钟山之巅。清廷钦差大臣耆英、伊里布、牛鉴与英方全权代表璞鼎查进行谈判，签订了结束鸦片战争的《南京条约》。从此西方列强用武力打开了中国的门户，使中国逐渐沦为半殖民地半封建社会。金和的《围城纪事六咏》就真实反映了中国近代史上这一重大事件。“盟夷”是原诗第五首，记叙了这丧权辱国的城下之盟的签订经过，将当时清廷一干要人钉上了历史耻辱柱。

诗篇一开始就把镜头对准那城头竖起的一面表示停战议和的“白旗”，十分醒目：“城头野风吹白旗。”以下便历举耆英、伊里布等一干钦差，在洽谈和议时的不光彩行径。“十丈大书中堂伊”句自注云：“前协办大学士伊里布在浙江时，为夷所感服，故以此缓夷。”原来这伊里布在鸦片战争爆发时即受命钦差大臣，前往浙江。英军进攻定海时，他不仅不加强海防，反与之通款，致使定海失陷，他本人亦被革职查办。而当清政府看到已抵挡不住英军的枪炮时，伊里布却又成了议和代表的最佳人选（“中堂”是明清时对大学士的称呼）。以下两句则交代耆英。此人系清之宗室，满州正蓝旗人，为太子少保（“宫保”）。“天潢”（天池）指皇族支分派别，“勾当”即办理。“天潢宫保飞马至，奉旨金陵勾当事”，此人身份不比一般，领旨而来，实为首席代表。第三个全权代表是两江总督牛鉴。按“太牢”本为供祭祀用的牛羊猪三牲，此专指牛，以切其姓。又说他“喑不鸣”，是只不会叫的牛，笔调尖刻，表现出憎恶的情感。还揭短道“吴淞车偾原余生”，原来他在吴淞之役中败逃，侥幸脱身，怪不得见夷无声。还有一个江宁布政使黄恩彤。据耆英等奏稿，此人于八月十四日夜亲赴英舰，谈妥投降事宜，接受一切条件。此人既已“九拜夷舟”，惯于取悦洋人，故无妨十拜，真恬不知耻（“十不耻”）。“自分已死久矣”《汉书·李广苏建传》，本是苏武拒绝劝降时说的话，这里反其意而用之，讽刺色彩极浓。以上用八句写明众人，不厌其烦地一一勾勒其丑恶嘴脸，用意极深。诗人就是要把他们的行径刻在诗碑上，教其磨灭不得，以警后人。

十万南京居民本对诸位大员寄予热切抗敌希望，谁知白白地欢迎他们一场（“献芹”语出《列子》）。“将军掩泪默无语”写出诸将懦弱怯敌，真是天大的讽刺！“周自请盟郑不许”典出《左传》僖公二十四年，此处以“周”指清朝，以“郑”指英国，似不伦类。然当时“尊王攘夷”的观念如此，又与下文“羁縻州”之说法一样，反映了一种典型的阿Q精神。媾和只能建立在实力备战的基础上，若一意求和，不免得乎其下。“周自请盟郑不许”写出清政府示敌以弱，而英方遂趁机相要挟：“声言架炮钟山巅，严城顷刻灰飞烟。不则尽决后湖水，灌入青溪六十里。”（“后湖”指玄武湖）英人这样出言嚣张不足为奇，诗人自注此四句“皆当日奏章中语也”，耆英等人奏章转述这些威胁性的语言，则表现出一种恐敌的倾向，实际是向清帝施加压力。中国近代史上第一个丧权辱国的不平等条约就这样签下了：“最后许以七马头（即码头，通商口岸），浙江更有羁縻州。白金二千一百万，三年分偿先削券（立契）。”条约签定五口通商，曰“七”系笔误。“羁縻州”见《新唐书·地理志》，为制伏异族而给予的居住地，此处指定海（自注：“浙江定海县许夷侨居一年。”）。

“券书首请帝玺丹，大臣同署全权官”，自注云：“盟书首帝宝，次其国王印，次诸大臣下，次其酋长押。其酋长署衔曰全权公使。”诗人用史笔记下了签约程序上的细节，无意中却构成讽刺。鸦片战争的结局实际上是清政府认输，割地赔款，损失惨重，偏偏对签字形式上的先后尊卑很在乎，似乎从这上面捞回了一点面子。在这上面英国人倒宁肯谦让。他们得到了实际利益，无妨满足一下对手可笑的虚荣心。联想到历史上宋辽澶渊之盟，宋金隆兴和议，莫不让步于实利而计较于名分，皆出于一种劣根的老大心理，自欺欺人，遗患深远，值得后人反思深省。诗的结尾意味深长：“冒死入奏得帝命，江水汪汪和议定。”要向皇帝指出妥协投降的建议，是有触犯圣怒的危险的，但耆英们审度情势的结果，宁肯去冒这个死，也不敢去冒触怒洋人的那个死。其实道光皇帝在鸦片战争中的表现一开始就是动摇不定的，虽然有时也很强硬，但心里还是虚的。耆英们对这一点揣度得很准，所以“入奏”终于“得帝命”。“江水汪汪”暗含泪水汪汪如一江春水的比喻，足见国人之羞愤，作者之羞愤。

此诗的价值不仅在于以诗纪史，而且在于它有不同于史的性质，即以形象思维，用艺术之笔，对近代史上最重大事件作了深刻反思，教后人勿忘国耻。这对于激扬民族精神，振兴中华，是有积极意义的。